高等学校俄语专业国情课教材

СТРАНОВЕДЕНИЕ И КУЛЬТУРА РОССИИ

俄罗斯国情与文化

马福珍　编

哈尔滨工业大学出版社

内容提要

俄罗斯国情与文化教学在高校俄语专业的课程设置中,已成为一门不可或缺的必修课程。本书是一本内容全面、实用性强的俄语专业国情课的教材。全书共四章,主要包括:俄罗斯地理、俄罗斯历史、行政划分、主要城市、科学、教育与文化等方面的内容。

本书可作为高等学校俄语专业学生、俄语爱好者的学习用书,同时也是赴俄罗斯旅游、工作者了解俄罗斯的必备图书。

图书在版编目(CIP)数据

俄罗斯国情与文化/马福珍编. —哈尔滨:哈尔滨工业大学出版社,2008.10(2024.9重印)
ISBN 978-7-5603-2759-4

Ⅰ.俄… Ⅱ.马… Ⅲ.①俄语-阅读 ②俄罗斯-概况 Ⅳ.H359.4:K

中国版本图书馆 CIP 数据核字(2008)第 119359 号

策划编辑	杨 桦
责任编辑	张 瑞
封面设计	卞秉利
出版发行	哈尔滨工业大学出版社
社　　址	哈尔滨市南岗区复华四道街 10 号　邮编 150006
传　　真	0451-86414749
网　　址	http://hitpress.hit.edu.cn
印　　刷	哈尔滨圣铂印刷有限公司
开　　本	850mm×1168mm　1/32　印张 8　字数 215 千字
版　　次	2008 年 10 月第 1 版　2024 年 9 月第 7 次印刷
书　　号	ISBN 978-7-5603-2759-4
定　　价	48.00 元

(如因印装质量问题影响阅读,我社负责调换)

前　言

随着中俄两国互办国家年,政治、经济和文化交往的进一步增多,中俄两国人民之间有了更多的文化交流、商务谈判及各类会议和赛事的举办。这就要求我们的一些专业人员要了解俄罗斯的基本国情文化知识,以便在交际过程中,做到有理有节、风度翩翩,给对方留下美好的印象。目前,我国开设俄语的高中越来越少,高校俄语专业的学生大多数是"零起点"学习俄语,所以需要有一本由汉语、俄语共同讲述的俄罗斯国情课的教科书。本书就是按这一思路编写的。

在编写时,尽量做到循序渐进,由浅入深,并考虑不同层次学生的需求;内容新颖、实用。

本书共四章,每章有内容提要、正文、练习题三部分,思路清晰,重点突出。附录部分是对前面四章主要内容的补充(俄文),有助于学生提高阅读能力,同时又进一步介绍俄罗斯。最后,附有综合练习题。

在编写本书过程中,参考并借鉴了大量的相关教材,在此向这些教材的编者表示感谢。完稿后承蒙苏晓棠教授、俄语外教娜塔莎的审读,在此也表示感谢。

由于时间仓促,加之水平有限,疏漏与不足之处在所难免,敬请广大读者批评指正。

编者
2008 年 3 月

目　录

第一章 俄罗斯地理 ··· 1
- 第1课 地理位置、面积、自然条件、矿产资源 ··· 1
- 第2课 海洋、河流、湖泊 ··· 11

第二章 俄罗斯历史 ··· 19
- 第1课 从基辅罗斯到罗曼诺夫王朝的建立 ··· 19
- 第2课 从18世纪的俄国到十月革命 ··· 28
- 第3课 苏维埃的发展与苏联解体 ··· 40
- 第4课 独立后的俄罗斯 ··· 48

第三章 行政划分、主要城市 ··· 55
- 第1课 行政划分 ··· 55
- 第2课 主要城市概况 ··· 63
- 第3课 经济区特色 ··· 75

第四章 科学、教育与文化 ··· 86
- 第1课 俄罗斯科技与教育 ··· 86
- 第2课 著名科学家及主要贡献 ··· 99
- 第3课 俄罗斯文学 ··· 103
- 第4课 俄罗斯艺术 ··· 115
- 第5课 俄罗斯体育 ··· 125
- 第6课 宗教与民俗 ··· 135
- 第7课 俄罗斯节日与交际礼节 ··· 156

附录（俄语内容补充） ··· 167
- Приложение 1 ··· 167
- Приложение 2 ··· 176
- Приложение 3 ··· 181

Приложение 4 ·········· 198
综合测试题 ·········· 225
综合测试题答案 ·········· 248
参考文献 ·········· 249

第一章 俄罗斯地理

第 1 课
地理位置、面积、自然条件、矿产资源

简况

俄罗斯是世界上领土面积最大的国家,国土面积为 1 707 万平方千米,占世界陆地总面积的 1/8,占据了欧洲的东部和亚洲的北部(约有 1/4 领土分布在欧洲,3/4 领土分布在亚洲)。俄罗斯领土呈长方形,东西跨经度达 170 多度,东西边境线长达 9 000 千米;南北跨纬度 40 多度,最宽距离达 5 000 千米。俄罗斯跨度 10 个时区(2—12 时区);领土疆界总长 6.093 2 万千米,其中陆地边界长 2.212 5 万千米,海岸线长 3.880 7 万千米。俄罗斯地域辽阔,气候复杂多样,差异很大。它地处中高纬度,地跨 4 个气候带。俄罗斯地大物博,平原占国土总面积的 60%。

1. 地理位置

俄罗斯(Россия),全称俄罗斯联邦(Российская федерация,РФ)位于欧洲东部和亚洲北部,西起波罗的海(Болтийское море)沿岸,东至太平洋(Тихий океан)沿岸。俄罗斯领土的最北端位于泰梅尔半岛(полуостров Таймыр)上的切柳斯金角(мыс Челюскин),最南端位于高加索北部山脊的达吉斯坦境内,最西端位于加里宁格勒(Калиниград)附近的波罗的海的海沙嘴处,陆地最东端为杰日尼奥夫角(мыс Дежинёва)。俄罗斯领土的主体部

分处于温带,介于北纬70度—北纬50度之间,约有18%的领土位于北极圈以内。

2. 疆界

俄罗斯的边境线总长度约为58 600千米,居世界首位,陆地边界20 600多千米,自西向东依次与14个国家接壤,它们分别是挪威(Норвегия)、芬兰(Финляндия)、爱沙尼亚(Эстония)、拉脱维亚(Латвия)、立陶宛(Литва)、白俄罗斯(Беларусь)、乌克兰(Украина)、波兰(Польша)、格鲁吉亚(Грузия)、阿塞拜疆(Азербайджан)、哈萨克斯坦(Казахстан)(共同边境线最长,达7 200千米)、中国(Китай)(中俄边界线长达4 350千米)、蒙古(Монголия)、朝鲜民族主义人民共和国(Корейская Народно-Демократическая Республика)。

俄罗斯海上边界38 000多千米,12个国家同俄罗斯有海界,它们是挪威、芬兰、爱沙尼亚、立陶宛、乌克兰、波兰、格鲁吉亚、阿塞拜疆、哈萨克斯坦、美国(США)、日本(Япония)和朝鲜民族主义人民共和国。

俄罗斯是我国的近国。俄罗斯东南部的赤塔洲(Читинская область)、阿穆尔洲(Амурская область)、犹太自治州(Еврейская автаномная область)、哈巴罗夫斯克边疆区(Хабаровский край)和滨海边疆区(Приморский край)分别与我国的内蒙古、黑龙江省和吉林省接壤;南部的阿尔泰共和国(Республика Алтай)与我国的新疆维吾尔自治区接壤。

3. 面积

俄罗斯国土面积1 707万平方千米,占世界陆地总面积的1/9,是世界上版图最大的国家。它位于欧亚大陆(Евразия)的北部,领土包括欧洲的东部和亚洲的北部,作为欧洲和亚洲分界线的乌拉尔山脉(Уральские горы)把它一分为二。亚洲部分占其领土面积的3/4。乌拉尔山脉以西的欧洲部分是东欧平原（也称俄罗斯平原），北至北冰洋南至高加索山脉、克里米亚和喀尔巴阡山，西起波罗的海，东到乌拉尔山脉。乌拉尔山脉以东的亚洲部分为西伯利亚。西伯利亚又分为西西伯利亚和东西伯利亚两大块，总面积为1 000多万平方千米。俄罗斯领土中，森林占45%，水面占4%，农用地占13%，牧场占19%，其他占19%。除陆地外，还有岛屿，它们是：萨哈林岛、新地岛、北地群岛、法兰士约瑟夫群岛、符兰格尔岛、新西伯利亚群岛、千岛群岛和科曼多尔群岛。

4．时差

俄罗斯最东和最西的两地时差为11小时。俄罗斯标准时以莫斯科（东三区）时间为准。冬季与北京时间相差5小时，夏季俄罗斯实行夏时制，莫斯科与北京时间相差4小时。

5．地形

长方形的俄罗斯国土中部的叶尼塞河（Енисей）将国土分为两个面积大致相等的部分，西部以平原和低地为主，东部大部分是高原和山地。俄罗斯的地势东部高，西部低。俄罗斯南部的高加索山脉和阿尔泰山脉属于欧亚大陆高山区，这些山脉高于东部山脉。因此，地势的高度是从东南向西北逐渐下降。

（1）平原（равнина）：俄罗斯的平原占国土面积的60%，主要平原有东欧平原（Восточно-Европейская равнина），又叫俄罗斯平原（Русская равнина，总面积400万平方千米）和西西伯利亚平原（Западно-Сибирская равнина，总面积300万平方千米）。它们是世界著名的大平原。

（2）山脉（горный хребет）：高加索山脉（Кавказ）位于黑海、亚速海和里海之间，大部分为俄罗斯和格鲁吉亚、阿塞拜疆的界山。自西北向东南伸延1 100多千米，宽达180千米。许多山峰高达4 000—5 000米。最高峰厄尔布鲁士峰（гора Эльбрус）海拔

5 642 米。

(3)乌拉尔山(Урал)：在叶尼赛河以西地区，山脉只有位于东欧平原和西西伯利亚之间的为乌拉尔山。乌拉尔山及乌拉尔河是欧亚两大洲的自然分界线。乌拉尔山南北绵延 2 500 千米，东西宽 60 —150 千米，平均海拔 400 —500 米。

6．气候

俄罗斯地域辽阔，气候复杂多样，差异很大。大部分国土位于欧洲和亚洲的内陆区。总体来说，其主要特点是以温带大陆性气候(умеренно континентальный климат)为主。温带气候占俄罗斯面积的 80%。它地处中高纬度，地跨 4 个气候带，由北向南依次为寒带(арктический пояс)、亚寒带(субарктический пояс)、温带(умеренный пояс)，小部分是亚热带(субтропический пояс)。西部沿海地区因受大西洋暖流影响，具有某些海洋性气候(морский климат)，而东部太平洋地区则带有季风性气候(муссонный климат)。

萨哈共和国(Республика Саха,通称雅库特 Якутия)境内的奥伊米亚康(Оймякон)最低气温达到零下 71 摄氏度，称为北半球的寒极(полюс холода северного полушария)。

7．自然条件

俄罗斯从东到西、从北到南跨度都很大，而且以平原地形为主。因此，自然环境的区域化现象表现得非常明显。在广阔的平原有下列自然带(природные зоны)：北极荒漠带(арктические пустыни)、苔原带(冻土地带)(тудра)、森林冻原带(лесатудра)、森林地带(лес)、草原带(степь)、半沙漠带(полупустыни)、沙漠带(пустыни)和亚热带(субтропики)，自然环境相互交替。而山区则主要集中在高加索山区。

(1)北极荒漠区：位于北冰洋岛屿和泰梅尔半岛最北部。此地自然条件艰苦,冬季漫长寒冷,夏季短暂凉爽,最热的7月不超过零上4摄氏度。因此,植物极为少见,主要为苔藓植物(мох)和地衣(лишайники)。动物有白熊(белый медведь)、北极狐(песец)、极地兔(полярный заяц)和各种栖居在海岸的悬崖上不易被野兽伤害的鸟类。

(2)苔原带:位于北极荒漠区以南,占据在北冰洋沿岸地区,占俄罗斯疆土的15%。这里到处都是多年的冻土,冬季漫长寒冷,夏季短暂凉爽,7月份的气温在零上5—10摄氏度。草类植物有苔草、羊胡子草、极地罂粟。该地带的动物有野鹿和家庭饲养的鹿、北极狐、狼(волк)等。夏天有天鹅(лебень)、野鸭(гусь)等飞禽过来避暑。

(3)森林冻原带:是冻土地带和森林地带的交换地带。森林冻原带要比冻土地带暖和得多。7月份的平均温度为零上14摄氏度。年降水量400毫米。森林冻原带的植被多种多样,有白桦(берёза)、云杉(ель)和落叶松(лиственница)。森林冻原带的动物有鹿、驼鹿(лось)、棕熊(бурный медведь)、松鼠(белка)等。居民的传统职业为狩猎和养兽业(звероводство)。

(4)森林地带:是俄罗斯自然环境中最主要的部分。它约占俄罗斯疆土的60%。该地带的大部分地区冬季寒冷,夏季凉爽,个别地方夏季炎热。森林地带可分为原始森林(тайга)、混合阔叶林(смешанный и широколиственный лес)和阔叶林。原始森林是俄罗斯最古老、最美丽的雪地观景地带。7月份的平均气温为零上14—18度,冬季严寒。降水以雪为主,一年中有8个月的时间被雪覆盖。正是此气候适合树木的生长。原始森林中的树木有松树(сосна)、云杉(ель)、冷杉(пихта)、落叶松(лиственница)、西伯利亚雪松(кедр)。原始森林地带的动物各种各样,主要有驼鹿、棕熊、猞狲(рысь)、黑貂(соболь)、花鼠(бурудник)等,鸟类众多。

(5)混合阔叶林带:基本位于东欧平原的西南部以及远东(Дальный восток)的南部这一地带,夏季较暖,冬季常有暖流,较为湿润。年降水量为600—700毫米。该林带除了云杉和松树外，还有橡树、槭树、椴树和其他树种。动物有狐狸、狼、狍(косуля)，各种齿类动物(грызун)以及众多的鸟类。阔叶林带以橡树(дуб)、山毛榉(бук)、槭树(клён)、榆树(вяз)、鹅耳枥(граб)等为主。

(6)草原带：气候温和，但同森林带相比又较为干燥。该地区北部7月份的等温线为零上20摄氏度。西部年降水量为500毫米，东部为300毫米。俄罗斯平原上的森林以橡树、槭树、白蜡树(ясень)、椴树、榆树为主；西西伯利亚平原上以白桦、山杨树为主；东西伯利亚以松树、落叶松和山杨树为主。

(7)半沙漠和沙漠带：位于黑海沿岸的伏尔加河下游地带。这一地带为大陆性气候，年降水量不超过250毫米，7月份平均温度为零上23—25摄氏度，1月份为零下10—15摄氏度，冬季风大，而且寒冷(零下30摄氏度)，但是，常有暖流，因此，这一地带没有积雪。

(8)亚热带：指从阿德列尔(Адлер)到索契(Сочи)这一地带。该地区雨量充足，四季常青。冬季气候温和，而且温暖，气候宜人。这里的自然植物基本被从其他地区引进的各种花木替代。这一地区为俄罗斯唯一的亚热带区，可以种植茶叶和柑橘。

8. 自然资源

俄罗斯不仅按领土是世界上最大的国家，而且自然资源十分丰富。根据资源可耗尽的特征，将自然资源分为可耗尽资源，包括可恢复的(生物的、土地的、水的)资源、不可恢复的(矿物)资源和不可耗尽的资源(气候的资源、水流的能量)。现简要分析如下：

(1)水资源(водные ресурсы)：俄罗斯的水资源极为丰富，淡水储量仅次于巴西，居世界第二位。世界34条长度2 000千米以上的大河中，俄罗斯就有7条：鄂比河、阿穆尔河、勒拿河、叶尼塞河、伏尔加、奥列尼奥克河和科雷马河；6条处在亚洲部分。俄罗斯有河流近300万条，大部分河流的长度小于10千米。此外，俄罗斯境内有大湖泊250万个。大部分面积小于1平方千米。最大的湖有里海、贝加尔湖和拉多加湖,其面积都超过1万平方千米。其中贝加尔湖是世界第一深湖,最深处达1 680米。里海为世界第一大咸水湖,面积达37万多平方千米。

(2)森林资源(лесные ресурсы):俄罗斯是世界上森林资源最为丰富的国家,森林覆盖面积和木材储量居于世界首位。俄罗斯森林覆盖面积近7.7亿公顷,约占世界的1/5以上。主要的树种有松树(сосна)、云杉(ель)、冷杉(пихта)、落叶松(лиственица)、栎(俗称柞树)(дуб)、桦(берёза)、椴(липа)。森林覆盖面积几乎占到全俄罗斯国土的1/2,木材含量占世界总量的1/4。森林大部分集中于伏尔加-维亚特区(Волго-вятский)、乌拉尔、西西伯利亚、东西伯利亚和远东地区。西西伯利亚和远东地区的森林面积超过5.03亿公顷,木材储量多达600多亿立方米,主要树种有落叶松、冷杉、红松、橡树、椴树、桦树等。

(3)土地资源(земельные ресурсы):俄罗斯国土资源丰富。虽然北极荒漠带、苔原带地面上只有苔藓,无法耕种,可用于耕地的土地面积只占俄罗斯国土的20%,但其绝对面积和按人均可耕地计算,仍是十分可观的。森林带的土壤条件非常好,森林灰化土宜于耕种。其南部的森林草原带和草原带则有世界上最肥沃的土壤——黑土。俄罗斯境内的黑土占世界黑土的1/3。从中央黑土区、东欧平原直到西西伯利亚平原是著名的粮仓。

(4)能源资源(энергоресуры):俄罗斯的能源资源位居世界前列。能源结构中天然气占50%以上,石油大约占30%,煤占14%左右,其他为水力资源、木材等。

天然气(газ):俄罗斯已探明的储量为50万亿立方米,占全球储量(150万亿立方米)的1/3,在全世界的天然气储量中占绝对的第一位。天然气产地集中在石油开采区。2001年,俄罗斯共开采的5 510亿立方米天然气中90%出自西西伯利亚。天然气的其他所在地为乌拉尔的奥伦堡、伏尔加河上的阿斯特拉罕、科米共和国的武克德尔和沃伊沃热、北高加索的斯塔夫罗波尔、雅库特的乌斯季维留依斯基、伊尔库茨克州、巴伦支海陆架区和萨哈林群岛。俄罗斯是天然气出口大国,每年有 2 000 多亿立方米的天然气通过输气管道输往乌克兰、白俄罗斯、东欧和西欧众多国家。

石油(нефть):俄罗斯石油(67 亿吨)次于沙特阿拉伯(350 亿吨)、伊拉克(154 亿吨)、伊朗(121 亿吨)、阿联酋(126 亿吨)、科威特(128 亿吨)和委内瑞拉(98.9 亿吨)居世界第六位。2001 年世界采油总量为 36 亿吨,俄罗斯(3.37 亿吨)仅次于沙特阿拉伯(23 亿吨)、美国(3.52 亿吨)居世界第三位。俄罗斯是世界石油出口大国之一。著名的油田有萨莫特洛尔油田(Сатотлорский бассейн)、乌斯季巴拉克油田(Усть-Балыкский бассейн)、苏尔古特油田(Сургутский бассейн)等。乌拉尔-伏尔加河流域内的油田主要集中在鞑靼共和国、巴什基尔共和国和萨马拉州,不过这些老油田已逐渐衰竭。俄罗斯最古老的石油开采区为北高加索地区,如车臣、达吉斯坦,克拉斯诺达尔区(Краснодарский район)仍在继续开采。大型石油冶炼厂基本集中在石油开采区,如俄罗斯中央地区、伏尔加河流域、乌拉尔、西西伯利亚和北高加索地区。

煤(уголь):俄罗斯的煤炭储量居世界第二位,也是世界最大的煤炭输出国。其储量预测有 53 000 亿吨,为全球预测量(14.8万亿吨)的 1/5 多。然而,大部分煤炭资源集中在开发程度较差的西伯利亚和远东地区。主要煤基地是库兹巴斯(库兹涅茨克煤田 Кузнецкий бассейн)、坎斯克-阿钦斯克煤田(Канско-Ачинский бассейн)和伯朝拉煤田(Печорский бассейн)。

矿产资源(полезные ископаемые):俄罗斯地质构造复杂,矿产资源丰富,种类多,储量大,是世界上自给程度很高的国家。当今世界上已知所有种类的矿产,俄罗斯几乎都有。其中如锰矿石、铬矿石、钾盐的储量占世界第一位;磷灰石、钾和许多稀有金属的储量也均居世界前列。品种齐全的矿产资源为俄罗斯发展多种基础工业、形成完整的工业体系奠定了重要的物质基础。主要资源分布集中,为俄罗斯建立大型的工业基地和经济区提供了十分有利的条件。

黑色金属(чёрные металлы):俄罗斯的铁矿(железные руды)储量居世界第一,铁矿主要分布在中央黑土区的库尔斯克磁力异常区(курская магнитная анамалия)、乌拉尔、西西伯利亚北部地区、东西伯利亚等地。历史上形成了三个冶金基地(металлургическая база):乌拉尔基地、中央冶金基地和西伯利亚基地。锰矿(марганцевые руды)和铬矿(хромовые руды)储量不足。

有色金属(цветные металлы):俄罗斯有色金属自给程度很高,是出口大国,其产量在世界上占有显著地位。铜和镍主要产在乌拉尔、诺里尔斯克(Норильск);铅、锌产于滨海区、北奥塞梯的弗拉季高加索(Владикавказ)、车臣地区的涅尔琴斯克(Нерчинк);铝主要产于科米、北乌拉尔、克拉斯诺亚尔斯克边疆区;铝、钼、钨产于哈巴罗夫斯克边疆区的索尔涅其内(Солнечный);锆产于科拉半岛、科米和西西伯利亚。

稀有金属和稀土(редкие металлы и редкоземельные элементы):俄罗斯钽、铌、钇、铼等稀有金属集中于别洛季明、卡图根、托姆托尔、鞑靼共和国等地。铀主要产在赤塔州的斯特里尔佐夫斯基。

黄金(золото):俄罗斯是世界上仅位于南非、美国、澳大利亚、加拿大之后的第5大产金国。其生产基地主要集中在远东和东西伯利亚。除了雅库特、乌拉尔和马加丹州外,又在图瓦、后贝加尔、堪察加、滨海地区、哈巴罗夫斯克以及萨哈林发现了不少中小型综合金矿床。

练习1.简答

1. 在地图上指出俄罗斯的地理位置及邻国?
2. 在地图上指出俄罗斯的河流及走向?

3.俄罗斯有哪些自然资源?

练习 2.填空

1.俄罗斯的国土面积是_____平方千米,约占世界面积的_____%。

2.俄罗斯横跨_____时区。

3._____山把俄罗斯分为欧亚两部分。

4.俄罗斯领土呈_____形,最东部是_____。

5.俄罗斯地处中高纬度,地跨 4 个气候带:_____、_____、_____和_____。气候的特点以_____气候为主。

6._____河将俄罗斯领土分为东、西两部分。

7.俄罗斯最大的湖为_____湖和_____湖,其面积都超过1万平方千米,其中_____湖为世界第一深湖。

8.俄罗斯矿产资源丰富,其中_____、_____、_____、_____的储量占世界第一位。

9.俄罗斯的石油储量在世界上占第_____位。

10.俄罗斯是世界上第_____大产金国。

11.俄罗斯历史上形成了三个冶金基地_____、_____、_____。

第 2 课
海洋、河流、湖泊

简况

俄罗斯为海洋大国,国土濒临三大洋——北冰洋、太平洋、大西洋的 12 个海以及一个内陆海(里海)。俄罗斯海域内岛屿众多,大部分位于北部和东部。俄罗斯水资源丰富,共有大小河流 250 万条,其中以伏尔加河、叶尼塞河、顿河最有名气,河流大部分属于平原河流,河床较宽,水流平缓,落差不大,适合船运、航行。河流的走向呈辐射状,分别注入北冰洋、大西洋、太平洋以及其内陆湖泊。俄罗斯境内的湖泊约有 300 万个,世界上 18 个大湖中俄罗斯就有 3 个——里海、贝加尔湖和拉多加湖,面积均在 1 万平方千米以上。湖泊大部分位于俄罗斯北部地区,以及西伯利亚西部和南部地区。大部分湖泊为淡水湖,而里海和南部干旱地区的大部分湖泊是咸水湖;堪察加半岛和库页岛上的湖泊不少是火山湖泊。

1. 海洋

海洋同陆地一样是一个自然综合体,海洋的所有自然成分都处于相互联系之中。俄罗斯的海洋面积、深度、自然条件和资源各异。

(1)北部濒临北冰洋(северный ледовитый океан)的海及岛屿:北部濒临北冰洋的有巴伦支海(Баренцево море)、白海(Белое море)、喀拉海(Карское море)、拉普捷夫海(Море Лаптевых)、东西伯利亚海(Восточно-Сибирское море)和楚科奇海(Чукотское море)。除了白海是内海外,其余 5 个海都地处大陆架,是俄罗斯的边疆海。这些海被下列岛屿分开:新地岛将巴伦支海和喀拉海隔开;法兰士约瑟夫地岛成为巴伦支海和喀拉海与北冰洋的分界线;喀拉海和拉普捷夫海之间是北地岛;新西伯利亚群岛将拉普捷夫海和东西伯利亚海相隔;东西伯利亚海和楚科奇海之间是弗兰格尔岛。

巴伦支海:虽位于北极圈内,但由于大西洋暖流涌来,西南部冬季不结冰,夏季只有北部结冰。该海具有重要航运意义。摩尔曼斯克(Мурманск)是俄罗斯北极圈内的不冻港(незамерзающий порт),俄北方舰队总部即驻设在这里。巴伦支海的面积为142.4万平方千米,平均深度为222米,最深为600米,含盐度为32%—35%。巴伦支海渔产丰富,盛产鳕鱼(треска)、鲱鱼(сельдь)、海鲈、黑线鳕(пикша),此外还有大量的鲽(палтус)、海豹(тюлень)、北极熊等。

北部海纬度高,属于北寒带气候,几乎常年(有8—10个月)被冰雪封盖,只是在夏季结束后的两个月(8—9月)沿岸地区的冰才有所解冻,水温最高不超过5摄氏度。此时北风可将10米高的浮冰群刮进海岸,冬季常是寒冷的云雾和暴风雪,因此,很难通航。

(2)东部濒临太平洋(Тихий акеан)的海:东临白令海(Берингово море)、鄂霍次克海(Охотское море)和日本海(Японское море)与太平洋相通。岛屿有科曼多尔群岛、堪察加半岛、萨哈林和南库页岛。

白令海:是以俄国航海家、海军军官白令(Беринг)的名字命名的。白令奉彼得大帝之命两次赴堪察加探险,并死于白令岛。白令海位于太平洋的北部,楚科奇海通过白令海峡与太平洋相同。面积达231.5万平方千米。它的特点是几乎无大陆架,是俄罗斯最深的海,最深处达5 500米,平均深度1 640米,含盐度为30%—33%。主要港口有阿纳德尔(Анадырь)和普罗维杰尼耶(Провидения)。盛产鲑鳟鱼(лосось)、鲱鱼、比目鱼(камбала)、明太鱼(минтай)。

太平洋处于自然对撞带,各种气团、暖流、寒流相互作用,海底地壳活动频繁,形成众多极深的洼窝,最深处可达7—9千米。因此,该海洋地区多有地下地震、海洋沿岸地震、火山爆发和海啸

(цунами)发生。太平洋各海的水资源非常丰富,除了上述鱼类之外,还有众多的鲸(кит)、海獭(калан)、海狗(котики)、蟹(краб)、软体动物(моллюк)、海参(трепанг)、虾(креветка)、牡蛎(устрица)、海洋扇贝(гребешок)、鱿鱼(кальмар)以及海带(морская капуста)等。

(3)与大西洋(Атлантический акеан)相通的海:与大西洋相通的海有波罗的海(Балтийское море)、黑海(Чёрное море)和亚速海(Азовское море)。这3个海洋属于内海,它们通过狭窄的海峡同大西洋相通,因此大西洋温暖的海水很难流入这些海中,加上流入的都是水量较大的淡水,故其含盐度较低,为2%—18%。

波罗的海:濒临北欧、中欧沿岸。经丹麦海峡与北海相通,是俄罗斯船只进入大西洋的最近通道,面积41.9万平方千米。盛产棱鲱(клlька)、海鲱(салака)、鳕鱼、海鳗(угорь)等。主要港口有圣彼得堡、加里宁格勒。

黑海:位于欧洲和小亚细亚之间。经刻赤海峡(Керченский пролив)和亚速海相通,经博斯普鲁斯海峡及达达尼尔海峡与地中海(Средиземное море)相通。气候温和,航运发达。沿岸有许多疗养区,黑海沿岸的索契(Сочи)为著名疗养地。黑海渔产品极为丰富,盛产欧鳇(белка)、竹篓鱼(ставрида)、金枪鱼(тунец)、比目鱼、棱鲈(судак)和长吻海蛇等。

亚速海:濒临俄罗斯欧洲部分南部,是世界上最浅和最小的海。顿河和库班(Кубань)河注入此海。亚速海有400多种动物,渔产丰富,是里海的5倍之多,已知的有70多种鱼类,盛产鳊(лец)、欧洲鳀(хамса)、棱鲱(тюлька)、棱鲈等。

与大西洋相通的海的含盐度低,加上只有黑海和亚速海北部地区冬季结冰,夏天波罗的海的水温可达20摄氏度,而黑海和亚速海的水温可达30摄氏度,故这里是著名的疗养胜地。

2.河流

俄罗斯最主要的水资源为河流,全国共有河流250多万条,其中 10 千米以上的河流有 42 万条。在降水量适中的年份,俄罗斯的河水流量几乎达 424.6 万立方米,相当于世界河水总量的 10%。俄罗斯河流的水源供给是混合式的(包括雨、雪、地下水和冰川),其中主要形式为雪水。多数河流属于北冰洋水系,多流经平原,流势平缓,落差不大,分别流入东南西北各海,其中北德维纳河(Северная Двина)、伯朝拉河(Печора)、鄂毕河(Обь)、叶尼塞河(Енисей)、勒拿河(Лена)等通向北冰洋各海;阿穆尔河(Амура)等注入太平洋各海;涅瓦河(Нева)、顿河(Дон)等流向大西洋各海;伏尔加河(Волга)等流入里海。

(1)流入北冰洋的主要河流:俄罗斯的大河中,流入北冰洋的占多数,其中 1 000 千米以上的河流就有 10 条。这些河流的流域面积很广,占俄罗斯面积的 2/3。流入北冰洋的河流是西伯利亚和东欧平原河流中最长、水量最大的河流。

鄂毕河:发源于阿尔泰山罗基诺附近的卡通河与比亚河汇合处。由南向北,流经西西伯利亚平原,注入喀拉海。全长 5 410 千米。水系庞大,支流众多,流域面积达 299 万平方千米,是俄罗斯最长、流域面积最大的河流。水量仅次于叶尼塞河和勒拿河,居俄罗斯第三位。

勒拿河:发源于贝加尔山脉的西坡,先向东,后折向北,流经东西伯利亚大部分地区,全长 4 400 千米,流域面积 249 万平方千米,注入拉普捷夫海。按其长度被列为俄罗斯第三大河流。勒纳河水量丰富,在俄罗斯河流中占第二位,流量相当于两条伏尔加河。它是东西伯利亚的河运交通命脉。

叶尼塞河:发源于图瓦山地,全长 4 092 千米,流域面积 258 万平方千米。按长度为俄罗斯第四大河流,按水量居俄罗斯河流中的第一位。叶尼塞河水上建造了许多著名的水电站:上游有萨彦－舒申斯克水电站;中游有世界上最大的水电站之一——克拉斯诺亚尔斯克水电站。

(2)流入太平洋的主要河流：

阿穆尔河：有两个源头，北源石勒喀河，发源于蒙古人民共和国的肯特山东麓；南源额尔古纳河，发源于中国的大兴安岭西侧。阿穆尔河全长 4 444 千米，按长度居俄罗斯第二位，按水量居第五，流入鄂霍次克海，上游和中游为中俄界河，是远东地区的河道主动脉，它的支流主要有结雅河、布列亚河、松花江(Сунгари)和乌苏里江。

阿穆尔河与俄罗斯其他河流相比，有两个显著特点：一是水位十分不稳；二是鱼类独特，种类繁多，有 99 种，其中 20 多种鱼是阿穆尔河(黑龙江)独有的，属世界罕见的鱼。

阿穆尔河在中国境内的流域面积为 86 万平方千米，占全部流域面积的 48%；在俄罗斯境内的流域面积为 98 万平方千米，占全部流域面积的 52%。阿穆尔河沿岸的主要城市有：布拉戈维申斯克(Благовещенск，海兰泡)、哈巴罗夫斯克(Хабаровск，伯力)、阿穆尔河畔共青城(Комсобольск-на-Амуре)、尼古拉耶夫斯克(Николаевск-на-Амуре，庙街)等。

除此之外，阿纳德尔河(Анадырь)等许多河流也流入太平洋。

(3)流入大西洋的河流：流入大西洋河流的流域面积只占到俄罗斯面积的 5%。这些河流分别流入亚速海和波罗的海。流入亚速海的有顿河和库班河；流入波罗的海的有涅瓦河，它们都属于平原河流。高加索黑海沿岸的河流属于山地河流。

顿河(Дон)：发源于俄罗斯高地，流经东欧平原。全长 1 870 千米，流域面积 42 万多平方千米。

涅瓦河(Нева)：发源于拉多加湖，全长 74 千米，流经圣彼得堡市，注入波罗的海德芬兰湾。

纳尔瓦河(Нарва)：是俄罗斯与爱沙尼亚的界河。发源于爱沙尼亚境内的楚茨柯－普斯柯湖(Чудско-Псковское озеро)。全长 77 千米，可通航。

(4)流入里海的河流：俄罗斯国土面积的 10% 属于内流流域。内陆河中最大的一条是伏尔加河。

伏尔加河(Волга)：发源于莫斯科北面的瓦尔代高地,自北向南,汇集200多支河流,是欧洲第一大河,流入里海,全长3 531千米,流域面积达136万平方千米,被誉为"俄罗斯的母亲河"(река-матушка Росси)。它的河身宽,水深,航运发达,且两岸景色秀丽,是旅游胜地。

乌拉尔河(Урал)：发源于乌拉尔山脉,是欧亚两大洲的分界线,全长2 428千米。1775年之前称亚伊克河(Яик)。沿岸城市有奥尔斯克(Орск)、奥伦堡(Оренбург)和古里耶夫(Гурьев)。

3. 湖泊

俄罗斯境内的湖泊和河流同样众多,共计有250多万个。面积不足1平方千米的小湖占到总数的95%;面积超过100平方千米的湖有160个;超过1 000平方千米的有10个;世界上18个大湖中俄罗斯就有3个——里海、贝加尔湖和拉多加湖,面积均在1万平方千米以上。

俄罗斯境内的湖泊分布极不均匀,主要是受气候和地形的影响。湖泊大部分位于俄罗斯北部地区以及西伯利亚西部和南部地区。大部分湖泊是流动的,属于淡水湖;而里海及南部干旱地区的大部分湖泊是非流动的,是咸水湖。

俄罗斯的湖泊基本属于盆地、凹地和冰川构造型的,而堪察加半岛和库页岛的湖泊有不少是火山湖泊。俄罗斯有世界上最大的湖——里海和世界上最深的湖——贝加尔湖。

(1)里海(коспийское море)：是世界上面积最大的湖,其面积为37.1万平方千米,是内陆咸水湖,占世界咸水湖水量的90%。南北长1 200千米,东西宽约300千米。由于它面积大而被称为"海"。里海分属沿岸五国：土库曼斯坦、哈萨克斯坦、俄罗斯、阿塞拜疆和伊朗。里海气候干燥,蒸发剧烈,湖面下降,面积缩减。原面积42.2万平方千米(1929年)。俄罗斯内陆湖捕鱼总量的1/4出自里海,盛产鲟鱼和优质的鱼子酱。近年勘明里海石油储量极为丰富,可达 700—2 000 亿桶(近 275 亿吨),仅次于海湾地区。天然气的储量,按目前的消费水平计算,够欧洲使用 400 年。因此,里海油气飘香,潜伏着争夺危机。俄罗斯在里海的主要港口有阿斯特拉罕(Астрахань)和马哈奇卡拉(Махачкала)。

(2)贝加尔湖(Байкал):是俄罗斯境内第二大湖,位于东西伯利亚南部,面积为 3.15 万平方千米,南北长 600 千米,东西宽 25—80 千米。它在世界淡水湖中占有三个第一:水量第一,蓄水量为 2.3 万立方米,是全世界淡水储量的 1/5;深度第一,最深处大 1 680 米,是世界上最深的淡水湖;湖龄最长,有着 2 000 多年的历史。贝加尔湖又是高山湖,位于海拔 456 米,四周被比湖面高 2 000 多米的山脉所环绕,湖水清澈透明,水质上乘。湖内共有 27 个岛屿。贝加尔湖群山环绕,风景优美,是俄罗斯著名的疗养和旅游胜地,被誉为西伯利亚的明珠。这里有多种淡水鱼,336 条河注入该湖,只有一条安加拉河(Ангара)流出。在当地方言中,贝加尔湖意为"荣耀之海"(славное море),它因面积大且风景优美而得名。

(3)拉多加湖(Ладожское озеро):是俄罗斯第三大湖,位于俄罗斯欧洲部分的西北部,面积 18 100 平方千米(包括岛屿),是欧洲第一大湖,平均深度 51 米,最深处达 230 米。拉多加湖周围有星罗棋布的小湖,约 5 万多个,还有 3 500 多条河,但只有一条涅瓦河流出,注入波罗的海。湖内可通航,冬季结冰。在卫国战争时期,拉多加湖上的冰道是列宁格勒(现名圣彼得堡)保卫者的供给运输线,被誉为"生命之路"(дорога жизни)。

(4)奥涅加湖(Онежское озеро):是欧洲第二大湖和俄罗斯第三大湖,位于俄罗斯欧洲部分西北部,长约 248 千米,宽 80 千米,面积约 1 万平方千米(包括岛屿),平均深度 30.5 米,最深处为 127 米,有 58 条河注入,有一条斯维里河流出。湖中栖息着 40 多种鱼类,主要有胡瓜鱼和狗鱼(щука)。

(5)兴凯湖(озеро Ханка):是中俄界湖,位于俄罗斯滨海边疆区(Приморский край)与中国黑龙江省交界处。面积 4 380 平方千米,其中北部在中国的湖面面积为1 080平方千米,南部在俄罗斯的面积为3 300多平方千米。最深处达10.6米。风大浪高、湖水浑浊。渔产丰富,可通航,冬季结冰。

练习1.简答

1. 在地图上指出俄罗斯的临海、湖、河流的位置?
2. 俄罗斯水资源丰富,淡水可利用资源排世界第几位?

练习2.填空

1. _____是俄罗斯北极圈内少有的不冻港。
2. _____是俄罗斯最长、流域面积最大的河流。
3. 伏尔加河流入_____海,顿河流入_____海。
4. 白令海是以俄国_____家、海军军官白令命名的。白令奉_____之命两次赴堪察加探险,并死于白令岛。
5. 波罗的海西临_____湾,主要的港口有_____和_____。
6. 俄罗斯境内最长的河流为_____河,全长5 410千米。欧洲部分最长的河流是_____,全长为3 690千米。_____是俄罗斯水量最丰富的河流。
7. 按其长度被列为俄罗斯第三大河的勒拿河水量丰富,流量相当于_____条伏尔加河,在俄罗斯河流中,水量占第_____。它是_____的河运交通命脉。
8. 阿穆尔河为中俄界河,按长度居俄罗斯第二位,水量居第五位,中国称它为_____。
9. _____河被誉为俄罗斯的母亲河,是欧洲第一大河,是著名的旅游胜地,两岸风景秀丽,航运发达。
10. _____湖是中俄界河。渔产丰富,夏季可通航。
11. 俄罗斯的_____被称作"荣耀之海"。

第二章 俄罗斯历史

第1课
从基辅罗斯到罗曼诺夫王朝的建立

简述

俄罗斯民族是一个年轻的民族,它于14—15世纪才形成。俄罗斯的祖先是东斯拉夫人,信奉多神教。公元9世纪中期古罗斯的第一个封建留里克王朝建立。公元988年,罗斯接受希腊东正教的洗礼。随后,古罗斯内部争权夺利,战争不断,由鼎盛走向衰败。1132年基辅罗斯国彻底瓦解,分裂成众多公国。1240年蒙古鞑靼人在罗斯国建立金帐汗国,统治达200余年。为摆脱蒙古人的统治和抵御来自西方外敌的侵犯,建立统一的封建政权,以镇压农民起义和确保对农民的奴役,1533年形成了俄罗斯中央集权国家。从16世纪末到17世纪初俄罗斯经历了"混乱时期",终于在1613年2月推选出贵族罗曼诺夫为沙皇,开始了长达304年的罗曼诺夫王朝的统治。沙皇专制制度的确立和农奴制的形成,使得农民和地主间的矛盾日益加深、激化,17世纪发生了著名的波洛特尼科夫和拉辛领导的两次农民起义。

1. 基辅罗斯的形成

在古代,东斯拉夫人曾经居住在喀尔巴阡山以北的一个不大的地区。公元6世纪,东斯拉夫人迁徙到今天的乌克兰和西俄罗斯地区。阶级的产生使东斯拉夫人的许多部落或部落联盟发展成为一些公国（княжество）。随着贸易的发展，东斯拉夫人的土地产生了诸如诺夫哥罗德、基辅和斯摩陵斯克等商业城市。当时，南方最大的公国是基辅，北方最大的公国是诺夫哥罗德。公元862年，诺夫哥罗德居民从瑞典邀请瓦良格人留里克及其亲族和武士队前来整顿诺夫哥罗德邦国的秩序。军事首领留里克（Рюрик）率兵夺取北部的诺夫哥罗德。当时，瓦良格人还被称做"罗斯人"。"罗斯"这个名字也随之转到与瓦良格人一起活动的斯拉夫武士队中。逐渐地，这个名字成为整个国家——罗斯国家以及后来的俄罗斯民族的称谓。留里克宣布自己为诺夫哥罗德公（князь）创立了古俄罗斯（Древняя Русь）的第一个封建王朝——留里克王朝（Династия Рюриковичей）。俄国历史由此开始了留里克王朝（862—1598）长达700余年的统治。

公元879年留里克去世，其亲属奥列格（Олег）于882年南下征服了斯摩棱斯克、基辅及其邻近的诸小公国，将国都诺夫哥罗德迁至基辅，宣布基辅为"俄罗斯城市之母"（мать городов），即古罗斯国的首都，建立王朝，史称"基辅罗斯"（Киевская Русь）。这样，一个以基辅为中心、以东斯拉夫人为主体的大公国从此形成。

公元912年奥列格死后，伊戈尔（Игорь，？—945）继位，继续从事征伐战争。公元941年伊戈尔率领部队再度进攻拜占庭帝国的领土时，被对方击败。著名的《伊戈尔远征记》（《Слово о полку Игорь》）描述的就是这场战争。伊戈尔死后，他的妻子奥列加（Ольга，？—964）派兵讨伐。

伊戈尔与奥列加所生之子斯维亚托斯拉夫（Святослав，？—972）从公元964年开始执政。公元967年，他出征多瑙河（Дунай）控制了保加利亚的中心地区。由于保加利亚隶属拜占庭的势力范围，为此斯维亚托斯拉夫同君士坦丁堡帝国为争夺巴尔干半岛进行了艰苦的战争。公元972年，斯维亚托斯拉夫在返回基辅的途中遭埋伏而被杀。他死后，先由其长子雅罗波尔克（Ярополк，？—980）执政。随后3个兄弟为争王位内战5年，最终于980年由第三个儿子弗拉基米尔(Владимир,？—1015)继承王位。

弗拉基米尔在位期间将东斯拉夫的土地全部并入基辅罗斯,统一了国家。

东斯拉夫人曾经长期信奉多神教。他们供奉太阳、风神和其他诸神,还崇拜泉水、井、树木和一些动物。每个部落都有自己的地方神。公元 980 年,弗拉基米尔成为基辅大公,他深知宗教的作用,因而决定利用宗教把各个部落统一起来。起初,他推行过多神教的改革,都没有达到目的。于是,他派自己的使臣到各国去了解哪种信仰更好。伊斯兰教和犹太教都没有赢得罗斯使者的欢心,而希腊教(即拜占庭)教堂则给他们留下了强烈的印象。出使归来,使臣们对弗拉基米尔说:"希腊教堂美不胜收,令人难以忘怀,其他信仰我们一概不要。"这里的"希腊教"是指基督教(东正教)。公园 988 年,弗拉基米尔(Владимир)大公与拜占庭公主成亲将希腊东正教(православие)定为国教。他下令摧毁多神教诸偶像,把基辅的市民召集到第涅伯河畔,强迫他们下水受洗,这一事件以"罗斯受礼"的称谓被载入史册。用宗教作为思想武器,巩固国家政权。

2. 蒙古鞑靼统治罗斯

1206 年,在广袤的蒙古草原上形成了成吉思汗的帝国。13 世纪初,成吉思汗统一蒙古后,开始了大规模远征。1219 年他率大军进入中亚,越过大高加索山脉,侵入顿河流域。1223 年,侵占伏尔加河东岸。

1238 年,成吉思汗的孙子拔都从东部侵入,征服了莫斯科(1238),1240 年掠夺了基辅。随后 200 余年(1240—1480)的统治中,大公们被迫向金帐汗国(蒙古)纳贡,使罗斯的经济、政治和文化的发展遭受一定的影响,这被认为是罗斯落后于西欧先进国家的原因之一。

3.莫斯科的崛起

"莫斯科"这一称谓源自芬兰语,译为"潮湿的地方"。编年史中关于莫斯科的记载最早出现于1147年。当时,王公"长手"尤里邀请另一位罗斯王公来此会面。尤里在那里设宴,还同盟友交换了礼物。这一年被认为是莫斯科的创历年。在很长一段时间里,东北罗斯的中心是一些比莫斯科更加古老的城市——罗斯托夫、苏兹达利和弗拉基米尔。然而,方便而又相对安全的地理位置为莫斯科的发展提供了条件。

1328年,伊凡·卡利达(Иван Калита)善于利用手中的权力,巧取豪夺,聚敛钱财,使莫斯科成为罗斯最富有的公国,因此获得"钱袋"的绰号,被金帐汗册封为大公,获得征收全罗斯贡赋的权力,史称伊凡一世。伊凡一世依仗金帐汗国的支持,从弗拉基米尔迁居到莫斯科,并修建了克里姆林宫(Кремль)。莫斯科公国(Московское княжество)建立。

1380年,伊凡·卡利达的孙子季米特里大公在库利科沃(Куликово)会战中向蒙古统治发起挑战,虽然取胜,但未能阻止蒙古人对莫斯科的掠夺。蒙古人的统治开始衰落。

4.罗斯统一

1480年,伊凡三世率军反击入侵的蒙古军,鞑靼蒙古军在乌格拉河畔停留下来,莫斯科军队在河对岸与鞑靼军对峙。双方势均力敌,一连坚持了好几个月。到了深秋鞑靼人实在无法再坚持下去了,于是转马撤退。"乌格拉河上的僵持"事件被认为是鞑靼蒙古人统治的终结。罗斯(Русь)彻底摆脱了蒙古240年(1240—1480)的桎梏。

5.伊凡三世的统治

伊凡三世(Иван Ⅲ,1462—1505)集大权于一身,成为"全罗斯"大公。随着伊凡三世对罗斯东北部的统一,俄罗斯民族开始统一,莫斯科公国开始正式使用"俄罗斯"这一名称,俄语已经成为全民族的通用语言。伊凡三世仿照拜占庭(Византия)帝国国徽,制定了双头鹰(двуглавый орёл)国徽。在政治统一进程中,于1497年颁布了第一部法典;组成国家机构的决策机关——贵族杜马(Боярская дума);建立中央政府,掌握中央行政、军事和财务;建立贵族军队,使莫斯科成为无可比拟的政治中心。这样,一个西起芬兰湾东岸、东至乌拉尔山脉北段、北抵白海和巴伦支海岸边、南达顿河上游拥有大约280万平方千米的领土和650万人口的俄罗斯国家已经形成。围绕莫斯科形成的俄罗斯中央集权国家是在伊凡三世和其子瓦西里三世(Василий Ⅲ Иванович)统治时期(1505—1533)完成的。

6.伊凡雷帝的统治

伊凡四世的专制制度(Иван Ⅳ,1533—1584),史称"伊凡雷帝"(Иван Грозый)。1533年,瓦西里三世去世由其子伊凡四世(Иван Ⅳ Васильевич)继位,时年3岁。国家大权实际掌握在其母叶琳娜(Глинская Елена Васильевна)手上。其母1538年死后,贵族们结党争权,相互倾轧,使得中央集权削弱,老百姓苦难深重。1547年,莫斯科阿尔巴特街发生大火,一连烧了两天,几乎将全城烧毁,有近4 000人死于火灾。随后城内又发生暴乱,起义民众将一名贵族处死,洗劫府邸,焚烧庄园。这次事件给年轻的伊凡留下极为深刻的印象,他认为:为君之道,必须严厉、残酷、无情,绝不能让老百姓得到任何权利。1547年,年满17岁的伊凡四世在克里姆林宫圣母升天大教堂举行登基典礼。他不满足于"全罗斯"国君的称号,采用古罗马"凯撒"崇高的称号,弄来一顶摩诺马赫的皇冠,自称为"沙皇"(царь),他是俄国历史上第一位沙皇。从此,莫斯科大公国成为沙皇俄国(Российское царство)。伊凡雷帝极富谋略,他对内加强皇权,实行改革,对外扩张,使俄罗斯成为世界上领土面积最大的国家。他为人凶狠,性格暴烈,对人民的统治残酷专制,杀人无数,故在历史上被称为"伊凡雷帝"。1581年,伊凡四世在震怒中用权杖击中大皇子伊凡的太阳穴,致使皇子不久毙命。

伊凡四世对外进行的军事扩张:①征服喀山汗国(1552);②征服阿斯特罕拉汗国(1556);③进攻西伯利亚汗国(1581—1584);④为控制波罗的海发动利沃尼亚战争(Ливонская война),但以失败告终。

7. 混乱时期

1584—1613年无政府统治和内战时期,称为混乱时期(смутное время),鲍里斯·戈杜诺夫(Борис Годунов)执政。

1584年,伊凡雷帝在下棋时去世。小儿子德米特里只有2岁,皇位只得由才智低下的费多尔继承。伊凡雷帝在世时成立了摄政委员会(Регентский совет),国家大权实际上由费多尔的妻兄鲍里斯·戈杜诺夫(Борис Годунов)掌管。戈杜诺夫是第一位试图同西欧接触的沙皇。他邀请外国人来俄工作,允许外国人进行免税贸易,首次将18位莫斯科贵族送出国外留学。为了阻止经济崩溃,他便向贵族和工商人士提供优惠,但农民的生活则越来越差,引起了广大群众的极大不满,当对戈杜诺夫不满的呼声越来越高。1602年,在立陶宛出现了一个自称伊凡四世之子德米特里的人,1604年他受波兰军队的支持,率2 000多雇佣兵向莫斯科进发。戈杜诺夫不相信人民会支持德米特里,而错失良机没有给予回击。1605年4月54岁的戈杜诺夫突然死亡。一昼夜后其16岁的儿子费多尔(Фёдор Годунов)登基。但两个月后费多尔和母亲便被捕,后被杀害。1605年6月20日伪德米特里开进莫斯科,一个月后加冕称沙皇(1605—1606)。登基后,他继续对农民实行残酷无情的压榨手段,另外欲将俄罗斯领土割让给波兰,将天主教引入俄罗斯,引起民众极大不满。民众纷纷起义,起义者追得德米特里从克里姆林宫跳窗身亡。大贵族乘机窃取了政权,推举大贵族瓦西里·舒伊斯基(Василий Шуйский)为皇帝(1606—1610)。

8.罗曼诺夫王朝建立

正当舒伊斯基全力镇压农民起义之际,波兰联合哥萨克推出又一个德米特里,此人外貌和德米特里一世十分相似。在波兰军队的支持下,他率军占领了西北和北部大部分的俄罗斯土地。沙皇政府无力同德米特里争斗,便于1609年同瑞典在维堡签订合约,放弃波罗的海沿岸的土地,想借助瑞典军队同德米特里二世作战和抵御波军。波兰借此公开向俄宣战。1609年波兰国王率军大举进攻斯摩棱斯克。1610年,瑞典军队倒戈,俄军大败。波兰人再不需要德米特里二世,他逃到卡鲁加(Калуга)不久便死去。莫斯科大贵族们乘机政变,推翻了舒伊斯基,由七个贵族组成政府,历史上称为"七贵族政府"(Семибоярщина)。1610—1612年由波兰占领军的傀儡"七大贵族"执政。1611年,由波查尔斯基(Пожарский Д.М)公爵和市民米宁(Минин Кузьма)组织起一支军队反抗波兰入侵者,各地人民纷纷响应,经过一年的艰苦奋斗,终于收复了莫斯科。1613年2月在莫斯科举行缙绅大会,推选出16岁的年轻大贵族米哈伊尔·罗曼诺夫(Михаил Романов,1613—1645)为沙皇。沙皇米哈伊尔·罗曼诺夫恢复国家的稳定。由此俄国历史开始了罗曼诺夫王朝(Династия Романовых,1613—1917)长达300余年的统治。

9.17世纪的两次农民起义

随着沙皇专制制度的确立和农奴制的形成,农民和地主间的矛盾日益激化。农民和城市贫民不断发动反封建起义。17世纪规模较大的有波洛特尼科夫和拉辛领导的起义。

(1)波洛特尼科夫(Болотников)起义(1606—1607):是俄国历史上第一次声势浩大的农民战争。它的矛头不仅指向封建主,还指向沙皇政权,有力打击了封建主的统治,点燃了17—18世纪农民起义的烈火,为以后的反封建斗争积累了经验。

(2)拉辛(Степан Разин)起义(1670—1671):是17世纪中叶规模最大的起义。17世纪中叶,农民遭受的剥削和压迫更加严重,农民与地主间的矛盾进一步恶化。沙皇故意将土地和农民一起赐给哥萨克有权势的上层人士,激起了哥萨克贫民的极大愤慨与反抗。于是,1667年爆发了农民起义。出身贫苦、刚毅机智的斯捷潘·拉辛被推举为领袖。1670年,起义军已扩大到7 000多人。1670年10月,起义军在辛比尔斯克战败,拉辛腿部中弹负伤,率部下向顿河流域撤退。1671年4月,由于哥萨克上层分子的出卖,拉辛被捕。在酷刑之下,拉辛英勇不屈,于1671年6月6日在莫斯科红场上被肢解。1919年5月1日,苏维埃政府在莫斯科红场拉辛当年就义的洛布台上,给他树立了纪念碑,列宁发表了演说,他讲道:"这个纪念碑是纪念一位农民起义代表人物的。他为争取自由,在这个台上献出了头颅。"

练习1.简答

1. 俄罗斯什么时候在历史上被称为"混乱时期"?其原因是什么?
2. 简述俄国历史上两次较大规模的农民起义的原因和历史意义?

练习2.填空

1. 在罗斯受洗之前,东斯拉夫人信奉 _____ 教。
2. _____ 在位期间将东斯拉夫的土地全归入基辅罗斯,统一了国家。
3. 988年 _____ 大公将 _____ 作为新的国教。
4. _____ 将拜占庭的双头鹰国徽引入俄罗斯,成为俄罗斯的国徽。一般都把1480年 _____ 称为罗斯完全摆脱蒙古人统治的标志。围绕莫斯科形成的俄罗斯中央集权国家是在 _____

和_____统治时期完成的。

5._____在位对莫斯科公国开始正式使用"俄罗斯"这一名称。

6.俄罗斯历史上的第一位沙皇是_____。他有谋略,性情凶狠,对人民的统治非常残酷,故在历史上被称为"_____"。

7.1613年在莫斯科举行缙绅大会,推选16岁的年轻大贵族_____为沙皇(1613—1645)。从此开始了俄罗斯历史上长达300多年的_____王朝的统治。

第2课
从18世纪的俄国到十月革命

1.18世纪的俄国

(1)新沙皇登基(1682—1725):1645年罗曼诺夫王朝的首位沙皇米哈伊尔(1613—1645)去世,其子阿列克赛继位。阿列克赛有三位皇子:费多尔、伊万和彼得。1676年,沙皇阿列克赛驾崩,体弱多病的费多尔加冕为沙皇(1676—1682),他命短早逝。1682年,年仅10岁的彼得被拥立为彼得一世,由其母后娜塔利娅·纳雷什金娜垂帘听政。不久,觊觎皇权已久的同父异母的姐姐索菲亚(Софья)公主,在米洛斯拉夫斯基家族和射击军的支持下,发动宫廷政变,拥胞弟伊万为第一沙皇,贬彼得为第二沙皇,索菲亚为摄政王,将彼得及其母后逐出克里姆林宫。1689年8月7日,索菲亚故伎重演,决定利用射击军,出其不意地除掉彼得。不料走漏风声,忠于彼得的军队很快举旗来到修道院,反戈一击。这次政变使年方17岁的彼得从政权的后台走上了前台。1696年伊万死后,彼得成为真正的彼得一世沙皇。

在独立执政的最初岁月,彼得很少关心国事,仍只热衷于军事游戏和航海造船。直到1695年他才决心把他的军事游戏变成军事行动。为了巩固已取得的胜利,抵御土耳其人的反扑。彼得下令建立更强大的海军舰队。1696年12月,彼得一世决定派高级使团去西欧访问,35名留学生也随团一起出发。彼得一世在学习期间不讲究吃穿,不怕辛苦,什么重活累活都能干。他的这种勤奋好学、不耻下问的精神,在俄国历代沙皇中是空前绝后的。他承认俄国落后,但他不因此失去信心,而是亲自去研究先进国家的长处,并以此来改变俄国的落后面貌。

(2)彼得一世的对外战争：

①彼得一生戎马，征战无数，1695—1696年曾两度率军亲征土耳其，夺得亚速要塞及其周围地区。1700年，俄土签订停战合约的第二天，俄国便对瑞典宣战，开始了长达21年的北方战争（Великая Северная война，1700—1721）。1709年7月，瑞典的查理大军与俄军在战略要地波尔塔瓦相遇，打响了著名的波尔塔瓦会战（Полтавская битва），最后以俄军胜利而告终。从此，夺取了波罗的海出海口，占领了芬兰湾、里加湾一带和卡累利阿的一部分。北方战争的胜利，实现了沙皇梦寐以求的愿望，俄国一跃成为欧洲强国之一。为此，参政院封彼得一世（Пётр I）为彼得大帝（Пётр Великий）。1721年，莫斯科大公国（Московское Великое княжество）正式改名为俄罗斯帝国（Российская империя），彼得一世是这个帝国的第一位皇帝。彼得一世为表明俄国决心侵占波罗的海，1703年5月彼得下令在注入芬兰湾的涅瓦河两岸兴建圣彼得堡，于是俄国人开始大兴土木，筑路建房。1704年，彼得聘请意大利建筑大师多明尼戈·特列奇尼主持城市建设，一座雄伟的城市拔地而起。1712年，将首都从莫斯科迁至圣彼得堡。从此彼得堡迅速发展，成为一座充满欧洲建筑风格的美丽城市。

②俄国向南部和东部扩张。仅彼得去世的前10余年间，就强占了黑海和高加索地区。他进军西伯利亚、中东、远东，使俄国版图由1 457.5万平方千米扩大到1 511.5万平方千米。

彼得大帝心高气傲，从不服输，多年的征战攻伐，严重地损害了他的健康。1725年2月28日，正值壮年的彼得大帝走完了他辉煌的一生。

(3)宫廷政变：1718年彼得一世处死了图谋叛逆的儿子阿列克赛，没有了男性继承人。他死后，俄国的贵族上层展开了一场争夺皇位的斗争，宫廷政变迭起。在各场政变中，由贵族组成的宫廷禁卫军起了举足轻重的作用。从1725年至1762年先后更换了6任皇帝。这一时期史称"宫廷政变"时代、"政治不稳定年代"或"女人当政"时代。

(4) 叶卡捷琳娜二世统治（1762—1796）：叶卡捷琳娜二世 33 岁登上皇位(1762—1796)，被称为叶卡捷琳娜时期。与前几位皇帝,特别是与他平庸无能的丈夫彼得三世不同的是,她睿智精明,勤于政事,上台后便决定整顿宫廷生活和国家秩序,从而结束了自彼得一世以后的 30 多年的政治剧烈动荡的局面。叶卡捷琳娜二世为了维护正在削弱的沙皇帝国和封建秩序,对内使用"开明专制"(просвещенный абсолютизм)和残酷镇压双管齐下的统治手腕,对外继续推行彼得一世的军事扩张政策。在历史上叶卡捷琳娜二世有"风流女皇"的雅号。

叶卡捷琳娜二世继续实施以军事为手段的领土扩张政策。南部进入黑海,西部兼并波兰,北部把芬兰视为彼得堡的屏障。巩固并扩大俄国在彼得一世所占领的波罗的海沿岸的地位,则是叶卡捷琳娜二世时期的主要目标。

叶卡捷琳娜二世扩大贵族特权,赐给大批农奴和土地。18 世纪末期,农奴制在俄国全境普遍建立。因此,在俄国历史上把叶卡捷琳娜二世统治时期称为"黄金时代",即封建农奴制的鼎盛时期。

叶卡捷琳娜二世临死前,甚至设想建立一个包括 6 个都城(彼得堡、莫斯科、柏林、维也纳、君士坦丁堡、阿斯特拉罕)的俄罗斯大帝国,而且声称"要是我能活上 200 岁,那么整个欧洲必将置于俄国统治之下"。她统治时期,沙俄领土从 1 642 万平方千米扩展到 1705 万平方千米,打通了黑海出海口。

(5) 普加乔夫起义(1773—1775)：1773 年 9 月,叶梅利扬·普加乔夫(Емельян Пугачёв)领导贫苦的哥萨克在乌拉尔河沿岸地区发动起义。他借助彼得三世还活着的传言,假冒彼得三世名义连续发布檄文,提出"土地与自由"的口号,号召农民团结起来,消灭贵族地主和贪官。广大农奴纷纷响应,到 1774 年 3 月起义队伍已发展到 5 万人,起义部队于当年 7 月攻占了喀山城。沙皇叶卡捷琳娜二世急忙与土耳其媾和,调集大批军队开赴喀山镇压起义。

普加乔夫指挥全军浴血奋战,伤亡惨重。由于投机起义的富裕哥萨克的出卖,普加乔夫于1774年9月被捕。普加乔夫被关在囚笼里押往莫斯科,惨遭酷刑折磨,于1775年1月10日英勇就义。

普加乔夫牺牲后,人们编写了很多歌曲来怀念他。著名作家普希金写了《普加乔夫史》。在他的名著《上尉的女儿》(《Капитанская дочка》)一书中,真实地描写了普加乔夫起义。

2.19世纪的俄国

(1)1812年卫国战争:1796年叶卡捷琳娜二世死后,由其独生子42岁的保罗(Павел)一世继位。1801年3月11日保罗一世在彼得堡米哈伊洛夫斯基宫(Михайловский замок)被参与政变的禁卫军军官所杀。至于皇子亚历山大是否参与了密谋活动一直是俄罗斯历史之谜。这次政变也是俄国历史上最后一次宫廷政变。亚历山大一世(Алексадр Ⅰ Павлович,1801—1825)上台后忠实继承其祖母的遗愿,竭力扩大俄国的版图。他的联法反英政策给俄国经济带来了巨大灾难,由于切断了俄英的外贸渠道,造成许多地主破产,引发国家财政危机。1812年3月,亚历山大一世不得不撤掉亲法的国务大臣,又悄悄恢复同英国的贸易。这些做法惹恼了拿破仑,他对英国无可奈何,于是转过来要摧毁劲敌俄国。

1812年6月12日,拿破仑对俄不宣而战。但俄军并不急于与法军交战。当拿破仑的军队逼近莫斯科时,8月8日沙皇亚历山大一世(Александров Ⅰ)任命富有指挥才能的库图佐夫(Кутузов)为俄军总司令,使俄军军心大振。俄军于10月6日发动总攻,一举收复了莫斯科,并乘胜追击,在各地游击队的配合下,把法军赶出了国境。

1813年,拿破仑的军队再次被俄国、普鲁士、奥地利等国的军队击败。

1812年,卫国战争(Отечественная война)击破了拿破仑不可战胜的神话,推动了欧洲的解放斗争。

(2)十二月党人起义:1825 年 12 月十二月党人起义(восстание декабристов)是俄国历史上第一次贵族革命。它标志着俄国革命运动的开始。

①十二月党人运动产生的背景:十二月党人(Декабристы)主要是俄国贵族中资产阶级化的一小批知识分子,他们大多是年轻的军官,很多人曾在莫斯科大学或军官学校学习。在 1812 年的卫国战争中,这些年轻的贵族军官曾与英勇作战的人民生死与共,他们亲眼看到了正是那些深受压迫的农民用生命保卫俄国,可是,战争胜利后,人民仍处于奴隶地位,受尽欺凌。这一切唤起了十二月党人极大的不满。他们的爱国主义热情和对农民的同情心交织在一起,立誓为粉碎专制农奴制度而斗争。

②十二月党人的秘密组织:1812 年以前,沙皇亚历山大一世自称是自由主义改革的拥护者。反拿破仑战争胜利后,他脱掉伪装,对革命进行了血腥的镇压。革命者无法公开活动,只好转入地下,建立秘密团体。这就是十二月党人建立的秘密组织的开始。1816 年,由年轻的亚历山大·穆拉维约夫上校(А. Муравьёв)创立了第一个秘密团体——救国协会(Союз спасения),由 30 余人组成,核心人物有巴维尔·彼斯特尔(П. Пестль)等。

1821 年 1 月,十二月党人在莫斯科召开代表大会,决定从协会中清除动摇的和不可靠的会员,将"幸福协会"改组成"南社"(Южное общество)和"北社"(Северное общество)。"南社"于 1821 年 3 月在乌克兰的土尔钦成立,主要领导人是巴维尔·彼斯特尔,"北社"于 1822 年在彼得堡组成,主要领导人是尼吉达·穆拉维约夫。他改变了拥护共和制的主张,主张实行君主立宪制。

③十二月党人的起义:1812 年事件促使贵族青年,尤其是贵族军官,出于对国家命运的忧患意识,思考许多问题。1825 年 11 月,亚历山大一世在南方旅行时突然去世。1825 年 12 月 14 日,在向新沙皇尼古拉一世宣誓的那天,北方协会抓住时机,把军队开到彼得堡枢密院广场并提出自己的政治要求。这些行动被称做

"十二月党人起义"。由于起义指挥着特鲁别茨科伊(С.П. Трубецкой)临阵脱逃,起义军失掉了良机。尼古拉命令忠于自己的军队包围了起义者并向他们开火,十二月党人起义被镇压下去。南方协会的活动也同样遭到失败。

十二月党人的起义尽管失败了,但它毕竟是俄国历史上第一次有计划、有纲领、有组织的革命运动。它在俄国历史上的影响是深远的,标志着俄国革命运动的开始。

3. 资本主义时期的俄国

(1)废除农奴制:19世纪50年代,克里木战争的失败敲响了俄国农奴制的丧钟。农奴制的落后使俄国敌不过资本主义的西欧猎枪。1861年3月8日(俄历2月19日),亚历山大二世(АлександровⅡ)宣布废除农奴制。签署了"关于废除农奴制度的宣言",即"关于脱离农奴依附关系的农民的法令"。法令宣布农民从此拥有人身自由,农民的家庭、婚姻均不受地主的干涉。由于19世纪50年代俄国的封建农奴制度已岌岌可危。沙皇政府为了转移国内人民的视线,激励对外扩张。1855年3月2日,当塞瓦斯托波尔(俄黑海舰队基地)被英法联军围攻近半年的危急时刻,尼古拉一世感到前途无望而自杀身亡,其长子——37岁的亚历山大二世(Александр Ⅱ Николаевич,1855—1811)继位。亚历山大二世于60—70年代在全国范围内推行了一系列颇具自由主义色彩的改革。

(2)19世纪下半叶沙俄的对外扩张:19世纪中叶,沙俄在克里木战争中被打败,向欧洲扩张受挫。19世纪后半期,沙俄加紧了向亚洲的扩张。为了解决黑海基地和舰队的问题,时任外交部长的戈尔恰科夫(А.М.Горчаков,普希金的皇村中学同学)终于在法国和普鲁士战争中找到了普鲁士为合作伙伴,宣布取消黑海中立,重新在黑海建立了军事基地和舰队。

①为争夺巴尔干地区,1877年4月俄罗斯向土耳其宣战。俄

军渡过多瑙河(Дунай),进入保加利亚(Болгария)北部,到12月俄军又占领了保加利亚南部,并开始攻打土耳其首都。当年夏天,英、法、德、奥匈、土耳其和俄国举行柏林大会,决定俄军归还土耳其领土,这使得俄国的外交威信大降,促进了国内社会危机的加深。

②在远东地区,俄国趁火打劫,侵吞中国的大片领土。1858年和1860年,沙俄强迫清政府先后签订了不平等的《中俄瑷珲条约》和《中俄北京条约》,割占了黑龙江以北、外兴安岭以南、乌苏里江以东(包括库页岛)的100多万平方千米的中国领土。1864年,又强迫清政府签订了不平等的《中俄勘分西北界约记》,把中国44万多平方千米的土地强行划归俄国。此后,沙俄又依据不平等的《中俄伊犁条约》(1881)和以后几个勘界议定书,割占了中国西部7万多平方千米领土。1892年,沙俄又违约强占了帕米尔地区2万多平方千米的中国领土。在不到半个世纪的时间内,沙俄共割占了中国150多万平方千米的领土。

③在中亚地区,俄军以奥伦堡(Оренбург)、鄂姆斯克(Омск)为基地向南推进。1865年攻占塔什干(Ташкент),1868年占领撒马尔罕(Самарканд),1885年占领土库曼地区,从而使中亚地区完全归属于俄国。1868年,俄军彻底征服了北高加索西部,结束了高加索战争。

④1855年,俄日签订协议,俄国对库页岛拥有绝对权利,把原属俄萨哈林岛归俄日共同占有。1875年,俄日又签订条约,萨哈林岛归沙俄所有,日本获得库页岛。

⑤沙俄在北美的扩张却遭到失败。1812年俄国殖民者已南抵旧金山(Санфранциско)一带,并在旧金山以北建起一个城堡作为殖民地据点。1812年,沙俄宣布北美北纬51°以北海岸属俄国所有。俄国在北美的殖民活动遭到美国和英国的反对,俄国不得已于1841年把旧金山以北的殖民地卖给美国,1867年,又把阿拉斯加(Аляска)地区以700万美元卖给美国。俄国在北美的扩张计

划宣告失败。到19世纪末,沙皇俄国领土已达到2 240万平方千米。到1914年,其领土为2 280万平方千米。俄罗斯帝国的版图最终形成。

4. 世纪(19—20世纪)之交的俄国

(1)尼古拉二世:1894年,沙皇亚历山大三世去世,由其26岁的儿子——末代皇帝尼古拉二世(Николай)继位。在这一时期,伴随着生产的集中和垄断资本的形成,俄国工业继续蓬勃发展。1896年,在莫斯科的加冕典礼上,发生了近3 000名群众被踩死、踩伤的惨剧,史称"霍登惨剧"(Ходынка)。于是他便以血腥事件开始他的统治。

此时的俄国领土面积为世界之最,在欧洲是军队最庞大的国家,达95万人。

这一时期,俄国工业继续蓬勃发展。生产不断集中,形成了一些垄断产业和集团。在股份公司中,外国资本的比重由14%增至29%。俄国的证券在国际市场上发行。与此同时,国内的经济和社会矛盾不断加深。工人罢工、农民运动、学生运动也不断出现,出现了诸多思想和政治派别。

(2)俄日战争:沙皇政府继续推行扩张政策,竭力加强在远东首先是在中国的势力影响。1896年,沙俄强迫清政府赋予它在中国东北修建中东铁路的权利。1898年,它在中国辽东半岛的旅顺口(порт-Артура)建立太平洋舰队基地——旅顺。此外,它还伙同英、法及其他列强参与了镇压义和团起义的活动。1903年以后,又派大批军队强行驻扎在中国东北。

俄国向太平洋沿岸的扩张引起了日本的不安。辽东半岛也是日本觊觎的目标之一。从19世纪90年代起,日本开始积极准备同俄国进行争夺中国东北的战争。然而,沙皇政府对自己的实力过于自信,对日本的实力则估计不足。当时远东铁路还没有修通,大量运送部队到远东受阻。

1904年1月27日,日本海军舰队偷袭驻扎在旅顺口的俄国太平洋舰队。此后,经过几次海战,俄国大部分军舰被击沉,太平洋舰队被击溃。1904年末,旅顺口失陷。1905年2月,在奉天(沈阳)战役中,俄军损失惨重。日俄战争以俄国的失败而告终。1905年8月,俄国同日本在美国的城市普茨茅斯(Портсмут)签署了《普茨茅斯合约》,俄国将自己在南库页岛的权益让给日本。同时,还将对辽东的租借权让给日本,并承认朝鲜为日本的势力范围。

俄国在战争中的失败反映出沙皇政府的软弱无能以及经济上的落后。战争加剧了俄国社会的动荡,最终将国家推向革命。

(3)第一次俄国革命:1905年1月9日(公历1月22日)这一天被称为"流血星期日"(кровавое воскресенье)。俄国第一次资产阶级民主革命是从俄历1905年1月9日(公历1月22日)圣彼得堡流血事件开始的。1905年1月初,彼得堡一家最大的企业因反对开除工人举行罢工,罢工很快扩及全市大小工厂。罢工工人达到15万,形成总罢工形势。沙皇政府被罢工运动的巨大规模所震惊。

布尔什维克向工人指明,自由决不是用向沙皇请愿的方法可以获得的,而需要拿起武器去夺取。但很大一部分工人当时幻想沙皇会帮他们解决问题。俄历1月9日清晨,工人们带着全家男女老少,抬着沙皇的画像,举着教堂的旗幡,唱着祷告歌向冬宫前进,结果遭到骑兵的袭击和步兵的扫射,7 000多人被打死,2 000多人受伤。彼得堡大街血流成河,尸横满地。从此1月9日被称为"流血星期日"

"流血星期日"激起了全国人民的愤慨。人们对沙皇彻底失望了。在莫斯科、里加、华沙和梯弗里斯(第比利斯)等地都爆发了群众性的罢工。随着春天的到来,俄国各地的农民骚动也此起彼伏。农民开始夺取地主的土地,烧毁庄园,拒绝纳税。此类斗争在乌克兰、白俄罗斯、波兰、立陶宛、阿塞拜疆和格鲁吉亚等民族地区也同时展开了。

1905年10月至12月,革命达到了高潮。革命的重心转移到了莫斯科。10月,莫斯科开始政治罢工,很快罢工运动遍及全国,人数达到200万。罢工运动涉及了大中学生,甚至连一般的工作人员也参与了罢工。在10月的罢工中产生了工人苏维埃。

在革命形势的压力下,1905年10月17日,尼古拉二世签署宣言,许诺给人民以民主和自由,并进行杜马选举。11月末,工人骚动再起高潮。布尔什维克党领导的莫斯科苏维埃开始准备旨在推翻沙皇政权的起义。12月10日,工人们着手准备武器,建筑街垒。莫斯科街头的街垒战持续了10天,最后,起义被镇压下去。其他城市的武装起义也遭到了同样的命运。

面对强大的革命风潮,沙皇政府表面上让步,暗地里则积蓄力量,趁机反攻倒算。1906年春,全国关押和流放的人数超过了5万。讨伐队残酷地镇压农民的暴动,军事法庭将罢工领导人判处死刑。1907年春夏之交,革命运动被彻底镇压下去。

(4)十月革命的胜利:

①二月革命:1917年2月23日(公历3月8日),布尔什维克为纪念"三·八国际妇女节"组织罢工游行,揭开了二月革命的序幕。这一行动很快遍及整个首都,傍晚,首都卫戍部队转到革命一边,最后一届沙皇政府的大臣们被捕。1917年的二月革命(Февральская революция)是俄国历史上第二次资产阶级民主革命,革命的胜利冲垮了俄国的君主制度,从而结束了罗曼诺夫王朝对俄国长达300多年的统治。

②十月社会主义革命:10月7日,列宁从芬兰秘密回到彼得格勒,于10日出席了党中央委员会讨论武装起义计划的特别会议。24日深夜,列宁秘密来到斯莫尔尼宫。10月25日(公历11月7日)早晨,整个城市掌握在起义者手中。"阿芙乐尔"(Аврора)巡洋舰以炮声发出了攻打冬宫——临时政府所在地的信号。10月26日,莫斯科武装起义开始,在首都武装起义力量的支持下,于11月2日攻克了克里姆林宫,取得了胜利。

练习1.简答

1.简述二月革命在俄国历史上的作用。

练习2.填空

1.在_____和_____条约签订后,中国有100多万平方千米的土地被并入俄国版图。

2._____年_____月,彼得下令,要将荒凉的涅瓦河及波罗的海海岸变成一座雄伟的城市,并决定将首都从_____迁移至此。俄国人开始在涅瓦河口地区大兴土木,筑路建房。1704年,彼得又聘请意大利建筑大师_____主持城市建设。从此_____迅速发展成为一座充满西欧风光的美丽都市。

3._____通过历时20余年的北方战争,迫使主要对手_____就范,实现了沙俄上百年来一直梦寐以求的战略目标。

4.震撼封建统治根基的俄国历史上规模最大的普加乔夫农民起义发生在_____年。

5._____年_____月_____日(公历24日)拿破仑对俄不宣而战。在此次战争中,库图佐夫建立了功勋。

6.1816年由_____创立了第一个秘密团体——救国协会,由大约30人组成,核心任务有_____等。

7."北社"于1822年在_____组成,主要领导人是尼吉达·穆拉维约夫。他改变了拥护_____主张,主张实行_____。

8.1858年5月末,沙俄迫使清政府签订第一个不平等的_____。两年后俄国又强迫清政府签订了_____,割占了黑龙江以北,外兴安岭以南,乌苏里江以东(包括库页岛)的100多万平方千米的中国领土。

9.1864年,沙俄又强迫清政府签订了不平等的_____,把中国西部的44万多平方千米的领土强行划归俄国。此后,沙俄又依据不平等的_____和以后几个勘界议定书,割占了中国西部

7万多平方千米的领土。在不到半个世纪的时间里,沙俄共割占了中国_____领土。

10.二月革命冲垮了俄国的_____,埋葬了统治俄国长达304年的_____王朝。

11.十月革命中,列宁为首的布尔什维克以_____开炮为信号,向冬宫——临时政府所在地发起了总攻。

第3课
苏维埃的发展与苏联解体

简况

苏维埃俄国成立后,以列宁为首的新政府积极投身于社会改革之中。同时,国内、国际的反动派对新政权进行了武装干涉和颠覆。新政权进行了3年的国内战争,使得苏维埃政权得以巩固。但是,经济困难却造成了政局动荡。1921年3月,俄共(布)决议实行新经济政策并于1922年成立苏联。1924年列宁逝世后,斯大林上台。斯大林优先发展工业,全面实行集体化,使苏联国际地位得以提高,领土得到扩张。斯大林在20世纪30年代扩大化肃反运动,在40年代领导苏联人民争取了伟大卫国战争的胜利并重建苏联;赫鲁晓夫上台后在苏联二十大上打响了反对个人崇拜、反对践踏党内民主生活、反对破坏社会主义法制的第一枪。在勃列日涅夫时期使苏联在国际事务中成为两个超级大国之一。80年代初苏联陷入严重的经济、社会和精神危机。1982年,勃列日涅夫逝世。安德罗波夫执政一年后逝世,由契尔年科任总书记一年。1985年戈尔巴乔夫上台推行"新思维",对苏联进行改革致使苏联1991年解体。

1. 苏维埃政权成立

按照列宁的说法,沙俄是"各族人民的监狱"。君主制度的垮台在全国各地引起民族解放运动的蓬勃高涨。11月7日(俄历10月25日)晚全俄工兵代表苏维埃第二次代表大会在斯莫尔尼宫召开。大会通过了列宁起草的《和平法令》(《Декрет о мире》)。大会还通过了列宁宣读的《土地法令》(《Декрет о земле》)。产生了新的苏维埃中央执行委员会——全俄中央执行委员会。

二月革命后两个政权并存:一个是工人和士兵代表苏维埃(Советы рабочих и солдатских депутатов),另一个是临时政府(Временное правительство)。

《四月提纲》(《Апрельские тезисы》):1917年4月17日(俄历4月4日)清晨,列宁在塔夫里切斯基宫(Таврический дворец)召开了全俄工人和士兵苏维埃会议,布尔什维克成员在大会上做了报告。这个报告提纲以《论无产阶级在这次革命中的任务》为题刊登在《真理报》(Правда)上,被称为《四月提纲》。

十月革命胜利:1917年11月7日(俄历10月25日)晚,列宁来到斯莫尔尼宫(Смольный),亲自领导起义。晚上9时40分,"阿芙乐尔"号巡洋舰(крейсер《Аврора》)从涅瓦河畔发射空炮,发出了攻打冬宫的信号。起义军英勇战斗,不少人壮烈牺牲。最后除临时政府头目克伦斯基(Керенский А.Ф)男扮女装逃跑外,政府其他成员全部被捕。

国内战争和外国武装干涉(Гражданская война и военная интервенция):1919年到1920年是国内战争最紧张、最危险、最艰苦的阶段。国际帝国主义支持国内的白军发动了3次武装进攻。

到1920年10月末,红军在伏龙芝(Фрунзе)指挥下发动总攻,11月中旬解放了克里木岛。协约国第三次进攻也被彻底粉碎了。

1920年末,国内战争基本结束。在远东,反对外国武装干涉和国内反革命势力的斗争一直持续到1922年10月底。

战时共产主义政策:在国内战争和外国武装干涉时期,苏俄经济遭到严重破坏,物资极其缺乏,为了把有限的物力、财力集中使用,保证战争的需要,苏维埃政府从1918年5月开始在经济领域逐步实行了"战时共产主义"政策(политика《военного коммунизма》)。

新经济政策:随着国内战争的结束,社会主义和平建设时期到来。战时共产主义政策已经不能适应新的历史条件。政策自身存在的一些弊病越来越明显地暴露出来,特别是在余粮征集的过程中出现严重的偏差,征收的不仅是农民的余粮,甚至包括口粮、种子粮、饲料粮,严重侵犯了农民的利益,影响了工农联盟。列宁适时地调整了政策,并逐步完善了涉及经济各领域的一系列政策,总称新经济政策(новая экономическая политика,НЭП)。

苏维埃社会主义共和国联盟的建立:1922年12月30日苏维埃社会主义共和国联盟(简称苏联)(Союз Советских Социалистических Республик,СССР)正式成立。

当时加入苏联的有4个加盟共和国:俄罗斯苏维埃联邦社会主义共和国、外高加索苏维埃联邦社会主义共和国、乌克兰苏维埃社会主义共和国和白俄罗斯苏维埃社会主义共和国。1925年,乌兹别克和土库曼加入苏联。1929年,塔吉克加入苏联。1936年,哈萨克和吉尔吉斯加入苏联。同年,外高加索联邦的格鲁吉亚、亚美尼亚和阿塞拜疆作为独立的共和国加入苏联。

2.斯大林时期的苏联

斯大林:1879年出生于格鲁吉亚鞋匠之家,童年生活贫困,19岁开始参加革命。1905年被流放到西伯利亚,多次从流放地逃跑。自从认识列宁以后,他便成为列宁的亲密战友。1917年至1922年任人民委员会委员,1922年成为苏共中央书记,并逐渐掌握了党和国家的大权。30年代他发动了肃反运动,镇压和杀害了一大批不同政见者。斯大林(Сталин)使苏联不断强大,成为世界强国,同时他的个人崇拜也使他的个人权力至高无上。在第二次世界大战中,斯大林领导苏联人民取得了卫国战争(1941—1945)的胜利。作为一名政治家,他提出了"一国能够建成社会主义"的理论。斯大林于1953年3月5日在莫斯科郊区的别墅中逝世,时年73岁。

五年计划:1924年列宁逝世,斯大林开始推行第一个工业五年计划(1928—1932)、第二个五年计划(1933—1937)、第三个五年计划(1938—1942,因二战停止)和农业集体化。

在工业化的前3年内,苏联人民兴建了新的工业,如机床制造工业、飞机工业、拖拉机制造业、化学工业,并兴建了3座大型黑色冶金工厂——西伯利亚的库兹涅克冶金厂、乌拉尔的马格尼托格尔斯克冶金厂和乌克兰的克里沃罗格冶金厂,动工修建全长为1 500千米的西伯利亚大铁路。所有这一切工程,为工业化建设拉开了序幕。

1941—1945年卫国战争三次战役:1941年6月22日,希特勒撕毁《苏德互不侵犯条约》,对苏联不宣而战,德空军和机械化部队对苏联实行猛烈攻击,拉开了伟大卫国战争的序幕。1942年1月1日,中、苏、美、英等26个国家在华盛顿发表《联合国家宣言》(《Декларация Объединенных Наций》),也称《同盟国宣言》。签字国保证用自己的全部经济、军事力量对法西斯国家作战,规定签字国不得与敌人单独媾和。这些都标志着反法西斯统一战线的形成。在苏德战争中,最具有战略意义的是莫斯科保卫战(Московская битва,1941年9月—1942年4月)、斯大林格勒保卫战(Сталинградская битва,1942年7月—1943年2月)和库尔斯克会战(Курская битва,1943年7月—1943年8月)。莫斯科保卫战粉碎了德军"不可战胜"的神话;斯大林格勒保卫战则是苏德战争的转折点,它的胜利使法西斯德国受到致命打击;库尔斯克会战的胜利,使苏军牢固地掌握了战争主动权。1945年5月9日,对德战争宣告胜利。5月9日是俄国的胜利日(День победы)。

3. 赫鲁晓夫时期的苏联

20世纪50年代初,国内首先需要关注的是农业状况。1953年9月,赫鲁晓夫(Хрущёв)在苏共中央委员会上的全会上强调,没有物质刺激,就不可能有农业增长。为此进行了相应的改革。他首次对农业进行了改革,受到了广大群众的欢迎。1954年,苏联开始推广美国的经验,不顾实际情况大力开展种玉米运动。在工业方面,苏联的重工业发展一直处于优先位置,而轻工业发展缓慢。1956年,赫鲁晓夫决定对国家管理机构进行改革,扩大地方机关、共和国和各地区的经济自治权,实行分散管理。

苏共二十大于1956年2月召开,会议原计划总结第五个五年计划,通过第六个五年计划(1956—1960)纲要,提出要在最短的时期赶超发达的资本主义国家的任务。由于2月24日午夜大会安排赫鲁晓夫在闭幕会上做了题为"关于个人崇拜及其后果"的报告,会议的计划被打乱。报告中首次提出了列宁遗嘱和列宁要求撤销斯大林职务的建议。在斯大林时期,列宁的遗嘱一直是保密的。赫鲁晓夫在报告中着重指出斯大林的专横暴戾本性,1936—1938年的大清洗使成千上万的无辜者被监禁,最忠实、最顺从的共产党人往往屈打成招,违心地承认自己是"人民公敌"而被处决。

1953年,斯大林逝世。赫鲁晓夫成为党的领导人。

1955年,东欧社会主义国家签署华沙条约,宣告具有军事同盟性质的华沙条约组织成立。20世纪50年代初,苏联作家伊·艾伦堡(И. Эренбург,1891—1967)的小说《解冻》问世。不久,人们便将20世纪50年代苏联政策中出现的相对缓和状态称为"解冻"(оттепель)。

1964年10月14日苏共召开中央全会。大会谴责了赫鲁晓夫的主观主义和唯意识论。全会解除了赫鲁晓夫的中央第一书记和苏联部长会议主席的职务,选举勃列日涅夫(Л. И. Брежнев,1906—1962)为苏共中央第一书记。

4．勃列日涅夫时期的苏联

从20世纪70年代初开始,由于勃列日涅夫放弃改革,在国内生活方面过于求稳怕乱,苏联的政治、经济、社会和文化等领域都出现了"停滞"(застой)的局面。因此,人们将勃列日涅夫执政的中、后期称做苏联史上的"停滞"时期。表面上一切平稳,没有失业,实际上使苏联与发达资本主义社会之间的距离拉大。

苏联经济的陈旧管理体制使得经济发展速度不断下滑,从

1964年底开始,领导集团决定以鼓励物资利益来刺激社会生产。加大对农村,首先是农业生产技术的投资;建议集体农庄庄员,制定新的农业组合示范章程。

在国际事务中,苏联采取强硬政策,加强了对社会主义阵营的控制。1968年,苏联干涉捷克斯洛伐克内政。1979年,苏联入侵阿富汗。东西方的冷战和苏美之间的军备竞赛,直到20世纪70年代后期由于限制战略武器谈判的举行,国际关系才得以缓和。

20世纪80年代初苏联陷入严重的经济、社会和精神危机。1982年11月10日,勃列日涅夫逝世。68岁的安德罗波夫(Ю.В. Андропов)被选为苏共中央书记。此前他领导着国家安全委员会,比任何时候都了解苏联当时的经济状况,以及社会上贪污、腐化的情况,深知改革的必要。他首先向贪污腐化宣战,撤销了一些贪污受贿的高级官员。然而,健康问题使他无法完成所考虑的改革计划。1984年2月,安德罗波夫逝世。领导层的保守势力推举74岁的切尔年科(К.У.Черненко)为总书记,使得苏联又回到了勃列日涅夫晚年的状况。切尔年科上台仅一年,于1985年3月10日逝世。

5. 戈尔巴乔夫与苏联解体

1985年,54岁的戈尔巴乔夫(М.С.Горбачёв)当选为苏共中央总书记。戈尔巴乔夫的上台,标志着苏联社会进入一个崭新的阶段,即全面的社会主义阶段。他向人民承诺,关心人民的福利是国家的要务,其中粮食和住房问题被列为重点,即在1990年前解决粮食生产问题和在世纪末每个家庭保证有单独的一套住房。然而,在他执政的6年中,非但未能实现苏联人民对他的期望,他亲自发动的改革却导致了苏共的瓦解和苏联的解体。

1989年5月,召开了第一届苏联人民代表大会,选举戈尔巴乔夫为最高苏维埃主席。各加盟共和国也相继召开了人民代表大会。1990年5月,叶利钦(Б.Н.Елицин)当选为俄罗斯联邦的最高苏维埃主席。政治体制改革的主动权掌握在人民代表手中，1990年初确定了改革的新任务，即向法治国家过渡，改变人治现象，试图以此来保证向市场经济和民主社会的过渡。政治体制改革的另一件大事是实行总统制（президентская система власти）和实行多党制。在1990年3月召开的第三次人民代表大会上戈尔巴乔夫当选为苏联第一任总统。

从1989年起，国家收入开始减少，老百姓的收入大幅下降，物价狂涨，商品匮乏，群众的不满情绪日益上涨，全国罢工浪潮不断。而以叶利钦为首的俄罗斯领导极力反对苏联领导使苏联人民贫困化的做法，赢得了广大群众的信任和支持。

1990年6月12日，俄罗斯第一次人民代表大会在叶利钦的推动下，宣布俄罗斯为主权国家。后来，这一天被定为国庆节——独立日。一年后，即1991年6月12日，叶利钦当选为俄罗斯联邦第一任总统。俄罗斯联邦的独立和叶利钦的当选表明：俄罗斯出现了两种政权并存的局面。在经济危机日趋严重的情况下，俄罗斯宣布：不再等待苏联最高苏维埃的决定，率先向市场经济过渡。俄罗斯联邦社会主义共和国通过了一系列不符合苏联法律的规定。这样，俄罗斯同中央的矛盾，即两个总统——戈尔巴乔夫同叶利钦的矛盾不断激化。

1991年12月8日，作为苏联创始国三个斯拉夫共和国的俄罗斯联邦、白俄罗斯和乌克兰领导人在明斯克的别洛维日自然保护区举行会议并发表声明，宣布"苏联作为国际法的主体和地缘政治现实正式停止其存在"，并签署了关于建立独立国家联合体（Содруженство Независимых Государств）的协议。21日，阿塞拜疆、亚美尼亚、摩尔达维亚与中亚五国同明斯克协议的三国在阿拉木图签署了建立独联体协议议定书，并发表《阿拉木图宣言》（《Алма‐Атинская декларация》）。12月25日晚，戈尔巴乔夫发表电视讲话，宣布辞职。戈尔巴乔夫将使用核武器权利的"核手提箱"交给俄罗斯联邦总统叶利钦，苏联正式解体。俄罗斯作为苏联的继承国,取代了前苏联在联合国安理会常任理事国的地位。

练习 1.填空

1. 全俄工兵代表苏维埃第二次代表大会在_____召开,会上通过.列宁提出的两个法令,分别是_____和_____。

2. 在工业化的头三年内,苏联人民兴建了3个巨大的黑色冶金工厂_____、_____、_____。

3. _____年_____月_____日晨,德军背信弃义,对苏联不宣而战,从而拉开了伟大卫国战争的序幕。

4. 1942年1月1日,中、苏、美、英等26个国家在华盛顿发表_____也称_____;签字国保证用自己的全部经济、军事力量对法西斯国家作战,规定签字国不得与敌人单独媾和。这都标志着_____形成。

5. 赫鲁晓夫于_____年所作的秘密报告被称做"解冻"的开始。

6. _____是苏联战争的转折点,它的胜利,使德国受到致命的打击。

7. 1964年10月14日苏共召开中央全会。大会谴责了赫鲁晓夫_____和_____。全会解除了赫鲁晓夫的中央的第一书记和苏联部长会议主席的职务,选举_____为苏共中央第一书记。

8. 戈尔巴乔夫在政治体制改革中于1989年5月召开了第一届苏联人民大会,实行_____和_____。在_____召开的第三次人民代表大会上戈尔巴乔夫当选为苏联第一任总统。

9. 1900年_____月_____日,俄罗斯联邦第一次人民代表大会在叶利钦的推动下宣布俄罗斯为主权国家。后来,这一天被定为国庆节"独立日"。

10. 苏联首任和末任总统分别是_____、_____。

第4课
独立后的俄罗斯

简况

1991年苏联解体,成立独立国家联合体(СНГ, Содружество независимых государств)。现在独联体共12个国家,爱沙尼亚、立陶宛、拉脱维亚没有加入独联体。苏联解体伴随着严重的政治和经济危机。叶利钦在向市场经济过渡的同时,还要在政治上同议会争夺权力。最终,叶利钦获胜,通过了俄联邦新宪法,确立了总统制的政体。俄罗斯的寡头经济与国家政权紧密交织,经济改革的不成功使得叶利钦不断更换政府,最后终于将重担交给了普京(В.В.Путин)。普京上台后,进行了一系列的政治经济改革,巩固了俄罗斯政权,使得俄罗斯的经济逐步走出困境,在国际上的大国形象得以恢复。普京总统的个人魅力和支持率不断上升,顺利地通过第二轮总统选举。普京以新的方式和思想领导俄罗斯走向更强。

1.叶利钦与俄罗斯

(1)叶利钦:叶利钦1931年生于斯维尔德罗夫州的一个农村家庭。1955年毕业于乌拉尔基洛夫理工大学建筑系。1975年担任过斯维尔德罗夫区共产党书记,第一书记。1985—1987年为莫斯科市第一书记。1990年被选为俄联邦人民代表,联邦最高苏维埃主席团主席。苏联解体后叶利钦领导的俄罗斯成为苏联的继任者。1990年退出苏联共产党,1991年6月当选俄联邦总统,1993年10月叶利钦总统与议会之间紧张的政治斗争发展成为武力对抗。莫斯科街头发生枪战,叶利钦动用坦克轰击议会大厦。结果,总统获得全胜,权力大大加强。1996年,叶利钦第二次当选俄罗斯联邦总统。1999年12月31日卸任。

(2)叶利钦进行的社会经济改革:苏联的解体伴随着严重的经济危机。1991年秋,摆在俄联邦领导面前的任务是如何在向市场过渡的同时解决通货膨胀,保证经济增长。为此,叶利钦决定进行激进式的经济改革,又称"休克疗法",主要内容是放开物价,实行自由贸易和私有化。

①放开物价是盖达尔领导的政府提出的。从1992年元月2日起决定执行物价市场机制。这一决定使物价飞涨,特别是日用品。年底,盖达尔的下台标志着"休克疗法"在俄罗斯的彻底失败。

②实行自由贸易,包括对外自由贸易,是紧随着放开物价而进行的又一重大改革。1992年1月25日,俄总统颁布命令,允许所有公民和组织进行自由贸易。各行各业,包括科学、教育、文化等都参与到了贸易之中,个体的倒爷(челнок)贸易迅速发展起来。

③私有化改革正式实施是1992年开始的。这种改革被民主主义者称为自发的、偷盗似的私有化,它使得部分人可以廉价购买企业。

1991年7月3日,俄罗斯最高苏维埃通过了《国有企业私有化法》。该法奠定了俄罗斯私有化的法律基础,使得国家财产的私有化成为群众性的、公开的而非秘密自发的行为。1992年,俄罗斯作为独立国家登上世界舞台之初,面临着经济转轨、政治转轨和恢复在世界上的大国地位三项现实的任务。

私有化的进程与时任国家财产委员会主席的丘拜斯的名字紧密相连。私有化的改革是将国家财产转入集体、股份公司和私人手中。国家财产委员会统一领导私有化的全部进程。

私有化分为三个阶段:第一阶段(1991—1992年10月)进行"小型私有化"(малая приватизация),即将贸易和服务业私有化,希望以此来消除日用品的短缺;第二阶段(1992年10月—1994年6月)为"大的"私有证券的私有化(ваучерная приватизация),其结果要使得大多数居民成为生产企业的所有者,国家无偿将一部分财产通过私有化证券的形式转让给每一个公民;第三阶段(1994年6月起)进行货币私有化(денежная приватизация),即用货币从国家手中购买企业。

1992—1995年,俄罗斯工业、贸易和服务行业中的多数企业都实现了私有化。国家手中只剩下能源、交通及部分石油、采矿企业。大型银行的作用日趋明显,它们不仅能够控制工业企业,而且还左右着一些报纸、杂志和电视台的命运。一些对国家政治生活有重大影响的工业大财团——金融寡头集团形成。

④农业改革是以叶利钦总统1991年12月颁布的"关于俄罗斯联邦进行土地改革的紧急措施"命令和政府"关于重建集体农庄和国营农庄秩序"的决定开始的。

由于俄罗斯的"激进民主派"不顾国情,盲目照搬西方模式,采取"休克疗法",致使俄罗斯经济呈畸形状态。叶利钦时期,寡头经济与国家政权紧密交织是俄罗斯经济和政治的一个显著特征。在俄经济急速私有化的过程中,相当一部分苏联时期的官僚人士通过侵吞国有资产一夜暴富。另外,也有一些非官僚阶层出身的人依靠钻法律空子发了横财,成为俄罗斯新贵族。叶利钦执政后期,出现了别列左夫斯基、古辛斯基和斯摩棱斯基等著名的金融寡头。在1996年的总统选举中,寡头们操纵新闻媒体,提供数量可观的竞选经费以拉选票,从而保证了叶利钦竞选的胜利。

2. 普京与俄罗斯

(1)普京:弗拉基米尔·弗拉基米洛维奇·普京1952年10月7日生于列宁格勒。1975年毕业于列宁格勒国立大学法律系,1985年被派往民主德国从事国家安全工作,成为杰出的特工之一。1990年,苏联从民主德国撤军,普京回国。从1990年开始,普京担任列宁格勒大学负责国际问题的副校长助理、副校长,不久任列宁格勒市苏维埃主席的顾问。1991年6月担任圣彼得堡市政府对外联络委员会主席,主管引进外资、城市经济建设、建立合资企业等工作。1994—1996年,他被任命为圣彼得堡市政府第一副市长,市政府外联委员会主席。1996—1997年,普京任俄罗斯总统事务管理局副局长。1997年3月—1998年4月任总统办公厅副主任。1998年5月—1998年7月任总统办公厅第一副主任,主管中央与地方的关系事务。1999年8月9日起普京任俄罗斯第一副总理兼代总理,8月16日起正式任总理,同年9月起任俄罗斯和白俄罗斯执行委员会主席。1999年12月31日任俄罗斯代总统。2000年3月26日赢得总统选举。2004年3月再次当选俄罗斯总统。

(2)普京进行的社会经济改革:普京总统上台后,为了规范社会行为和整顿社会秩序,他通过总统办公厅等行政部门,有计划地向联邦会议提交许多涉及国家司法制度、政党制度、行政制度、选举制度等内容的法律草案。

①进行联邦体制改革。2000年5月3日普京总统签署总统令,决定全俄罗斯89个联邦主体划分为7个联邦区,总统不再向各联邦主体派驻全权代表,建立国家垂直的政权管理体系;还依据俄联邦宪法、联邦法规对地方法律和法律性文件进行纠正,删除了各联邦主体宪法中有关各自拥有主权的条文,使得地方分离主义和民族分离主义得到有效遏制。

②从2002年开始进行税务改革,主要包括了两个措施:一是取消原来按收入纳税的方法,即收入增加,纳税率增加,改为固定的13%的税收;二是逐步减少以至最终取消增值税。

③从2002年夏天起,普京政府开始了住房改革,其目的是在公共服务业内营造竞争氛围,使住房转入市场轨道。随后又将养老金纳入个人退休基金。2005年,又实行了将国家对退休人员种种优惠货币化,给部队、卫国战争老战士、教师等人员加薪,给学生增加助学金,70%以上的大学生上学实行免费。

④普京实行新闻控制,惩治腐败,打击金融寡头和极端主义。2001年1月关闭了别列佐夫斯基的TV-6电视频道。普京还发布了关于禁止外国资本进入俄罗斯新闻媒体的总统令。

20世纪90年代,俄罗斯的私有化运动使众多国有资产成为私有财产,使少数人一夜暴富。这种暴富正像普京所说:"那是通过侵吞国家财富的方式实现的。"在这些暴富人中,古辛斯基、别列佐夫斯基、霍多尔科斯基三位寡头最为抢眼。普京重拳打击寡头势力后,向社会宣布:"今后谁也别想再从国家白拿钱。"从此,普京彻底告别了"寡头干政"时代,告别了叶利钦留给他的政治遗产,霍氏被捕导致了普京的三个主要反对党的财源紧张,此举也使得普京的支持率上升到80%。

⑤解决车臣问题:1999年8月第二次车臣战争爆发后,叶利钦赋予普京指挥权,2000年5月普京当选为俄罗斯第三届总统。面对车臣非法武装分子的爆炸活动,普京并没有被吓倒,而是采取搜剿、安抚等措施,与车臣非法武装分子展开斗争。2002年10月23日,在莫斯科的轴承厂工人俱乐部剧院,50多名恐怖分子劫持了1 000多名观众及100多名演员和工作人员。2003年7月5日,两名车臣"黑寡妇"在莫斯科图申斯基机场附近引爆炸药,导致17人死亡。特别是2004年9月在高加索别斯兰市一个中学发生了恐怖主义分子绑架中小学生事件,导致了300多名中小学生死亡。2004年5月9日,他们还在车臣首府举行庆祝胜利日活动时炸死车臣总统卡德洛夫。2005年3月8日,车臣匪首被打死,普京取得反恐斗争的初步胜利。

⑥普京治理俄罗斯的"新俄罗斯思想":普京把俄罗斯的历史传统、社会现实和未来发展方向结合在一起,提出了为众多俄罗斯人所接受的"新俄罗斯思想"。

在2005年庆祝伟大卫国战争胜利、反法西斯胜利60周年前夕,他下令将原来无名战士墓旁排列的英雄城市名字恢复原名,将伏尔加格勒改名为斯大林格勒等。

在5月9日的庆典活动中,5 000多位来自苏联的老战士走在阅兵式的最前列,使俄罗斯人重温战胜法西斯的历史,增强了民族自信心。

在确定俄罗斯国歌的时候,普京决定将苏联国歌的曲调定为俄罗斯国歌的曲调,使激昂的旋律激励俄罗斯人。

"新俄罗斯思想"的另一个重要组成部分是爱国主义。普京在一次讲话中指出:"俄罗斯的训练只有一项,那就是爱国。爱国是力量的源泉,丧失爱国主义精神,就失去了能够创造伟大成就的人民。"

"新俄罗斯思想"的第三个要点是抛弃大帝国思想,融入世界之中。普京具有宽阔的国际视野,认识到苏联自我封闭,争霸世界的严重后果。

3. 梅德韦杰夫

梅德韦杰夫:德米特里·阿纳托里耶维奇·梅德韦杰夫(Д.А. Медведев)1965年9月14日出生于列宁格勒。1987年毕业于国立列宁格勒大学法律系,1990年毕业于该校研究生院。法学副博士,副教授。1990—1999年,在国立圣彼得堡大学任教。同时,1990—1995年,任列宁格勒市苏维埃主席顾问,圣彼得堡市政府外事委员会专家顾问。自1999年,任俄罗斯联邦政府办公厅副主任。1999—2000年,任俄罗斯总统办公厅副主任。自2000年,任俄罗斯联邦总统办公厅第一副主任。2000—2001年,任天然气工业企业股份公司董事会主席,2001年任董事会副主席,自2002年6月任董事会主席。自2003年10月,任俄罗斯总统办公厅主任。自2005年6月,任俄中"国家年"俄方组委会主席。2005年11月,被任命为俄罗斯联邦政府第一副总理。2008年5月7日,在莫斯科克里姆林宫举行隆重仪式,梅德韦杰夫宣誓就任俄第三任总统。应胡锦涛主席邀请,梅德韦杰夫总统于2008年5月23日至24日对中国进行了国事访问。此次,梅德韦杰夫总统在北京大学发表了演讲,与中国青年进行交流。梅德韦杰夫在演讲开始时称,首先请允许我对友好的中国人民所遭受的灾害表示最诚挚的慰问。这是俄罗斯新任总统第一次面向国外听众发表演讲,并由中国电视台现场直播。梅德韦杰夫在演讲中还称,俄罗斯和中国是两个伟大的邻居,双边关系的历史有差不多400年,客观上双方有发展合作的意图,彼此又有重要意义。

练习1.简答

1.俄罗斯的金融寡头是怎样产生的?对社会造成了什么影响?

练习2.填空

1. 奠定俄罗斯私有化法律基础的法令是_____。

2. 私有化进程与时任国家财产委员会主席_____的名字紧紧相连。

3. 叶利钦执政后期,俄罗斯出现了_____、_____和_____等著名的金融寡头。

4. 苏联解体后,俄罗斯作为独立国家登上世界舞台之初,面临着_____、_____和_____三项现实任务。

5. 普京上任后,首先打击的金融寡头是_____、_____和_____。

6. 普京上台以后,把俄罗斯的_____、_____和_____结合在一起,提出了被众多俄罗斯人所接受的"新俄罗斯思想"。

第三章 行政划分、主要城市

第 1 课 行政划分

简况

俄罗斯是一个联邦制国家,现行宪法规定有 89 个联邦主体;俄罗斯在行政管理上实行较为统一的四级体制,城市则实行三级管理,这是由其"地大人少"的基本国情决定的。城市作为一个国家的历史与现实的"名片",是民族文化传承最集中和最生动地体现。

1. 行政划分

俄罗斯联邦现有 89 个联邦主体(субъекты РФ,最大的联邦主体是 Республика Саха,俗称 Якутия),其中 21 个共和国(Республика)、6 个边疆区(край)、49 个州(область)、2 个联邦直辖市(город федерального значения)、1 个自治州(автономная область)、10 个自治区(автономный округ)。宪法规定:该 89 个主体的权利和地位平等,享有立法权和行政自主权,在议会上院联邦委员会中有各自的代表,并参与联邦各机构的工作等。

俄罗斯在行政上基本延续前苏联的四级管理体制,即联邦中央——共和国、边疆区、直辖市、自治州、自治区——(共和国、州、边疆区属)市、区——镇(村)。

(1)联邦中央:俄罗斯联邦中央的最高国家权力机关为联邦议会。议会由上院——联邦会议和下院——国家杜马两院组成。

根据宪法,联邦委员会由俄罗斯联邦 89 个主体各派两名代表组成,共设 178 个席位。这两名代表是地方立法机关和地方国家权力执行机构的首脑。国家杜马每 4 年选举一次,其职权范围是:批准俄联邦各个主体间边境的更改,批准俄总统关于实行战时状态的命令;批准俄总统关于实行紧急状态的命令;决定在俄罗斯境外动用武装力量问题;确定俄总统的选举,罢免俄总统的职务等。国家杜马由 450 名代表组成,其中 225 名根据"多数制"(即获相对多数选票的候选人当选)原则产生,由全国 225 个选区各选举 1 名;另外 225 名代表则在全国范围内根据各参选组织或联盟获得选票的多少按比例选出。其职权范围是:批准俄总统对俄总理的任命;决定对俄总统的信任问题;任免俄中央银行行长、检察长及其他全权代表;宣布大赦;提出对俄总统的指控等。

俄罗斯国家权力的最高执行机关为联邦政府(Правительство РФ),由政府总理(Представитель Правительства)、若干副总理和各部部长等人员组成。联邦政府在 1994 年前称为"部长会议"(Совет Министеров),当时的总理称为"部长会议主席"。

(2)共和国(республика):共和国是根据当地居民的民族构成(如有占主体的少数民族)、人口数量、经济发展状况、地理位置和其他必备条件建立的。根据联邦宪法和联邦条约规定,共和国拥有根据"本国"特点制定的不违背联邦宪法基本原则的宪法,有自己的最高权力机关和最高国家管理机关,并享有立法权和民族自主权,拥有除国防、公安、修改联邦宪法、制定经济政策等联邦权力以外的全部国家权力,其行政地位相当于州。1991 年前,俄罗斯只有 16 个自治共和国(автономная республика),至 1993 年有 5 个自治州分别升格为共和国。目前,共和国总数已达 21 个,且全部都取消了"自治"二字,有的还宣布"独立"(如车臣共和国等)。

(3)边疆区(край):边疆区是俄罗斯联邦境内特殊的行政区划单位。18 世纪开始设立,辖内可包括若干个省(губерния);苏联时期,边疆区的构成一般应具备三个条件:远离中央,人口超过

100万,其辖内一般有自治州。但现在第三个条件已经不复存在,现有的6个边疆区,除哈巴罗夫斯克(伯力)边疆区(Хабаровский край)辖有犹太自治州外,其余5个均未辖自治州。边疆区的面积一般较大,相当于一个或数个州。

(4)州(область):州是俄罗斯联邦的主要行政区划单位,是包括工业中心和农业区在内的复杂的经济综合体。各州的面积和人口的数量差别很大,如以盛产石油而著名的秋明州的面积就大于加里宁格勒州95倍多,莫斯科州的人口要比马加丹州多60倍。

自治州(автономная область)是民族区域自治的行政区划单位,行政地位相当于州。1991年前,俄罗斯共有5个自治州,即阿迪格、戈尔诺-阿尔泰、卡尔恰依-切尔斯克、哈卡斯自治州,它们分别隶属于克拉斯诺达尔、阿尔泰、斯塔夫罗波尔、克拉斯诺亚尔斯克4个边疆区,1991—1992年间它们先后宣布成立共和国。现只剩下1个自治州,即位于远东地区阿穆尔河(黑龙江)流域的犹太自治州(Еврейская автономная область)。该州行政区划上隶属于哈巴罗夫斯克(伯力)边疆区,面积3.6万平方千米,人口约20万,其中多数为俄罗斯族人(约14万),而主体民族——犹太人却只剩下3万余人(1991年以来该州已有10余万犹太人移居国外)。

(5)市(город):俄罗斯的市分为三级管理,即联邦直辖市——莫斯科和圣彼得堡,共和国、边疆区、州和民族自治区辖市,区属市等。俄罗斯共有大小城市1 000多个,其中最大的是首都莫斯科,常住人口已超过1 000万,加上外来人口达1 200万(2002);其次是圣彼得堡,人口超过500万。百万人口以上的城市还有10余座,如:下诺夫哥罗德(Нижний Новгород)、新西伯利亚(Новосибирск)、叶卡捷琳堡(Екатеринбург)、萨马拉(Самара)、车里雅宾斯克(Челябинск)、鄂木斯克(Омск)、彼尔姆(Перм)、喀山(Казань)、乌法(Уфа)、顿河畔罗斯托夫(Ростов-на Дону)、伏尔加格勒(Волгоград)等。

(6)区(район)：区是俄罗斯的行政区划单位。共和国、边疆区、州、民族自治区内都辖有区，大城市中也设区。区的面积为数百至数千平方千米不等，人口一般为2—6万之间，并通常下设镇或村。

(7)镇(посёлок)或村：镇或村(село)是俄罗斯最基层的行政区划单位，一般由一个或数个居民点构成。镇按类型通常又可分为"城市型镇"(посёлок городского типа)、"工人型镇"(рабочий посёлок)、"疗养型镇"(курортный посёлок)、"别墅型镇"(дачный посёлок)、"农村型镇"(посёлок сельского типа)、"车站型镇"(посёлок при станции)以及较大工业或商业区的村镇(слобода)等。具体划分与城镇居民的职业类别有关，并有人口数量规定，通常不得少于2 000人。此外，城市型镇还必须设置工业、交通、疗养和行政机关等部门。

2000年5月刚上任不久的普京总统就签署法令，根据地域原则将现有的共和国、边疆区、州、民族自治区等89个主体联合成7个"联邦区"(Федеральный округ)，每一个区内以一个城市为中心，辖有若干主体，它们是：以莫斯科为中心的"中央区"(18个主体)，以圣彼得堡为中心的"西北区"(11个主体)，以顿河畔罗斯托夫为中心的"北高加索区"(12个主体)，以下诺夫哥罗德为中心的"伏尔加河沿岸区"(16个主体)，以叶卡捷琳堡为中心的"乌拉尔区"(6个主体)，以新西伯利亚为中心的"西伯利亚区"(16个主体)，以哈巴罗夫斯克为中心的"远东区"(10个主体)。联邦区并不是独立的行政区划分单位，因为它不设有与联邦政府各职能部门对应的行政机构，而只设立总统驻联邦区的"全权代表"(полномочный представитель)。该全权代表的主要职能是保障总统有效实施宪法所赋予其的权力，提高国家权力机关的工作效率，监督总统和政府权力机关的决议在各地区的执行情况。

2. 俄罗斯联邦的政体

1993年12月12日,俄罗斯联邦新宪法经全民公决通过。新宪法规定,俄罗斯联邦是共和制的民主联邦的法治国家,俄罗斯联邦保障自身领土的完整和不受侵犯;俄罗斯联邦会议是俄罗斯联邦的代表与立法机关,联邦会议（Федеральное Собрание 或 парламент）由联邦委员会（Совет Федермции）和国家杜马（Государственная Дума）两院组成;俄罗斯联邦总统是国家元首（Государственная глава）,是俄罗斯联邦宪法、人和公民的权利与自由的保障。俄罗斯联邦国家权力实行三权分立原则。联邦会议是代表机关和立法机关,行使立法权;政府行使执行权;俄罗斯联邦法院行使司法权。

政党和社会团体:俄罗斯联邦1993年通过的宪法规定,俄罗斯联邦承认意识形态的多样性,政治的多元性和多党制。社会团体在法律面前一律平等。根据俄罗斯司法部的资料统计,1996年俄罗斯联邦约有5 000个政党和近6万个社会政治活动团体,其中大多数只是注册登记而已。其中较大的政党有俄罗斯联邦共产党（Коммунистическая партия）、"亚博卢"联盟（Объединение "Яблоко"）和选举集团"祖国——全俄罗斯"（Избирательный блок "Отечество—Вся Россия"）

3. 国徽、国旗、国歌、国花

俄罗斯现行国徽于1993年11月30日确定。它以红色的盾牌徽章为底,图案为金色的双头鹰（двуглавый орёл с поднятыми крыльями）。这是伊凡雷帝时代的国徽:红色盾面上有一支金色的双头鹰,鹰头上是彼得大帝的三顶皇冠,鹰爪抓着象征皇权的权杖和金球。鹰胸前是一个小盾形,上面是一个骑士和一匹白马。双头鹰的由来可追溯到公元15世纪。双头鹰原是拜占庭帝国君士坦丁一世的徽记。拜占庭帝国曾横跨欧亚两个大陆,它一头望着西方,另一头望着东方,象征着两块大陆间的统一以及各民族的联合。

俄罗斯联邦的国旗为自上而下的白、蓝、红三色横条旗。呈长方形,长与宽之比约为3:2。旗面由三个平行且相等的横长方形相连接而成。俄罗斯幅员辽阔,国土跨寒带、亚寒带和温带,用三色横长方形平行相连,表示了俄罗斯地理位置上的这一特点。白色代表寒带一年四季白雪茫茫的自然景观;蓝色即代表亚寒带气候区,又象征俄罗斯丰富的地下矿藏、森林和水力等自然资源;红色是温带的标志,也象征着俄罗斯历史的悠久。白、蓝、红三色横条旗来自1697年彼得大帝在位期间采用的红、白、蓝三色旗,红、白、蓝三色旗被称为泛斯拉夫颜色。1917年十月革命胜利后取消了三色旗。1920年,苏维埃政府采用新国旗,由红、蓝两色构成,左边为垂直的蓝条,右边的红色旗面上有一颗五角星和交叉着的铁锤和镰刀。此旗后为俄罗斯苏维埃联邦社会主义共和国国旗。1922年,苏维埃社会主义共和国联盟成立后,国旗图案作了修改,为一面红旗,左上角有金色的五角星、镰刀和铁锤图案。1991年,苏维埃解体,俄罗斯苏维埃联邦共和国改称为俄罗斯联邦,随后采用白、蓝、红三色旗为国旗。

俄罗斯的国歌几经变化。十月革命以后曾把《国际歌》作为国歌。苏联解体后在叶利钦执政时期国歌改用伟大的俄罗斯作曲家格林卡(М.Глинка)的古典音乐乐曲,没有歌词。普京执政后国歌恢复原苏联时期由亚历山大罗夫(А.В.Александров)所作的国歌的曲调,词作者是作家米哈尔柯夫(Михалков)。

国歌

俄罗斯,我们神圣的祖国!
俄罗斯,我们可爱的家园!
意志坚强,无上光荣,
你的财富,永不枯竭。
副歌:

歌颂你，我们自由的祖国，
各民族的友谊世代相传。
先辈们赋予人民智慧，
光荣吧，祖国，我们为你而骄傲，
为你歌唱！
从南海到北疆，
到处是田野和森林。
你举世无双！
副歌：满怀希望，充满理想，
放眼未来，前程无量。
对祖国的忠诚给我们以力量。
始终不渝，一如既往！

Россия — священная наша держава!
Россия — любимая наша страна!
Могучая воля великая слава —
Твоё достоянье на все времена.

Славься Отечество наше Свободное,
Братских народов союз вековой,
Предками данная мудрость Народная.

Славься страна! Мы гордимся тобой!
От южных морей до полярного края
Раскинулись наши леса и поля.
Одна ты на свете! Одна ты такая,
Хранимая Богом родная земля!

Широкий простор для мечты и для жизни,

Грядущие нам открывают года.
Нам силу даёт наша верность Отчизне.
Так было, так есть и так будет всегда!

前苏联人民热爱向日葵,并将它定为国花。现在俄罗斯仍把国花定为向日葵,"更无柳絮因风起,唯有葵花向日倾"。向日葵,向往光明之花,能给人民带来美好希望之花,它全身是宝,把自己无私地奉献给人类。

练习1.简答

1．俄罗斯在行政区划分上实行的是几级管理体制?它们分别是什么?

2．共和国是根据哪些必备条件建立的?

练习2.填空

1．俄罗斯89个主体,有_____共和国、_____边疆区、_____州、_____直辖市、_____自治区和_____自治州组成。

2．俄罗斯的市分为三级管理,即_____市、_____市和_____市。

3．俄罗斯百万人口的城市有10余座_____、_____、_____、_____、_____、_____、_____、_____、_____等。

4．7个"联邦区"分别是:以_____为中心的"中央区",以_____为中心的"西北区",以_____为中心的"北高加索区",以_____为中心的"伏尔加河沿岸区",以_____为中心的"乌拉尔区",以_____为中心的"西伯利亚区",以_____为中心的"远东区"。

第2课　主要城市概况

简况

俄罗斯的城市化程度很高,有大小城市 1 000 多座,也有许多闻名世界的历史名城。城市作为一个国家历史与现实的"名片",不仅刻印着俄罗斯民族悠久的文化传统,同时也展示着其在现代化进程中的地位和风貌。

1. 莫斯科

莫斯科位于中央经济区,是俄罗斯联邦的首都,是巨大的工业和交通枢纽、科学文化中心。莫斯科位于莫斯科河(Москва-река)两岸。按照 2002 年全国人口普查结果,莫斯科人口为 1 050 万,位居俄罗斯 13 个百万人口城市之首。全市共分为 10 个行政区(округ),每个区约 100 万人。它建于 1147 年,其奠基人是尤里·多尔戈鲁基(Юрий Долгорукий)。莫斯科的轻工业和食品工业产量居全国第一,是全国最大的交通运输枢纽,11 条铁路和众多公路由此通向全国的四面八方。这里有河港多处,机场 4 个,市内通有地下铁路(1935 年通车)。莫斯科是俄罗斯国家最高权力机构所在地,俄罗斯科学院也设立于此。特维尔街是莫斯科最繁华的街道之一,始建于克里姆林宫的红墙之下。新阿尔巴特街是莫斯科最现代化的大街。老阿尔巴特街是莫斯科最古老和最具文化气息的步行街。此外,这里还分布着 80 所高等学校、60 多家专业剧院和 70 多家博物馆。

(1)红场(Красная площадь):是莫斯科中心广场,被誉为莫斯科的心脏。平面呈长方形,面积约 4 万平方米,建于 15 世纪,16 世纪起在此举行盛典,是沙皇政府宣读重要诏书和举行凯旋检阅的场所。17 世纪后半叶起正式称红场。在俄语中"Красная площадь"是美妙绝伦的广场。红场西面是克里姆林宫,靠宫墙中部屹立着列宁陵墓,陵墓对面的大楼是莫斯科最大的商店之一,建于1893年的国家百货商店(ГУМ,现为最大的百货商店)。广场北部有历史博物馆,南面有东正教的圣母大教堂(Покоровский собор)。

(2)克里姆林宫(Кремль):是莫斯科的核心,在俄语中是"堡垒"和"内城"的意思。在俄罗斯其他的一些古城里也都有类似的"克里姆林"。莫斯科的克里姆林宫建造于1147年,1156年完工。当时还是木质堡垒,1367年才用白石砌起了宫墙和塔楼。从外观上看,克里姆林宫酷似椭圆三角形,宫墙周长2 316米。整个建筑由宫殿、教堂、大厦、塔楼及历史古迹组成,建筑面积约28万平方米。克里姆林宫与塔楼是14—15世纪的建筑。宫墙上共有20座塔楼,主塔楼是救世主塔楼,高71米,建于1491年。塔楼上的自鸣钟每隔15分钟敲打一次,每天夜里12点、早晨6点和中午12点,通过俄罗斯电台报告莫斯科时间。炮王(Царь-пушка,40吨)和钟王(Царь-колокол,200吨)位于其中。1961年,又在古老的克里姆林宫内建造了一座宏伟的现代化大厦——克里姆林宫大会堂(Кремлёвский Дворец съездов),这是20世纪宫内建造的唯一的大厦,也是宫内最大的建筑物。大厦内还有一座歌舞剧场,著名的克里姆林宫芭蕾舞剧院就在这里上演世界经典芭蕾和歌舞剧。

(3)库兹马·米宁(Кузьма Минин)和德米特里·波扎尔斯基(Дмитрий Пожарский)纪念碑:是莫斯科最古老的雕塑纪念碑之一。它位于红场的中央,建于1818年,是为纪念俄罗斯爱国者、反抗波兰侵略者的战斗英雄库兹马·米宁和德米特里·波扎尔斯基而建。

(4)特列季雅科夫美术馆:是莫斯科这座历史名城中最为著名的博物馆,又称"特列季雅科夫画廊",是一座系统陈列俄罗斯传统绘画艺术的主要博物馆。它创建于19世纪中叶,原为俄国富商特列季雅科夫的私人收藏馆,1982年捐献给莫斯科市。这里收藏有最珍贵的俄罗斯历代名画家的作品6万余件,堪称俄罗斯艺术作品"总汇"。这些画不仅在俄罗斯备受推崇,在世界画坛上也享有很高声誉,属世界珍品。每年来特列季雅科夫博物馆参观的国内外游客多达200多万人,它已经成为莫斯科人和全体罗斯人的骄傲。

(5)莫斯科大学:建于1755年1月12日,为俄罗斯的最高学府。其现在的主楼位于麻雀山上,大学生街和罗蒙诺索夫大街之间,是50年代莫斯科建造的7座高层尖顶式建筑之一。主楼39层,高达240米。主楼的后面,耸立着莫斯科大学奠基人罗蒙诺索夫全身雕像。在主楼的墙上悬挂的世界名人画像中,有中国的祖冲之和李时珍。

1957年11月17日,毛泽东主席正是在这个主楼的大礼堂对中国留学生发表了著名讲话:"世界是你们的,也是我们的,但归根结底是你们的。你们青年人,朝气蓬勃,好像是八九点钟的太阳。世界是属于你们的,中国的前途是属于你们的。"

主楼前面是一个大公园,树木葱茏,百花争艳,空气清新,环境优美。特别是莫斯科河畔的观景台,由于地势较高,视野开阔,成为俯瞰莫斯科全境的好地方。

中国驻莫斯科大使馆就坐落在莫斯科大学主楼以南的友谊街6号。乘红线地铁到大学站下车,换乘34路无轨电车到英·甘地广场下车即可。

在卫国战争(1941—1945)期间莫斯科起到了巨大的作用。1941年这里发生了震惊世界的莫斯科保卫战(Московская битва),法西斯不可战胜的神话被打破。1965年莫斯科获"英雄城市"(город-герой)称号。

2. 圣彼得堡

圣彼得堡(Санкт-Петербург)是俄罗斯第二大城市,位于涅瓦河(Нева)注入芬兰湾(Финский залив)的河口两岸及三角洲上,是全国人口数量占第二的城市。根据2002年全俄人口普查结果,该城市的人口数量为470万。市内地铁1955年通车。从工业生产规模上看,圣彼得堡在俄罗斯各城市中位居第二。这里机械制造业部门齐全,有造船业、动力机械制造业、仪表业和无线电电子产品生产行业。此外,还有黑色金属和有色金属冶炼业、化工业、轻工业和食品业。这里还分布着400家科研所、43所高等院校和86所中等专业学校,16家专业剧院、47家博物馆。1712年沙皇俄国迁都至此,直到1918年3月才结束它作为首都的历史。80多条大小河流和运河穿过市区(最大河为涅瓦河 Нева),将市区中心部分分割成42个岛屿。诸岛由300多座桥梁相连,是一座水上城市,有"北方威尼斯"(северная Венеция)之称。

1703年彼得大帝下令兴建该市,最初称圣彼得堡。彼得大帝将其视为"通向欧洲的窗口"(окно в Европу)。1914—1924年该城更名为彼得格勒(Петроград),1924—1991年改名为列宁格勒(Ленинград),1991年苏联解体后恢复原名圣彼得堡。

圣彼得堡被称为"革命的摇篮"(колыбель революции)。早在1825年就在此爆发了十二月党人起义。该城是俄国三次革命(1905年革命、二月革命、十月革命)的发源地。卫国战争(1941—1945)中,列宁格勒被德国法西斯军队封锁围困900天之久,岿然不动,战后被授予"英雄城市"的光荣称号。

圣彼得堡是一座非常美丽的城市。很多建筑具有西欧风格,名胜古迹比比皆是,圣彼得堡人很自豪地说:"没到过圣彼得堡就等于没到过俄罗斯。"

(1)冬宫:是沙皇的宫殿和住所,建于1754年至1762年,占地9万平方米,1837年大火后重建。冬宫的四周圆柱林立,房顶上矗立着100多尊雕像和大花瓶。宫殿长2 000米,宽160米,高22米,共有1 050个房间,1 886道门,117个楼梯。大殿小厅各个金碧辉煌,富丽堂皇。其中孔雀石大厅的每根圆柱都是用孔雀石做成,共耗用2吨多孔雀石。图案镶木地板用了紫檀、红木、乌木等9种贵重木材。

大小金銮殿里的油画、壁画、银制吊灯和御座更是豪华无比。1917年十月革命时,阿芙乐尔号巡洋舰的炮火最先向这里开火,工人、士兵和水兵就是在这里逮捕了资产阶级临时政府成员。

现在冬宫是埃尔米塔什博物馆的一部分。

(2) 著名博物馆有埃尔米塔什博物馆(Музей Эрмитаж,又称冬宫):与伦敦的大英博物馆、巴黎的卢浮宫、纽约的大都会艺术博物馆一起成为世界四大博物馆。镇馆之宝:《伏尔泰坐像》。该馆最早是叶卡捷琳娜二世女皇的私人博物馆。1764年,叶卡捷琳娜二世从柏林购进伦勃朗、鲁本斯等人的250幅绘画存放在冬宫的埃尔米塔什,该馆由此而得名。

18世纪下半叶,叶卡捷琳娜二世把冬宫的一部分房子拨出来专门收藏艺术珍品,并把珍藏这些东西的地方称为艾尔米塔什。"艾尔米塔什"一词源于法语,意为"幽静之地",即进行没有第三者在场的幽会的阁楼。今天这个名称已经名不副实,但是约定俗成,沿袭下来。

现在的博物馆占有5座大楼,有从古到今的270万件艺术品,包括1.5万幅绘画、1.2万幅雕塑、60万幅线条画、100多万枚硬币、奖章和纪念章以及22.4万件实用艺术品。世界上流传至今的达·芬奇的油画总计不到10幅,其中《戴花的圣母》和《圣母丽达》就陈列在这里。远东各国艺术馆收藏了大量的中国文物和艺术品,其中有200多件殷商时期的甲骨文,20世纪30年代,在蒙古诺彦乌拉考古挖掘出土的公元前1世纪的珍稀丝绸和壁画的样品,以及中国的瓷器、漆器、山水和仕女画。古希腊和古罗马的雕像、花瓶等文物,陈列在20多个大厅里。

艾尔米塔什的建筑和内部装饰颇有特色,拼花地板光亮见人,艺术家具精致耐用,各种宝石花瓶、镶有宝石的落地灯和桌子有400件左右。有些大厅用彩石装修,最华丽的是孔雀石大厅。哪怕用正常的速度把400多个展厅走完,也得花4个多钟头。如果在每件展品面前停留1分钟,每天按8小时计算,需要11年!

(3)俄罗斯博物馆(Pусский музей):在圣彼得堡仅次于"艾尔米塔什"的第二大艺术博物馆,它建于1819年至1826年,是沙皇亚历山大一世胞弟米哈伊尔·巴甫洛维奇的宫殿,因此称为"米哈伊尔宫"。1898年,在这个宫殿里开设了俄罗斯博物馆,主要收藏俄罗斯画家的作品,有2 500多幅圣像画、2万件民间手工艺品。学院派代表勃留洛夫的油画《庞贝城的末日》、以画大海著称的埃瓦佐夫斯基的《九级狼》,以及列宾、苏里科夫、列维坦"巡回展画派"的作品,使人赞叹不已。

在涅瓦河大街的旁边,有一个艺术广场,它的周围是俄罗斯博物馆、歌舞小剧院、音乐厅、音乐喜剧剧院、民俗博物馆和画家勃罗茨基纪念馆。广场中央耸立着普希金雕像。

(4)夏宫:正式名称为彼得宫,位于芬兰湾南岸,距圣彼得堡市区29千米,占地面积1 000万平方米,分为"上园"和"下园",有"俄罗斯的凡尔赛"之称。

夏宫始建于1704年,作为彼得大帝从彼得堡到要塞途中休息的地方。1714年修建了大宫殿,成为彼得大帝的行宫。1721年,在离彼得宫20千米的罗波申斯基高地北面发现了众多泉水,于是铺设管道,开凿运河,修建了喷泉系统。

18世纪中叶,为纪念俄国在北方战争中的胜利,在"下园"宫殿的前面建造了一个由64个喷泉和250多尊镀金铜像组成的梯级大瀑布。位于中央的雕像是"掰开狮嘴的参孙",高3米,重5吨,喷出的水珠高达22米。参孙是《圣经》里的大力士,在这里是俄罗斯在北方战争战胜瑞典的象征,而狮子是指瑞典,因为瑞典国徽上有一头狮子。

下园共有150个喷泉,2 000多个喷注,其中有两个梯级瀑布,一个叫"象棋山",另一个叫"金山"。其他喷泉的造型也各种各样,如"太阳"、"亚当"、"夏娃"、"金字塔"、"罗马",每年5月10日至11月6日,夏宫对外开放。每天11时至17时,各种造型的喷泉争奇斗巧,五光十色。

位于上园和下园之间的大宫殿富丽堂皇,其中有金銮殿、觐见厅和彼得大帝的橡木书房。油画厅的墙上挂了368幅油画。有一个房间是按照中国风格和情调装修的,称为"中国书房"。里面摆着中国的黑漆屏风和花瓶,屏风上用金银绘制了山水图。

(5)涅瓦大街(Невский проспект):圣彼得堡最主要的大街,始建于彼得堡落成后的第二年,1783年起名为涅瓦大街。它的一端是海军部大厦,另一端是亚历山大·涅夫斯基新桥,总长度为4.5千米。

笔直的大街两侧是各种各样的商店、饭店、咖啡馆、电影院、书店、教堂、博物馆、国家文化机关、居民住宅……其中许多建筑物具有很高的建筑和艺术价值。

果戈理所写的著名短篇小说《涅瓦大街》,揭露沙俄时代彼得堡贵族官僚社会的庸俗与空虚,更使这条大街闻名遐迩。

(6)圣彼得堡的"白夜"(белая ночь):圣彼得堡的"白夜"世界文明,给这座水上城市增添了奇异的色彩,该市也因此获得了白夜城(город белых ночей)的美称。6月22日前后的一周,是白夜最长的时候,也是游客最多的时节。一直到夜间12时以后,你都可以在露天里阅读报刊,散步观景。不等黑天,马上就日出,昼夜相连,妙趣横生。每逢白夜,圣彼得堡都要举行"白夜"艺术节,各种音乐会、歌舞会和其他演出通宵达旦,其乐融融。这时,说圣彼得堡是"不夜天"和"不夜城",实在是最恰当不过了。

除了上述旅游景点外,还有彼得保罗要塞、伊萨基辅大教堂、夏园、普希金市(皇村)、喀山大教堂、亚历山大-涅夫斯基大修道院、斯莫尔尼宫、阿夫勒尔巡洋舰等。

(7)"金环城市":金环城市是指俄罗斯的历史名城。主要有:谢尔基耶夫-波萨德(Сергиев Посад)、罗斯托夫(Ростов)、雅罗斯拉夫尔(Ярославль)、科斯特罗马(Кострома)、伊万诺沃(Иваново)、苏兹达尔(Суздаль)、弗拉基米尔(Владимир)等,这些城市保存了俄罗斯独一无二的最珍贵的历史文化古迹。

3．新西伯利亚

新西伯利亚(Новосибирск,1903—1925 年为新尼古拉耶夫斯科)位于莫斯科以东 3 191 千米处,西伯利亚平原东南部,面积 400 平方千米,是西西伯利亚最大的城市和俄罗斯第三大城市(按人口数量)。新西伯利亚是一个年轻的城市。它建于 1893 年,当时曾经是西伯利亚铁路建设者生活的一个小镇,由于它位于鄂毕河畔,经济地理位置优越。西伯利亚的主导型工业企业为生产发动机、重型机床和压机、农机以及采矿工业设备的机械制造厂。新西伯利亚设有俄罗斯科学院西伯利亚分院、13 所高等学校、近 40 所中等专业学校、100 多个图书馆、6 家剧院和多家博物馆。1941—1945 年苏联卫国战争期间,西伯利亚成为大后方,苏联欧洲部分的许多企业和人员撤到这里,促进了该城的发展。

俄罗斯科学院西伯利亚分院于 1957 年建在新西伯利亚城以南的鄂毕水库旁边,或称"科学城"。研究范围包括自然和社会的多种学科。目前俄罗斯执政开发和建设西伯利亚的规划,正是这个科学院分院制定的,负责西伯利亚和远东地区所有分院的科学研究工作。现有 40 多个研究部门,4 万余研究人员,拥有全国最大的科技图书馆和设备先进的实验室。建有"新西伯利亚科技园",这是俄罗斯唯一由总统签署命令成立的国家级科学技术园区。园区主要承担着帮助新西伯利亚科学城的科学家创办企业,为他们寻找国际合作伙伴、扩大国际合作范围,让企业走向国际市场。

4．下诺夫哥罗德

下诺夫哥罗德(Нижний Новгород,1932—1990 为高尔基市)位于莫斯科以东 439 千米,奥卡河与伏尔加河的汇合处,是俄罗斯联邦的第四大城市(按人口数量),截止到 2002 年 1 月 1 日,人口数量为134.6万。该城建于1921年,19—20世纪初,为全国重要的商业金融中心。高尔基汽车制造厂生产"伏尔加"牌小轿车。此外,下诺夫哥罗德还有一批黑色和有色金属、化工、轻工、食品和森林工业、企业。地铁于1985年开通。这里有10所高等学校、5家剧院和80多个图书馆等文化设施。1932年,为纪念伟大的文学家高尔基而改名为高尔基市(город Горький),1991年恢复原名。

奥卡河把下诺夫哥罗的分为两部分:西半部地势平坦,是工业和交通枢纽。东半部地势较高,是老城区所在地。作为俄罗斯民族发祥地之一和著名古都,下诺夫哥罗德至今仍保持着许多名胜古迹:克里姆林宫、天使大教堂、报喜修道院、米宁和波扎尔斯基纪念碑、高尔基故居博物馆和高尔基广场、奇卡洛夫纪念碑等。这里的风景优美,气候宜人,乘坐游轮可以尽情领略伏尔加河流域两岸的风光和名胜古迹,每年来这里旅游和休假的人络绎不绝。

5．伏尔加格勒

伏尔加格勒(Волгоград)位于伏尔加河下游,1925年以前为"查里津"(Царицын),1925—1961年为斯大林格勒,1961年后该城改称为伏尔加格勒。它历来是兵家必争之地。1942—1943年的斯大林格勒大会战(Сталинградская битва)是苏联卫国战争中一次决定性的战役,它历时6个月之久,消耗了德国法西斯在苏德战役上四分之一的兵力,使德国法西斯遭受了巨大的损失,最终以苏联军民的胜利而告结束,它成为第二次世界大战的根本转折点。这里的机械制造业和金属加工业、黑色冶金和有色金属业、化工、轻工和食品工业发达。在伏尔加河近郊还建有伏尔加河水电站。

1994年,伏尔加格勒是全国89个联邦主体中向国家上缴利税的13个州之一,其他州都靠中央补贴。除了首都莫斯科、南部的产粮区克拉斯诺达尔、黑土地带的沃洛涅什和库尔斯克以外,伏尔加格勒是全国比较富裕的地区。全市有7所高等院校、5家剧院,马迈土丘上有为"斯大林格勒保卫战英雄"设立的纪念碑。"祖国母亲在召唤"纪念碑高85米,重量达8 000吨,"母亲"雕像高52米,她右手举着一把长33米的不锈钢利剑,气势恢弘,十分壮观。

6. 叶卡捷琳堡

叶卡捷琳堡(Екатеринбург)位于莫斯科以东1 667千米处的乌拉尔山脉中部,它是俄罗斯的第五大城市,它排在莫斯科、圣彼得堡、下诺夫哥罗德和伏尔加格勒之后,面积400多平方千米。在1924年,该城市曾改名为斯维尔德洛夫斯科(Свердловск),1991年恢复原名。该城市因女皇叶卡捷琳娜一世的名字而得名,两个世纪后叶卡捷琳堡变成了斯维尔德洛夫斯克州府,在俄罗斯百万人口中位居第五,人口126万(2002年1月1日)。如今,叶卡捷琳堡已成为全国的重型机械制造中心。这里的宝石加工业(乌拉尔宝石厂)也十分发达。叶卡捷琳堡是乌拉尔经济区的科技和文化中心。这里设有俄罗斯科学院乌拉尔中心、14所高等学校(其中包括乌拉尔大学)、5家剧院及多家博物馆。

离市中心以西45千米处,就是著名的欧亚分界线。一块3米多高的界碑耸立在海拔413米的白花上。这块州界碑立于1837年,100多年来吸引了无数游客前来参观,成为叶卡捷琳堡的重要象征。

7. 加里宁格勒

加里宁格勒(Калининград)是俄罗斯波罗的海沿岸一个不冻港,是加里宁格勒州的行政中心,铁路枢纽,渔业基地,人口43万(2002年全俄人口普查)。城市建于1255年。1945年以前,它是东普鲁士的城市——哥尼斯堡。由于苏联解体,该市被其他国家与俄罗斯主要领土分开,成为"飞地"。这里有2家剧院、1家琥珀博物馆,城市内保留了很多中世纪的建筑。

8. 符拉迪沃斯托克

符拉迪沃斯托克(Владивосток)是远东地区最大的城市、俄罗斯太平洋沿岸最大的海港、太平洋舰队驻地、滨海边疆区行政中心。该市原为清朝政府管辖的渔港,称海参崴。1860年,《中俄北京条约》签订后被俄国割占,俄罗斯把这一年视为该城的始建年,城徽是一支乌苏里虎,改为现名,译为"控制东方"。符拉迪沃斯托克是远东地区最重要的工业中心。现在,与滨海位置相连的工业部门——造船、修船、和鱼类加工业在这里发展起来。全国唯一的以五味子、刺五加、海带、人参和梅花鹿角为原料的制药厂就坐落在这里。此外,木材加工、轻工和食品工业也发展起来。符拉迪沃斯托克是一个捕鱼中心,这里的海产品捕捞业很发达。全市共有16所高等学校(包括远东大学 ДТУ、远东理工大学 ДТМА、远东海洋学院 ДГАПС)、3家剧院和3家博物馆。

1988年9月,苏联宣布滨海边疆区不再为禁区,苏联人进入这一地区不再需要特别通行证。如今符拉迪沃斯托克完全是一个开放的城市。美国、日本、韩国等国在这里设立了总领事馆。外国在这里的投资和贸易竞争也相当激烈。1990年,该市被批为向亚太地区(Азиатско-Тихооkеанский регион)开放的自由经济区(свободная экономическая зона)。

9. 哈巴罗夫斯克

哈巴罗夫斯克(Хабаровск)是远东的工业、交通和文化中心,是哈巴罗夫边疆区的行政中心,是重要的河港。该市旧称伯力。1860年《中俄北京条约》签订后被俄国割占,为纪念俄国殖民主义分子哈巴罗夫而改为现名。

哈巴罗夫斯克的主要工业部门有机器制造业和金属加工业、燃料工业、木材工业、轻工业、食品工业、建筑工业、建筑材料工业。

哈巴罗夫斯克还是科学文化中心。市内有25所高等学校,许多中等职业技术学校。

练习 1. 简答

1. 莫斯科建于哪一年？奠基人是谁？
2. 圣彼得堡建于哪一年？奠基人是谁？
3. 下诺夫哥罗德于 1932—1991 年间叫什么？
4. 新西伯利亚最具特色的"一城"、"一园"是什么？
5. 符拉迪沃斯托克在俄语中的意思是什么？

练习 2. 填空

1. _____ 彼得一世迁都圣彼得堡。
2. 莫斯科在行政区划分上分为 10 个区，每个区约为 _____ 万人。
3. _____ 街是莫斯科最繁华的街道之一，_____ 街是莫斯科最现代化的大街，_____ 街是莫斯科最古老和最具文化气息的步行街。
4. 20 世纪在克里姆林宫里建造的唯一的大型建筑是 _____。
5. 圣彼得堡除有 _____ 美名外，还是一座名副其实的 _____。
6. 世界上最大的"葱头式"圆顶教堂是 _____ 教堂。
7. 西伯利亚铁路是 _____ 开始修建的。

第3课　经济区特色

简况

　　经济区划和行政区划并不是一回事。俄罗斯经济区的划分，首先是以地理区域的劳动分工为基础。经济区就是在这种区域性专业化生产的基础上产生的。其次还与区域的经济发展水平、自然资源和劳动力资源以及民族文化特点等因素有关，并与全国国民经济的远景发展规划相结合。俄罗斯经济区划是俄罗斯经济运行中颇具特色的一种生产关系，也是俄罗斯组织和管理地域生产的一种重要形式，它的形成除有历史渊源外，更是为了追求社会生产率的最大化。学习和了解俄罗斯经济区划的基本情况，不仅有利于掌握其自然资源的分布特点，更有助于掌握其工农业生产的布局、规模和特色。俄罗斯现有经济区 11 个，分西部大经济区和东部大经济区(即俄罗斯的欧洲部分和亚洲部分)。

经济区	面积(千平方千米)	组成	人口(百万，2002年1月1日)	自然资源
中央区	485.1	布良斯克州,弗拉基米尔州,伊万诺沃州,卡卢加州,科斯特罗马州,莫斯科州,奥廖尔州,梁赞州,斯摩棱斯克州,特维尔州,图拉州和雅罗斯拉夫尔州,莫斯科(联邦级城市)	29.361	褐煤(莫斯科郊区煤田),磷灰岩,泥炭,石灰岩,森林

经济区	面积(千平方千米)	组成	人口(百万,2002年1月1日)	自然资源
中央黑土区	167.7	别尔哥罗德州,沃罗涅日州,库尔斯克州,利佩茨克州和坦波夫州	7.781	库尔斯克地磁异常的铁矿石,耐火黏土,建材,适宜的气候条件和黑土
伏尔加-维亚特卡区	263.3	基洛夫州,下诺夫哥罗德州,莫尔多瓦共和国,马里埃尔共和国,楚瓦什共和国	8.292	泥炭,建材,磷灰岩,森林,水资源
北方区	1 466.3	阿尔汗格尔斯克州,沃洛格达州,摩尔曼斯克州,卡罗利阿共和国,科米共和国,涅涅茨自治专区	5.668	森林,矿产资源,花岗岩,大理石
西北区	196.5	列宁格勒州,诺夫哥罗得州,普斯克夫州,圣彼得堡(联邦级城市)	7.898	矿产资源,耐火黏土,油页岩,磷灰岩,石英沙,石灰岩,铝土,盐资源,森林
伏尔加河中下游区	536.4	阿斯特拉罕州,伏尔加格勒州,奔萨州,萨马拉州,萨拉托夫州,乌里扬诺夫州,鞑靼斯坦共和国,卡尔梅克共和国,	16.805	石油,天然气水资源和土地资源,

经济区	面积(千平方千米)	组成	人口(百万,2002年1月1日)	自然资源
北高加索区	355.1	卡拉斯诺达尔边疆区,斯塔夫罗波尔边疆区,罗斯托夫州,阿迪格共和国,卡拉恰伊-切尔克斯共和国,卡巴尔达-巴尔卡尔共和国,达吉斯坦共和国,北奥塞梯共和国,车臣共和国	17.677	肥沃的土地,水资源,有色金属(锌,铅)和稀有金属(钨,钼),石油,天然气
乌拉尔区	824.0	库尔干州,奥伦堡州,彼尔姆州,车里亚宾斯克州,斯维尔德洛夫斯克州,科米-彼尔米亚自治专区,巴什基尔共和国,乌德穆尔特共和国	20.321	铁矿,铜矿,镍,镁,铝土,钛,锌,金,银,石棉,大理石,宝石,石油,煤,天然气,钾盐和食盐
西西伯利亚区	2427.2	阿尔泰边疆区,克麦罗沃边疆区,新西伯利亚州,鄂木斯克州,托木斯克州,秋明州,汉特-曼西自治专区,亚马尔-涅涅茨自治专区,阿尔泰共和国	15.040	石油,天然气,泥炭,煤(库兹巴斯),铁矿,多金属矿,汞,金

77

经济区	面积(千平方千米)	组成	人口(百万,2002年1月1日)	自然资源
东西伯利亚区	122.8	克拉斯诺亚尔斯克边疆区,伊尔库茨克州,赤塔州,泰梅尔自治专区,埃文基自治专区,阿加布里亚特自治专区,乌斯季奥尔登斯基布里亚特自治专区,亚布里特共和国,图瓦共和国,哈卡斯共和国	8.973	森林,煤,铜镍矿,多金属矿,金,云母,花岗岩,水资源
远东区	6215.9	阿穆尔州,勘察加州,马加丹州,萨哈林州,滨海边疆区,哈巴罗夫斯克边疆区,犹太自治区,楚克奇自治专区,科里亚克自治专区,萨哈共和国	7.160	森林,毛皮兽,煤,石油,天然气,铁矿,有色金属和稀有金属,金,金刚石,水资源
加里宁格勒州	15.1	包括13个区和8个城市	0.949	鱼类,水资源,琥珀

1. 西部经济区

(1)中央经济区(Центральный экономический район):包括莫斯科市和12个州,面积为48.51万平方千米,占全国总面积的2.8%。经济中心是莫斯科市。中央区是全国政治、经济和文化的中心。在俄罗斯各经济区中,无论从经济潜力、科学和社会文化发展水平,还是从地区间联系的形式多样性和广度、人口数量以及都市化程度来衡量,中央区都处于主导地位。中央区的工业集中生产复杂的非材料型、尤其是科技密集型产品。主要资源有褐煤、泥炭、磷灰石、铁矿、石灰石、耐火黏土和建筑沙等。本区为俄罗斯最重要的工业区,机械制造、金属加工、化学和石化以及轻工业都很发达,食品工业、煤炭开采、电力、木材加工和建材工业也有相当的规模。莫斯科是机械制造中心,同时该区还是国内铁路机械和化工产品的生产中心。轻工业产品在全国享有盛誉,主要生产棉布、丝绸、毛织品、针织品、皮衣以及鞋类等。其中,棉织品和亚麻布匹产量在俄罗斯居首位。

（2）中央-黑土经济区（Центральный-Черноземный зкономический район）:是俄罗斯最小的经济区,它由5个州组成。面积为16.77万平方千米,约占全国面积的1%。经济中心是沃罗涅日。主要资源是库尔斯克地磁异常区的铁矿,还有白灰、石灰、水泥等建筑材料和耐火黏土、磷石灰、石英沙等。中央黑土区发展工业、农业的条件十分优越,其工业部门与库尔斯克地磁异常的资源开发紧密相关。这是俄罗斯的一个冶金基地,机械制造业也很发达。主要的工业部门有:铁矿开采、黑色冶金、机器制造、金属加工、化学和食品工业。该区以高度发达的农业而著称,其农业以种植业为主。全国甜菜产量的一半产自中央黑土区。外贸出口以黑色金属、机械和食品为主。

（3）西北经济区（Северо-Западный экономический район）:包括圣彼得堡市和4个州。面积21.2万平方千米,占全国总面积的1.25%。经济中心是圣彼得堡。西北区发展经济的有利条件是濒临波罗的海的滨海位置。森林覆盖面积达45%。矿产主要有泥炭、铝土、油页岩、磷石灰、石灰石、耐火黏土等。这是俄罗斯较为发达的工业经济区之一,工业是该区国民经济综合体中的主要部门。西北区工业中的主导行业是机械制造业、化学、木材加工和纸浆造纸业,劳动密集型机械制造业尤为发达。农业在本区经济中处于从属地位,主要部门为乳、肉、畜牧业、蔬菜和亚麻种植业。该区拥有发达的交通网,铁路、公路和海上运输十分便利,重要的港口有圣彼得堡和加里宁格勒。

(4)北方经济区(Северный экономический район):是由2个共和国和3个州组成。面积为146.63万平方千米,占全国总面积的8.6%。经济中心是摩尔曼斯克。北部和东北部的大部分位于北极圈内,为多年冻土带。北方区是俄罗斯欧洲部分的主要原料和燃料能源基地。最主要的资源有科拉半岛的磷石灰、铁、铜、镍和稀土矿以及伯朝拉地区的煤炭和科米共和国境内的石油、天然气等。这里生产全国1/3的木材、纸张和纸浆。该区采矿业发达,俄罗斯有近1/4的铁矿、4/5的磷肥原料和相当一部分有色金属矿出自科拉半岛和卡累利阿地区。以乌赫塔河岸的石油和伯朝拉河中游的天然气为基础,这里的化学工业发展起来。当今伯朝拉煤田的煤炭储量达数十亿吨。森林资源极为丰富,森林覆盖面积达40%以上,木材蓄积量约占俄欧洲部分的1/2,采伐量占全国的1/4。北方区的纸张产量位居全国榜首。外贸出口以原材料为主,是目前俄罗斯前景看好的出口基地之一。农业以畜牧业为主,种植业为辅,冻土带为北方鹿提供了优良牧场。

(5)伏尔加-维亚特卡经济区(Волго-Вятский экономический район):包括3个共和国和2个州。面积26.33万平方千米,占全国总面积的1.5%。经济中心是下诺夫哥罗德。该区域大部分位于森林地带,森林覆盖率达45%。主要资源有磷灰石、泥炭、石膏、石灰石、石英砂、岩盐等。燃料和原材料均显不足。伏尔加-维亚特卡区的生产部门特色是在优越的地理位置和便利的交通网条件下形成的。这里的汽车生产在全国占有重要地位,生产各种轻型和重型汽车的高尔基汽车制造厂就坐落在这里。工业中机械制造、金属加工、化学、石化、森林制浆、造纸和木材加工业等已形成专业化。该区人口稠密,劳动力资源丰富,传统的手工业比较有名,生产制作彩画与"村姑套娃"(матрёшка)、"巴列赫小型精细画"(Палеская миниатюра)、"诺斯托沃彩画"(Жостовская)、"德姆科沃玩具"(Дымковская)等一起被列为俄罗斯著名的民间工艺品的霍赫洛姆彩画和绣花等。该区农业的自然条件较差,农业部门繁多,但农产品只能部分地满足全区需要。农业中占主导地位的是畜牧业,牛、羊和猪等养殖业发达。

(6)伏尔加河中下游经济区(Поволжский экономический район):包括2个共和国和6个州。面积54万平方千米,占全国总面积的3.2%。经济中心是伏尔加格勒和萨马拉。矿产资源丰富,有石油、天然气、页岩、硫磺、食盐等。在全俄11个经济区中工业发展规模和水平居中央-黑土经济区和乌拉尔经济区之后的第三位,农业居第二位。工业是伏尔加河中下游经济区的主导部门。汽车制造业出色,这里分布着俄罗斯两家最大的汽车制造联合公司:卡马重型汽车制造厂(卡马兹)和生产"日古丽"牌轻型汽车的伏尔加汽车制造厂(瓦兹)。此外,乌里扬诺夫斯克还生产"乌阿兹"牌汽车、恩格斯市生产无轨电车。伏尔加格勒建有全国最大的拖拉机厂。伏尔加中下游的汽车产量全国第一。伏尔加河中下游经济区是俄罗斯重要的石油、天然气及其加工产品的供应地。该区石油和天然气的开采量位居全国第二,仅次于西西伯利亚经济区。伏尔加河中下游经济区是俄罗斯最大的粮食基地之一,这里种植黑麦、冬小麦、芥末和甜菜。

(7)北高加索经济区(Северо-Кавказский экономический район):包括7个共和国、2个边疆区和1个州。面积35.51万平方千米,占全国总面积的2.1%。经济中心是顿河畔罗斯托夫。大部分区域位于草原带内,里海沿岸地区为半荒漠带。资源种类多,有煤、石油、天然气、钨、钼、多金属、铜、食盐和建筑材料等。工业以机械制造比较有名,主要生产农业机械、运输机械、电力机械、石油、矿山机械等,顿河畔罗斯托夫和塔甘罗戈建有全国最大的谷物联合收割机、电力机车和锅炉生产基地,产量约占全国的80%。

该区是俄罗斯石油和天然气开采的中心地区之一。这里在有色金属和稀有金属的基础上还发展起有色冶金业。旅游经济在该区经济中占有特殊的地位,最著名的疗养胜地有皮亚季戈尔斯克和索契等。北高加索工农业发展水平基本持平,是全国最大的农业基地。这里种植粮食(小麦、玉米和大米)和经济(甜菜、烟草和向日葵等)作物。该区以蔬菜业、园艺业和葡萄种植业而闻名。此外,茶叶栽培业也是该区农业经济的主要部门。同种植业一样,这里的畜牧业门类也很繁多,养羊业发达。

(8)乌拉尔经济区(Уралький экономический район):该区由2个共和国和5个州组成。面积82.4万平方千米,占全国总面积的4.8%。经济中心是叶卡捷琳堡。该区位于俄罗斯欧洲和亚洲两部分的交界地带,自然资源十分丰富,尤以矿产资源种类多、储量大而著称,有铜、铁、钼、镁、镉、铝土、钾盐、锟、石棉、石墨、食盐等。石油和天然气的储量也较丰富。因此,该区是俄罗斯最大的冶金基地。黑色和有色金属冶炼业发达,主要的黑色冶金中心有:马格尼托戈尔斯克、下塔吉尔、车里亚宾斯克和奥尔斯克-哈利洛夫斯克(位于新特罗伊茨克市)钢铁厂。该经济区有色金属业也很发达,乌拉尔的铜工业几乎能生产出全国一半的红金属。该区重机产量占全国第一位。乌拉尔各工厂生产采矿、化工和动力工业的设备以及农业机械和汽车。这里分布着几家大型企业,如乌拉尔重机厂、乌拉尔重化机械制造厂、乌拉尔重型电力机械制造厂、车里亚宾斯克拖拉机厂、乌拉尔汽车制造厂等。乌拉尔南部为农业区,农业在全区经济中处于从属地位。森林覆盖率面积达40%。森林和木材加工业居区内工业的第三位,全俄15%的经济木材和约20%的纸是由该区生产的。外贸出口量较大,产品以原材料、化肥和纸张为主。

2. 东部经济区

(1)西西伯利亚区(Западно-Сибирский экономический район):

该区包括1个共和国和1个边疆区和5个州。面积242.72万平方千米,占全国总面积的14.2%。最大的城市和经济中心是新西伯利亚。自然资源极为丰富,有石油、天然气、煤、黑色和有色冶金矿石,各种化学原料、泥炭和森林等。形成区域生产专业化的工业部门有:燃料动力工业、冶金工业、森林和木材加工业、机械制造业和化学工业等。西西伯利亚区是俄罗斯石油和天然气开采的主要基地。这里最大的石油产地分布在托木斯克州和秋明州,天然气的主要产地位于该区北部(乌连戈伊、梅德韦日耶)。库兹巴斯是一个具有全国意义的煤炭冶金基地。主要的黑色冶金中心是新库兹涅茨克。别洛沃的炼锌厂、新库兹涅茨克的冶铝厂以及新西伯利亚的炼锡厂是该区有色金属冶炼业的代表性企业。西西伯利亚区的农业十分发达。南部是俄罗斯主要的产粮区之一,主要粮食作物为小麦,还种植亚麻、向日葵和甜菜,畜牧业也很发达。出口以原油、天然气和化工产品为主。

(2)东西伯利亚区(Восточно-Сибирский экономический район):由3个共和国、1个边疆区和2个州组成。面积421.2万平方千米,占全国总面积的24.1%。经济和科研中心是克拉斯诺亚尔斯克和伊尔库斯克。自然资源十分丰富,煤炭储量占独联体国家的1/2,贝加尔湖约占世界淡水储量的1/5,森林储量达280亿立方米,还蕴藏有丰富的镍、铜、钴、金、锡、钨、钼、铁、云母、石墨、铝土、食盐等矿产资源。工业发展较晚,以燃料动力、机器制造、冶金和化学森林工业为主,并已形成区域生产综合体。电力是该区现代经济发展的核心产业,规模较大的热电厂是以坎斯克－阿钦斯克煤田的煤为基础建立起来的。东西伯利亚分布着俄罗斯最大的水电站:叶尼塞河上的克拉斯诺亚尔斯克和萨彦－舒申斯克水电站,安加拉河上的布拉茨克、乌斯季伊利姆斯克和伊尔库茨克水电站。东西伯利亚的水力储备在俄罗斯占第一位。以电力工业为基础,东西伯利亚的有色金属业和森林工业发达,这里铝业产量全国第一,诺里尔斯克的镍业全国闻名。东西伯利亚发展农业的条件不优越。农业以畜牧业为主,南部表现为养羊业,北部为养鹿业。合资企业较多,外资出口潜力大。

(3)远东区(Дальневосточный экономический район):它包括1个共和国、2个边疆区和4个州。面积621.59万平方千米,占全国总面积的36.4%,东部大经济区面积的1/2。经济中心是哈巴罗夫斯克和符拉迪沃斯托克(海参崴)。该区是俄罗斯唯一有火山的地区。自然资源种类多、储量大。金、金刚石、锡的储量和产量在国内占有很大的比重,还有钨、铅、锌、银、锑、汞等矿藏以及石油、天然气等。森林、水力、铁矿、煤炭资源丰富。森林覆盖面积达40%以上,木材蓄积量为214亿立方米。

这是俄罗斯面积最大的经济区,主要经济部门为有色金属生产、金刚石开采、渔业、森林工业、纸浆造纸业和毛皮兽饲养业。有色金属冶炼业主要表现为锡、汞、钨以及多金属矿藏的开采及加工。此外,雅库特还建立起金刚石加工企业,萨哈林岛建立起石油和天然气开采业。远东经济区的主导工业部门是渔业,该部门在俄罗斯11个经济区中居首位。农业主要集中在南部地区,盛产大豆、稻米、蔬菜和土豆。畜牧业以养鹿业和毛皮兽饲养为主,全国北方鹿一半集中在远东地区。交通运输业发达,区内主要铁路有西伯利亚铁路和贝阿铁路干线东段,总长达1万多千米。海上运输四通发达,拥有符拉迪沃斯托克、纳霍德卡、苏维埃港(Советская Гавань)等大型港口。区内兴建有很多外资企业和合资企业,外商投资范围逐年扩大,成为俄罗斯近几年来最具经济活力和发展前景的地区之一。

(4)加里宁格勒州(Калининградская область):是俄罗斯波罗的海沿岸唯一的不冻港,俄罗斯波罗的海舰队主基地也设在这里。海运业、捕鱼业、造船、修船业和旅游业发达。该区拥有世界琥珀储量的90%以上,这里的琥珀开采是在世界上唯一的露天琥珀矿场中进行的。加里宁格勒州是俄罗斯吸引外资规模较大的地区之一。旅游业对于该区的发展具有重大意义。

练习 1. 简答

1. 俄罗斯共分为几个基本经济区？它们的名称是什么？
2. 各大经济区的有什么特色？

练习 2. 填空

1. 中央经济区内有_____ 个行政区、_____ 个市和_____ 镇。
2. 中央-黑土经济区的矿产资源主要是_____的铁矿。
3. 伏尔加-维亚特卡经济区有名的传统手工艺是_____。它与_____、_____齐名。
4. 西西伯利亚经济区的_____产量占全国第一,最著名的油田是_____、天然油田是_____。
5. 东西伯利亚经济区素有_____之称,贝加尔湖的淡水约占世界总储量的_____%。
6. 远东经济区最著名的海港有_____、_____、_____。
7. _____区的铝业居全国第一。
8. _____区的自然资源种类多、储量大。
9. _____区是俄罗斯最大的冶金基地。

第四章　科学、教育与文化

第1课
俄罗斯科技与教育

简况

众所周知,俄罗斯属于居民受教育程度高的国家。历史上有众多的苏联科学家和学者在世界上享有盛名。前苏联的教育水平在世界上名列前茅。俄罗斯继承了苏联的遗产,仍为世界科技强国和教育大国。教育和科技的状况代表着一个国家的实力。在克服经费奇缺、人才流失的艰苦时期后,俄罗斯的科技逐渐走出低谷,并取得了不少重大成果。

1.科技

(1)科技发展简况:原俄国科学技术的发展比西方各国晚得多。18世纪彼得一世的改革促进了生产力的发展,自然科学也随之发展起来。1724年,彼得一世签署了设立科学院的命令。他死后不到一年,俄国科学院正式成立。科学院设立数学、物理和社会科学三大部分,并附设中学和大学。

彼得一世时期,俄国翻译出版了许多科技书籍。地理和地质科学工作者开始勘查顿巴斯的煤,绘制了最早的地图,出版了海洋和西伯利亚地表记述。18世纪40年代俄国有了首批科学家。罗蒙诺索夫(М. В. Ломоносов,1711—1765)是俄国第一位科学院院士,俄罗斯自然科学的奠基人。

18至19世纪,俄国涌现出一大批科学家和社会活动家,如数学家劳巴切夫斯基(Н. И. Лобачевский)、契伯雪夫(П. Л. Чебышев);物理学家雅科比(Б. И. Якоби)、斯托列托夫(А. Г. Столетов)、列别捷夫(П. Н. Лебедев);化学家季宁(Н. Н. Зинин)、布特列洛夫(А. М. Бутлеров)和门捷列夫(Д. И. Менделеев);生物学家季米利亚杰夫(К. А. Тимирязев)、米丘林(И. В. Мичурин);生理学家巴甫洛夫(И. П. Павлов)、谢切诺夫(И. М. Сеченов)、胚胎学家梅契尼科夫(И. И. Мечников)等。19世纪出现了一批革命民主主义的思想家,如赫尔岑(А. И. Герцен)、车尔尼雪夫斯基(Н. Г. Чернышевский)等。19世纪末期普列汉诺夫(Г. В. Плеханов)运用马克思主义学说研究哲学和美学。十月革命前,俄国科研机构共约300个,科研人员1.2万人。

十月革命后,苏维埃俄国重视科研工作,建立了科学技术管理局,主管科研工作。1918至1921年间共有50多个研究所。1925年确定俄国科学院为苏联的最高科研机关,并更名为苏联科学院(Академия Наук СССР)。同年,为奖励把科研成果用于实践的科学家,设立了专门的列宁奖金(Премя им. Ленина)。伟大卫国战争爆发后,苏联将莫斯科和列宁格勒等大城市的科协机构安全转移到东部。战后,为了恢复和发展国民经济、加强国防,苏联加强了科研机构的建设,促进科研事业的发展,于1955年重新组建了国家新技术委员会。到1960年,苏联科研机构已达4 166个,科研人员35.4万人。20世纪50年代后期以来,随着世界科技革命的深入发展,苏联党和政府重视并多次强调科技进步的重要性。后来在苏共十三大(1966年)提出了加强科技进步的问题。苏共二十四大再次强调了这个问题。1985年,戈尔巴乔夫执政后,鉴于苏联科研成果的应用大大落后于西方国家的现实,苏共中央于同年6月专门举行了加速科技进步的会议。1986年,苏共二十七大不仅强调科技的重要意义,并在财政资金和物质资源等方面采取了实际的措施。到80年代末期,苏联的科研机构、科研人员和科技发明举世瞩目。

(2)苏联的科技实力:对苏联的科技实力只从科研机构、科研人员和科研经费三个方面作简要介绍。

①科研机构:第二次世界大战后,苏联科研机构得到较快的发展,形成较为系统的科研网。80年代末,苏联科研单位有5 300多个。主要有科学院,部门和高等院校等科研系统。

科学院系统:包括苏联科学院和各加盟共和国科学院。1724年建立的俄国科学院,于1925年改称苏联科学院,成为苏联最高的科研机构,直属于苏联部长会议。其主要任务是:研究在自然和社会科学领域中有重大价值的基础理论;研究发展与生产有密切关系的远景科学问题;在国家建设中探索实际应用科学的新途径;指导各加盟共和国科学院及其他科研机构的科研工作。属于苏联科学院系统的有250个科研机构,科研人员5万多名。苏联科学院设有远东、乌拉尔和北高加索3个科研中心,后来又陆续设立了15个分院。有人认为西伯利亚分部应算在分院范围内,这样就是16个分院。

苏联的各个加盟共和国都设有科学院,科研机构有400多个,科研人员约5万名。乌克兰科学院是1919年成立的,拥有70多个科研机构,1.3万名科研人员。在焊接、物理和计算机技术领域居全苏领先地位。

部门科研系统:苏联部门系统的科研机构占了全国科研机构的60%,而工业部门的科研机构占全国科研机构的22%,农业部门占了14%。工业部门的科研机构有综合性科学研究所和科学生产联合公司等。

高等院校科研系统:苏联高等院校在从事教学工作的同时,还从事科研工作。许多高校里都设有研究所,有的设专题研究室、实验室,建有植物园等。苏联科学院专门设立北高加索高等学校科研中心。

苏联还有国防科研系统,其科研设备先进,科研经费有保证,科研力量强,科研成果易被应用,和其他科研机构相比,是个较为特殊的科研机构。

②科研人员:苏联的科研人员主要是有学位或担任科学领导职务者、在高等学校从事科学教育者及其他具有高等教育水平的科研人员。苏联解体前,全国拥有专职科技人员约110万人,占世界科研人员的1/4。有科学博士4.4万人,科学副博士46万人。科研人员中有科学院院士、通讯院士和研究员职称的3.1万人,副研究员13万人,还有助理研究员7万人,实习研究员和研究生4万人,可谓人才济济。到20世纪80年代末,仅在物理学领域里就有5名科学家获得诺贝尔奖金(Нобелевские премя)。苏联的科研人员中,还包括从事新产品研制和开发的工程技术人员,这类人员占的数量很大。如与美国相比,美国的经济规模大于当时苏联3倍,而科技人员只有95万人,可见当时苏联科技人才实力相当雄厚。

③科研经费:苏联成立后,重视科研工作,注意增加科研经费,特别是在战后,由国家拨给的科研经费不断增加。据统计,1950年,其科研经费为10亿卢布,占国民收入的1.3%;1970年科研经费达到117亿卢布,占国民收入的4%;80年代,苏联科研经费占国民收入的5%以上,如1989年科研经费为436亿卢布,占国民收入的6.6%。除国家拨给科研经费外,各部门或企业也自筹部分科研资金。

(3)俄罗斯科技现状:苏联曾是一个世界政治、军事超级大国,同时也是一个世界科技强国。俄罗斯作为苏联的继承国,保留了苏联的大部分科研机构和人员,在当今世界上俄罗斯联邦仍是一个世界科技大国。俄罗斯与发展中国家的差别不是拥有核武器、石油和原材料,而是有着很高的教育水平,有着众多高水平的科研人员和机构。在国际上,俄罗斯科学家享有很高的威望。未来俄罗斯的经济实力在很大程度上将取决于基础科学研究和高技能的科技研究队伍。

以基础研究为例,俄罗斯的基础研究在世界上占有重要地位,到 2000 年为止,俄罗斯在自然科学领域有 12 人获得 9 项诺贝尔奖,处于世界第 9 位。这足以看出俄罗斯基础科技的总体水平和实力。2000 年,阿尔费罗夫(Ж. Алферов)与美国加利福尼亚大学的赫伯特·克勒默和德州仪器公司的杰克·基比尔若一起获得诺贝尔物理奖。他们的工作为现代信息技术奠定了基础,特别是他们发明了快速晶体管、激光二极管和集成电路(芯片)。除了物理科学外,俄罗斯在数字和化学等传统学科的基础研究方面也具有明显优势。俄罗斯在基础研究方面从苏联继承了"世界一流的科学"。但由于独立后,科技界经历了经费奇缺、物质匮乏、人才大量流失的数年动荡。目前俄罗斯基础研究水平大多已落后于美国,但仍居世界先进国家之列。

尽管困难重重,俄罗斯仍基本保持了其整体科技的完整性,而且在基础研究方面取得了不少世界级科研成果。近年来,俄罗斯科学院仍完成了约 5 000 个研究课题。在基础研究方面,几乎都有世界水平的科研成果出现,包括那些不进行多年耗资庞大的观察就不可能取得成就的研究。这些都表明俄罗斯在面向 21 世纪的科技角逐中,仍是实力较强的一方。以美国为首的西方各国不遗余力地挖取俄罗斯的科技人才和成果这一事实本身就足以证明这一点。

俄罗斯有上万人的基础研究队伍,他们是俄罗斯无价的财富。事实上,尽管最近 10 多年俄罗斯基础研究潜力有所下降,但它是除美国以外在所有科学领域都进行科学基础研究的国家,面大而宽,研究基础根基雄厚。针对国家经费投入不足的现状,各研究单位都在积极寻求各种融资途径,如争取风险投资基金、建立联合实验室等多种国际合作形式,以便继续从事科研工作。

①俄罗斯科技发展的改革及政策:科学技术在俄罗斯复兴中的作用越来越得到重视。随着俄罗斯政府对经济改革方针进行调整,政府更多地转向发展作为未来经济增长基础的工业、技术和科

研实力。普京总统上台后,积极推行新政策,国家经济逐步复苏,科技界也逐渐走出困境。在普京的领导下,俄政府制定了一系列促进科技发展的政策。

加强科技宏观管理:2001年7月俄政府成立了俄联邦工业与科技部,该部保留了原科技部的职能,增加了原经济部和贸易部的部分职能。该部的成立显示了普京大力加强科技与工业、经济的联系,建立科技创新体系。2001年11月又成立了直属总统的咨询机构——俄罗斯总统科学与高技术委员会。2004年初,俄罗斯教育部与科技部合并成立了教育与科技部。

推进科研体制的改革:俄政府认为,在目前情况下,科学院改革有两大目标:一是满足国家经济发展的要求,二是应对现代科学技术发展的挑战。

制定中远期科技政策:在总结国内科技发展的经验教训,分析世界及俄罗斯国内的科技发展状况与趋势的基础上,俄政府提出了《俄罗斯联邦国家科技政策中远期基本发展趋势》的政府报告,即至2010年的科技政策。与此同时,还组织制定了一系列中长期科技发展规划。

实施科教一体化:为加强和发展俄罗斯的科技及其人员队伍的潜力,以适应市场经济发展的需求,俄政府认为,必须使俄罗斯的科技、教育和生产领域的智力资源和物质资源实现一体化。2001年9月,俄总理批准实施"2002至2006年俄罗斯科学与高等教育一体化"的联邦专项纲要。

发展科技风险投资基金:俄政府于2000年决定组建风险创新基金会,其目的是为了科技创新企业与机构创造良好的发展条件,保证风险企业的科技创新项目能够吸引到资金。政府计划到2005年基本建成俄联邦科技风险投资体系。

②俄罗斯科研的重大成果:俄罗斯的科技发展激励机制并不先进,科技转化为生产力的水平也低于西方发达国家。但其长处于能集中国家力量发展最具前景的关键科技领域,并能较快居于

这些领域的世界前列。俄罗斯基础研究、军工和宇航技术在世界上的领先地位便是这种体制长处的体现。虽然当前俄罗斯科技体制也在向市场经济方向转轨，但政府对重大科研活动的支持系统仍得到维持。尽管俄罗斯经济不大景气，但对于那些代表国家高科技术水平的世界尖端科研项目国家舍得投入。在重大科学技术领域，俄罗斯科学家取得了较好成就。

俄罗斯科学院在微电子和毫微电子、电光绘图新工艺、高温超导、化学、天体物理、超级计算机、分子生物学、气象等领域都取得了具有世界先进水平的科研成果；在核激光领域取得了重大突破。

除了在基础研究方面的突破外，由于过去的积累和各方面的努力，俄罗斯在很多领域仍然保持着先进的地位。据调查，在当今世界决定发达国家实力的50项重大技术中，俄罗斯在其中12—17项技术领域可以与西方发达国家一争高低，如航空航天技术、新材料技术等。1957年10月4日，世界上第一颗地球人造卫星发射成功。1961年4月12日，加加林乘"东方号"宇宙飞船，在人类历史上第一次绕地球一圈，在太空中逗留108分钟。

俄罗斯在军事科技领域有超长发展，已经成为世界武器出口大国之一。2004年11月17日，普京总统在俄军事首脑会议上称俄罗斯成功开发和试验了新型核导弹系统，近年内将装备部队。据称新一代导弹除具有飞行速度快、隐形和抗干扰能力强的优点外，还具备发射方式灵活、射程远、命中精度高等特点。俄罗斯对其核武器进行更新换代和现代化改造，一方面显示其超强意识的存在，另一方面则说明其经济的复兴和科技尤其是军事科技资源的强大和雄厚。俄罗斯专家研究的课题则首先用于航天系统。

以上简要情况可以表明，俄罗斯的科技正在朝着稳定、健康的方向发展，科研成果丰硕，科技奖候选项目众多。2004年，俄罗斯联邦年度科技奖竞选的项目多达46项，其中能源、交通、工业、医学、军事等领域的项目居多，还不乏反恐安全技术及设备项目。

2. 教育

(1)俄罗斯的教育：十月革命前，俄罗斯的国民教育水平十分落后。经过几十年的艰苦努力，采取了许多强有力的措施，成为一个教育发达的国家。1922年苏联成立后，政府对教育投入了大量的人力、物力、财力，使教育事业有了长足的发展。早在20世纪30年代，俄罗斯就基本消灭了文盲，并普及了初等教育。每万人中读大学的人数仅次于美国、加拿大，名列全球第三。由于教育的发展，俄罗斯国民素质也相应地得到了提高，成为俄罗斯日后加速发展的一个巨大的潜在动力。

(2)俄罗斯教育改革的新举措：俄罗斯教育现代化的改革力度很大，实施教育现代化构想的目的就是将教育引入创新发展的轨道，发展学生的创造能力。目前，在俄罗斯教育体系里已经出现了一些创新性的改革措施，主要包括：

①通过"俄罗斯联邦国家教育学说"。2000年10月4日，俄罗斯政府通过了"俄罗斯联邦国家教育学说"，该国家学说为期25年。这在世界上是没有先例的。

②修改教育法。编写新的俄罗斯联邦教育法，将教育机构定位为教育性组织，并消除国立高等学校和非国立高等学校之间的严格界限。

③改革基础教育。将基础教育11年学制改为12年学制。在中学里实行国家的统一考试。

④发展远程教育。利用俄罗斯教育体系中的远程教育技术、多媒体、智能教育模拟设备、虚拟设备和虚拟实验室，建立开放型大学和虚拟大学。

⑤加强高等教育与社会的结合，充分发挥高校科研力量的作用，促进科研成果社会化。2004年，国家将教育部与科技部合并为教育和科技部。

⑥组建俄罗斯高等学校教学、科研和创新综合体。如：建立大

学科技园和技术创新中心;成立大学教育区;创作大型综合性大学的商业环境,即形成企业型大学;建立联邦研究性大学,以保证教育、科学、生产等方向专业人才的培养。

⑦注重人文教育与科学教育的互补和融合。俄罗斯提出要注重理工科高等院校的基础化和人文化,同时在人文社科大学加强理工科知识教育,形成统一文化知识体系。

⑧改革高等教育的经费投入、管理和评估方式。在改革高校的经费体制上,对高校日常支出给予直接拨款,为国家预订的人才提供培养经费;建立培养经费个人分担机制,通过购买教育债券的方式,购买价格由学生在统一的国家考试中所取得的分数来确定;改革学生奖学金办法,将大学生的奖学金分为学术奖学金和社会性助学金两类。

⑨教育部与其他部委、各联邦主体以及跨地区经济合作组织签订部门间科研、实验和人才培养协议;高校通过竞争的方式,培养联邦和地区两级预订的教育、科学、技术和生产领域优先方向的专业人才。

(3)俄罗斯联邦教育体系:俄罗斯的教育体系是由不同教育环节组成的一个有机整体。不同的类型、不同级别的学校构成不同的教育环节,形成不同的阶段。俄罗斯新的教育体系有:

①学前教育(дошкольное образование)。

②普通教育(общее образование):

初级普通教育(начальное образование);

基础普通教育(основное образование);

完全普通教育(среднее полное образование)。

③高等职业教育(высшее профессиональное образование):

不完全职业教育(начальное профессиональное образование);

基础职业教育(среднее профессиональное образование);

完全高等职业教育(высшее профессиональное образование);

后高等职业教育(послевузовское профессиональное

образование）；

补充教育（дополнительное образавание ）。

1996年，俄罗斯政府颁布《俄罗斯联邦高等和高等后职业教育法》，将本国的高等教育体系统称为高等职业教育，并将其从结构上划分为高等职业教育和大学后职业教育，其中高等职业教育按教育对象的不同分为不完全高等职业教育、基础职业教育和完全高等职业教育，而后高等职业教育则为副博士和博士教育。但至今为止，在很大一部分高校中仍然实行旧的体制，或采取新旧并用的方式。

学前教育：指对2个月至7岁儿童的教育，设有托儿所、幼儿园、保育院。苏联非常重视学前教育，认为它是教育体系的重要组成部分，使教育体系的最初阶段，是国民教育的第一步。为了搞好学前教育，教育科学院于1960年成立了学前教育研究所。1994—1995年间教育司根据《教育法》制定了《学前教育国家标准草案》，这是国家对学前教育成果的肯定和发展。改革以来，俄联邦学前教育的发展开始受到"市场经济"的影响。教育要满足家长的多层次要求，并使儿童的发展能适应未来的社会，这就改变了幼儿园的福利性质。从此大家不再把它看做是社会公益事业。家长可以根据自己的教育需求自主地选择幼儿园。学前教育机构在目标上突出了儿童个性发展的多样化及教育的非意识形态化。现在俄罗斯每一所学前教育机构均有自主权，都可以根据本机构的具体情况，制定相应的不违背《教育法》要求的具体章程，确定本机构工作的具体目标。家长、社会团体等可以参加幼儿园教育委员会的工作，与学前教育机构一同制定教育计划，选择教育内容、共同实施教育管理。

普通教育：普通教育是苏联教育体制中重要的中间环节，相当于我国的中小学教育，它由教育部普教局领导。普通教育分三个阶段：初级普通教育（相当于中国的小学阶段，学制一般为3—4年）；基础普通教育（相当于中国的初中阶段，学制一般为5年）；完全普通教育(相当于中国的高中阶段,学制一般为2—3年)。根据新版《教育法》,俄联邦现在实行的是强制性的11年制义务教育,这就意味着普通教育是免费教育,而且学校免费为学生提供教科书和课间餐等。各类普通教育学校的主要任务是为学生个体的智力、道德、情感和身体的发展创造良好的条件,培养科学的世界观,使学生掌握自然、社会、任何劳动的系统知识以及从事独立活动的能力。

高等职业教育:俄罗斯政府1992年颁布的《教育法》规定,国家保证俄罗斯公民通过高考竞争在国立高等院校中免费接受高等教育。1996年颁布的俄罗斯联邦《高等和大学后专业教育法》重申了《教育法》中的此项规定,同时提出,高等院校在完成国家招生计划后,可以招收自费生。高等职业教育的主要任务是培养有高深专业理论知识和实际技能的专门人才。俄罗斯现行多级高等教育学制结构是根据俄罗斯国家高等专业教育标准确定的,具体分为三级:

第一级,不完全高等教育。这是高等教育的初级阶段,有高等院校按照基础专业教育大纲实施,学制两年。完成这一阶段学习任务的学生可以继续接受第二级高等教育,也可以根据个人的意愿领取"不完全高等教育毕业证";这一阶段同我国的大专相似。

第二级,学士学位教育。这一阶段学习任务的学生可以继续接受高等教育,旨在根据学生选定的高等教育专业方向培养具有"学士学位"的专家,学制4年。

第三级,硕士学位教育和专家资格教育。这一级高等教育由高等院校按照两种类型的基础专业教育大纲实施。一种是培养具有"硕士学位"的专家;另一种是培养具有"工程师"、"教师"、"农艺师"、"经济师"等资格的专家。

后高等职业教育:后高等职业教育是与高等职业教育第三级相连的教育体系,具体为副博士研究生和博士研究生教育,学制均为3年,完成其所有培养环节,成绩合格、答辩合格者可被授予副博士学位和博士学位。

俄罗斯科学副博士学位的学术水平与美国的博士学位大体相当。对此结论,世界各国的高等教育家和科学家几乎有一致共识。我国也早在1985年就正式颁发了《关于处理苏联、东欧国家副博士学位与欧美国家博士学位相互关系的通知》,其中正式申明我国对留学苏联、东欧国家已获得副博士学位的人员应认为是与留学欧美国家获得博士学位的人员在学术上大体相当。在国际学术交流活动中均可以正式博士身份参加合作与学术交流,享受同等待遇。

补充教育:补充教育是为各种管理干部、大中小学教师、技术人员提供的以培训、进修为主要方式的继续教育。

俄罗斯现行高等教育实行两种体制。一种为:本科学制为4年,硕士研究生学制为两年,副博士(相当于我国的博士)研究生学制为3年,最高级为国家博士。另一种为:本科学制为5年(可获得专家或工程师学位毕业证书),副博士研究生学制为3年(可获得博士研究生学位毕业证书),最高为国家博士。外国留学生如果没有俄语基础都必须经过一年预科语言学习,结业成绩合格后可以直接升入大学本科学习专业或攻读硕士研究生。

俄罗斯属于居民受教育成度高的国家。目前有480万俄罗斯人在1 018所综合性大学、专业学院和研究院学习,其中420万人在608所国立高等学校学习,约60万人在410所私立高等学校学习,多数私立高等学校具有相关的许可证。就国家高等学校在校生的人数而言,俄罗斯居世界首位。

高等学校的科研是国家科技综合体不可分割的部分,占科技综合体的50%以上。高等学校和教育部下属机构有18.32万名教职人员和1.63万名科研人员,其中包括2.16万名博士和9.54万名副博士。俄罗斯教育系统集中了大约40%的博士、30%以上的副博士、大约75%的博士研究生、60%的硕士研究生和55%的学位申请人。

目前俄罗斯高等学校有完备的创新基础设施,包括72个科技园区、16个培养创新经营领域专业人员的地区中心、12个地区信息分析中心、10个地区创新中心、12个促进科技经营发展的地区中心和17个集体使用独有科研器材的中心。

总的来说,从国家增加投入的速度来看,教育包括高等教育领域目前仍是俄罗斯的有限方面。2001年,俄罗斯预算为教育拨款2 770亿卢布,2002年拨款3 830亿卢布,2003年拨款4 980亿卢布。

俄罗斯教育制度的标准符合世界的标准,有利于进一步吸引外国公民到俄罗斯高等学校学习,许多俄罗斯名牌大学与欧美大学有紧密的合作关系,进入这些大学后很容易进入欧美大学进一步深造,目前有不少中国学生正在实现这一目标。

练习1.简答

1. 俄罗斯科研领域有哪些重大成果?
2. 俄罗斯的教育体制与我国有哪些不同?

练习2.填空

1. _____年俄国科学院正式成立。
2. 2000年俄罗斯的_____与美国加利福尼亚大学的赫伯特·克勒默和德州仪器公司的杰克·基比尔若一起获得诺贝尔物理奖。
3. 苏联设有_____、_____和_____三个科研中心,后来又陆续设立了_____个分院。
4. 俄罗斯现行多级高等教育学制结构是根据俄罗斯国家高等专业确定的,具体分为三级:_____、_____和_____。
5. 外国留学生如果没有俄语基础都必须经过_____年预科语言学习,结业成绩合格后可以直接升入_____学习专业或攻读_____。

第 2 课
著名科学家及主要贡献

简况

18世纪前,俄国科学技术的发展比西方各国晚得多。18世纪初,彼得一世的改革促进了生产力的发展,自然科学也随之发展起来。历史上众多的苏联科学家和学者在世界上享有盛名,为今天俄罗斯的发展奠定了基础。本文主要介绍历史中著名的科学家及其主要贡献。

1. 罗蒙诺索夫

罗蒙诺索夫(М.В.Ломоносов,1711—1765)是俄国第一位科学院院士,俄罗斯自然科学的奠基人。他在许多知识领域都有重要发现。他第一个研究原子、分子结构学说,建立了俄国第一个化学实验室,揭示了化学反应中的物质不灭定律,俄语的第一部语法就是他完成的。罗蒙诺索夫还是莫斯科大学的创始人,被称为俄罗斯科学之父(отец науки)。他在世界文化史上堪与亚里士多德和达·芬奇相比。他无论在物理、化学、天文学,还是哲学、历史、语言、文学等方面都有着瞩目的成就。

2. 门捷列夫

门捷列夫(Д.И.Менделеев,1834—1907)是俄国化学家,研究了各种元素性质间的关系,1869年发现了化学元素周期律(Периодическая таблица химических элементов),将其排列成化学元素周期表。门捷列夫的著作《化学原理》(Основы химии)在他生前已经译成欧洲各国文字出版。

3. 梅契尼柯夫

梅契尼柯夫(И.И.Мечников,1845—1916)是俄国著名的生物学家,达尔文主义的忠实捍卫者,他在比较病理学、微生物学和免疫学等领域有杰出贡献。1883年发现吞噬现象,1888年以后在法国巴黎的巴斯德研究所工作。他的论著《传染病的免疫问题》是这方面的经典著作。1908年,他与德国医学家埃利希一起被授予获诺贝尔生理学奖和医学奖。

4. 巴甫洛夫

巴甫洛夫(П.И.Павлов,1849—1934),在血液循环和消化生理学方面的研究及著作使这位跨时代的人物成为俄罗斯科学家中第一位诺贝尔奖(1904)获得者。之后,他又创立了很有影响的高级神经活动学说。

5. 奥热戈夫

谢·伊·奥热戈夫(С.И.Ожегов,1900—1964)是著名的词汇学家、教育家、辞书家。曾在莫斯科国家艺术学院、赫尔岑师范学院任教。由他编写的《俄语词典》自1949年问世以来,至1991年已再版了23次,发行量超过400万册。由他主编的《语音标准词典》享有极高的权威性,被人们视为规范。奥热戈夫的"伯乐"慧眼和慷慨的扶持不仅赢得了年轻学者的尊敬和信赖,而且为祖国培养和造就了大批语言人才。奥热戈夫于1964年12月15日去世。他的骨灰安放在新处女公墓。人们称他为"优秀的俄罗斯人和光荣的学者"。

6. 茹科夫斯基

被列宁称为"俄罗斯航空之父"(отец авиации)的物理学家茹科夫斯基(Жуковский,1847—1921)是现代流体力学和气体动力学创始者。曾是莫斯科大学和高等技术学校的教授。他提出的不可压缩气体环流理论,揭示了升力的本质。他奠定了机翼和螺旋桨的理论基础,他关于升力涡流的理论被命名为茹科夫斯基理论。

7. 齐奥尔科夫斯

齐奥尔科夫斯基(К.Э.Циолковский,1857—1935)被称为"俄罗斯航天之父"(отец космонавтики)。在航空和火箭动力学以及飞机和飞船理论方面颇有建树。1897年,他研制了非常简单的风洞,与茹科夫斯基一起对飞机模型和机翼进行了实验。1898年,齐奥尔科夫斯基发明了自动驾驶仪。首先提出了液体燃料火箭的思想,这种思想后来变成了现实。

8. 科罗廖夫

谢·巴·科罗廖夫(С.П.Королёв,1907—1966)在发展苏联火箭和宇宙航天技术方面起着重要的作用。他是科学院院士、宇宙火箭设计师他领导火箭飞行仪器制造部门的工作,写出了关于火箭飞行方面的论著。卫国战争期间领导制造重型火箭装置。战后20年间,他所领导的集体设计制造了一些宇宙飞船和人造卫星。

练习 1. 简答

1. 你了解哪些俄罗斯著名的科学家?

练习 2. 填空

1. _____ 是俄国第一位科学院院士,俄罗斯自然科学的奠基人。
2. 莫斯科大学的创始人是 _____。
3. 俄语的第一部语法就是 _____ 完成的。
4. _____ 发现了元素周期表。
5. 1908年, _____ 与德国医学家埃利希一起被授予获诺贝尔生理学和医学奖。

6. 1904年,_____成为俄罗斯科学家中第一位诺贝尔奖获得者。之后,他又创立了很有影响的高级神经活动学说。

7. 人们称_____为"优秀的俄罗斯人和光荣的学者"。他死后骨灰安放在新处女公墓。

8. 在宇宙航天技术方面作出巨大贡献的俄罗斯科学家有_____、_____和_____。

第 3 课
俄罗斯文学

简况

俄罗斯文学向来以其深邃的内涵与撞击灵魂的力量给人带来深刻的震撼。古老的伏尔加河孕育了伟大的俄罗斯民族,造就了一大批才气横溢、出类拔萃的文学大师。它犹如社会的一面镜子,真实地反映了俄罗斯民族丰富多彩的文化生活,成为俄罗斯乃至全世界人民精神文化的重要组成部分。本文主要介绍俄罗斯的著名作家及其主要作品。

1. 主要作家及其代表作

(1)亚·谢·普希金(Александр Сергеевич Пушкин,1799—1837):是俄罗斯现代标准语言(современный литературный русский язык)创始者,俄国积极浪漫主义诗歌散文的主要代表,现实主义文学的奠基人。普希金作品的语言已成为现代俄罗斯语言的基础。他写的《自由颂》(《Вольность》)、《致恰达耶夫》(《К Чаадаеву》)、《致西伯利亚囚徒》(《В Сибирь》)等诗歌,表达了当代青年追求自由、矢忠贵族革命的思想。

《上尉的女儿》(《Капитанская дочка》)是普希金19世纪30年代创作中的最高成就,也是俄罗斯文学中第一部描写农民斗争的现实主义作品。这部小说描写了18世纪普加乔夫领导的农民起义。通过普加乔夫的形象赞美了人民在和自然及贵族社会的长期斗争中形成的坚强性格和优美的品质。在形式上,《上尉的女儿》巧妙地把家庭纪事、个人遭遇和历史事件三者结合在一起。在不大的篇幅里容纳了广阔的生活内容、丰富的生活画面和各种不同的阶层人物,从而为俄罗斯文学中以后一系列的大型散文作品做了准备。

《叶甫盖尼·奥涅金》(《Евгений Онегин》)是普希金最杰出的代表作,是俄罗斯现实主义小说的第一部典范作品。小说创作时间长达 8 年之久(1823—1830)。小说的主要部分写贵族青年奥涅金的恋爱悲剧。在展示悲剧的过程中广泛描写了俄罗斯的社会生活,塑造了当代贵族青年的形象。小说的主人公奥涅金是个"多余人"(лишний человек)的形象。所谓"多余人",是赫尔岑在 1851 年评论这部小说时提出的概念,所指的是十二月党人起义失败后,一般的进步青年对革命道路丧失了信心,他们谈得很多,但找不到以实际行动反抗现实社会的道路。这些人在当时的全部进步意义仅在于不满意专制制度、农奴制,不愿意和上流社会同流合污。但他们又不能站在人民的立场上去斗争,所以,在当时的社会里成为一种"多余人"。赫尔岑对于奥涅金的"多余人"特点作了十分精辟的论述:"奥涅金是一个游手好闲的人,因为他从来不做什么事,他在他所处的范围内是一个'多余人',并且没有足够的性格力量可以摆脱这个范围。"别林斯基把《叶甫盖尼·奥涅金》称作"俄罗斯生活的百科全书"(энциклопедия русской жизни)。

(2) 米·尤·莱蒙托夫(Михаил Юрьевич Лермонтов, 1814—1841):是 19 世纪著名诗人兼小说家,是普希金的继承者。他的诗歌和小说多半表达贵族革命失败后先进知识分子的苦闷、悲愤情绪,塑造由对现实不满而发出抗议的背叛性格。

莱蒙托夫从 14 岁就开始写诗,他的诗歌特点是主体思想集中,倾向鲜明,感情奔放,色彩浓厚。在《1831 年 6 月 11 日》一诗中写到:"没有斗争的生活是多么无聊……我需要行动……"这种情绪很典型地表现在《孤帆》(《Парус》, 1832)一诗中。

1837 年 1 月 29 日,伟大的诗人普希金被杀害了,被心爱的老师的死所激怒的莱蒙托夫立刻写了《诗人之死》(《Смерть поэта》),表达了整个进步的俄罗斯社会的哀痛和愤怒。他在诗中歌颂了普希金的伟大,称他为"稀有的天才"、"自由和勇敢的诗人",是"我们的光荣",但他被杀害了。

"Угас, как светоч, дивний гений.

Увял торжественный венок."

(熄灭了,像一把火炬,这稀有的天才。

凋残了,那壮丽的花环。)

1839—1840年间,莱蒙托夫在《祖国纪事》上先后发表了五个独立情节的中篇小说,印成了一个单行本,这就是长篇小说《当代英雄》(《Герой нашего времени》)。小说的中心人物毕巧林是继奥涅金之后的又一个"多余人"的形象,是一个人格分裂、充满着精神矛盾的人物。他的痛苦比他的先辈奥涅金更为积极有力,也更能严厉地审视自己,但这些并没有使他变得比奥涅金更有用,他并不是真正的当代英雄。在19世纪30年代生活着像别林斯基、赫尔岑和作者本人这样的先进人物,他们在这个黑暗的年代里并没有停止与黑暗现实的斗争,这些人才是真正的当代英雄。

《当代英雄》是俄罗斯文学中第一部社会心理小说(общественно - психологический роман),是莱蒙托夫的创作高峰,它对俄罗斯文学的发展有着显著的影响。

1842年7月27日,莱蒙托夫在一次与一个头脑空虚、心胸狭窄的军官马尔丁诺夫的决斗中被杀害,年仅27岁。

(3)尼·瓦·果戈理(Николай Васильевич Гоголь, 1809—1852):是俄罗斯19世纪批判现实主义的奠基者之一。他继承并发扬了普希金的传统,使俄罗斯散文小说走上新的发展阶段。他以不朽的艺术作品深刻地揭露了农奴制和沙皇专制制度,从而助长了俄罗斯解放运动的发展。别林斯基和车尔尼雪夫斯基对果戈理的创作评价很高。前者称他是具有强烈的批判讽刺倾向的文学流派——"自然派"(Натуральная школа)的鼻祖。后者称他是"俄罗斯文学之父"(Отец русской литературы),认为他的创作构成了"俄罗斯文学的果戈理时代"。这些评价在确立俄国文学的批判倾向中起过特殊作用。收集在《彼得堡故事集》(《Петербурские повести》)中的

《狂人日记》(《Записки сумашедших》)和《外套》(《шинели》)反映了果戈理思想的进步。

他的讽刺喜剧《钦差大臣》(《Ревизор》,1836)的情节是普希金在一次谈话中提供给果戈理的。在一座偏僻的外省小城里,以市长为首的一群贪官污吏,偶然得知钦差大臣要来查访的消息,因为他们平日干尽了坏事,所以,他们如临大敌,万分惊恐,错把过路的小官吏当成了"钦差"。他们向他大献殷勤,对他百般招待。正当市长准备把自己的女儿许配给这位钦差,做着升官发财的美梦时,真正的钦差却到来了,全体官员万分惊骇,目瞪口呆,全剧以哑场告终。

长篇小说《死魂灵》(《Мёртвые души》)是作者创作的顶峰,是果戈理一生创作的总结性作品。作者所用的"Душа"这个词有双重意义(一作农奴解,一作灵魂解),以乞乞科夫到NN市场买已经死去的、但还未注销户口的农奴的故事,影射农奴制"主人"们就是已经死亡的灵魂。作者暴露了这些贵族地主如何把农奴折磨致死,而在农奴死后,又利用他们赚钱的血腥罪行。果戈理的作品由于辛辣的嘲笑和幽默的讽刺相结合,收到明显的艺术效果。

1852年3月4日,他在极端矛盾的心情中郁闷而死,毁灭了自己的创作才能。果戈理的悲剧,一方面在于他始终未能找到俄罗斯未来的出路,未能从贵族阶级走出来;另一方面还在于他的忧郁的气质,由于多年的疾病而导致的"心力交瘁"。正是果戈理的政治思想上的迷误和精神上的危机造成他心灵的疲惫,最终造成他烧毁《死魂灵》第二部,郁闷而死。

(4)伊·谢·屠格涅夫(Иван Сергеевич Тургенев,1818—1883):是一位优秀的、享有世界声誉的俄罗斯现实主义作家。高尔基曾经说,屠格涅夫给俄罗斯文学留下了一份"绝妙的遗产"。他的创作,特别是他的长篇小说,敏捷和基本上真实地反映了俄罗斯解放运动和社会思想发展史上的一系列重大事件。

屠格涅夫第一部现实主义巨著是《猎人笔记》(《Записки

охотника》,1847—1851)。谢德林曾说:"《猎人笔记》为全面地描写人民及贫困生活的文学确立了开端。"

1856年,屠格涅夫发表了第一篇长篇小说《罗亭》(《Рудин》),反映了19世纪30—40年代的俄罗斯社会生活。罗亭是"多余人"行列中的新典型,是19世纪40年代贵族知识分子的典型。

在俄罗斯文学中,《前夜》(《Накануне》)是最早歌颂"新人",第一部以贫民知识分子为中心人物的长篇小说。《前夜》的故事情节并不复杂,俄罗斯贵族少女叶连娜·斯塔霍娃爱上了在莫斯科的保加利亚民族解放运动的志士英萨罗夫。他为了解放祖国不惜牺牲自己的生命,这是一个具有明确而坚定的志向,并能化理想为行动的人物。

《父与子》(《Отцы и дети》)是一部社会政治小说。屠格涅夫在《父与子》的卷首写道:"该小说献给维·格·别林斯基。"这表明作者对革命民主主义者的态度,也表明作者要在小说中反映已经登上政治舞台的平民知识分子的思想和感情。

(5)费·米·陀思妥耶夫斯基(Федр Михайлович Достоевский,1821—1881):是俄罗斯著名的批判现实主义小说家。他与屠格涅夫、托尔斯泰一起被誉为俄罗斯文学中的"三巨头"(три кита в русской литературе)。他生活在俄罗斯农奴制崩溃、资本主义迅猛的发展时期,是一位对同代和后代西欧作家有影响的俄国小说家。

他在果戈理所倡导的"自然派"的影响下创作了长篇小说《穷人》(《Бедные люди》,1845),引起文学界的重视。无论就其思想内容还是就其艺术技巧而言,都是陀思妥耶夫斯基的代表作。《穷人》继承和深化了俄罗斯文学中的"小人物"的主体,他不仅同情"小人物"的悲惨遭遇,而且还刻画了他们的内心世界,揭示了社会中贫富对立和不公平的问题。《穷人》是以老公务员杰沃什金和一个几乎落入卖淫火坑的年轻姑娘陀勃罗谢娃的书信来往的形式写成的。他对陀勃罗谢娃的遭遇极为同情,以远亲关系为借口,想尽办法把她拯救出来。后来,因生活所迫,陀勃罗谢娃嫁给了曾经毁灭她青春的地主贝柯夫,离开了世上唯一爱她的杰沃什金。

《白痴》(《Идиот》)在陀思妥耶夫斯基的创作中占有重要的地位。它对农奴制改革以后俄罗斯的上层社会作了广泛地描写。小说的主人公梅什金公爵是他虚构的"正面的、美好的人"(вполне прекрасный человек),是作家宗教理想的体现。他善良、谦虚、宽容,处事全凭感觉和直觉,相信和尊重别人,说真话有些胆怯。在正常人看来他是个白痴,女主人公娜斯塔西娅说,她在梅什金公爵身上第一次看到了人。

《罪与罚》(《Преступление и наказание》)是陀思妥耶夫斯基最重要的代表作,是一部卓越的社会伦理小说,它的发表标志着陀思妥耶夫斯基艺术风格的成熟。小说所描写的拉斯克里尼科夫的走投无路的境遇,索尼亚的痛苦卖身生涯,里萨维泰、拉斯克里尼科夫父母和妹妹的痛苦生活,以及卢辛和维斯特里·加依洛夫这些吸血鬼的卑鄙无耻的行径,警察的专横肆虐等,都是资本主义兴起时期俄罗斯社会的真实写照。

在 19 世纪 60 年代以后发表了《被欺凌与被侮辱的》(《Униженные и оскорбленные》)、《卡拉马佐夫兄弟》(《Братья Кармазовы》)等长篇小说。他的作品描述了城市贫民的悲惨命运,揭示了人们在金钱势力支配下复杂而又痛苦的感受,显示了作家洞察和刻画人们心理活动的才能。但他的作品也表露了他思想上的矛盾——真挚地同情生活毫无保障的下层人民,热烈地向往道德高尚的美好生活,却找不到通往理想境界的道路,只希望凭借宗教信仰的威力,在容忍的顺从中去寻求解脱。

(6)列·夫·托尔斯泰(Лев Николаевич Толстой,1828—1910):是俄国最著名的批判现实主义作家,是世界文学中最伟大的艺术巨匠之一。他以深刻的批判和卓越的艺术才能将批判现实主义推到了新的高峰。他以自己的名著丰富了俄国文学和世界文学。

《战争与和平》(《Война и мир》,1863—1869)是一部巨幅史诗性的长篇小说。它以库拉金、罗斯托夫、保尔康斯基和别竺豪夫斯大贵族家庭的生活为线索,气势磅礴地反映了 19 世纪初到 19 世纪 20 年代俄罗斯社会的重大历史事件。小说愤怒地谴责了拿破仑的野蛮侵略,歌颂了库图佐夫所领导的反侵略战争的胜利,写出了战争的正义性和人民的英勇战斗精神,可以说是俄罗斯文学中第一部歌颂人民的史诗性小说。同时作品中还表现了作家对俄罗斯贵族的命运和前途的思考。

《安娜·卡列尼娜》(《Анна Каренина》,1873—1877)是托尔斯泰中期创作的代表作,在艺术上也有新的发展和突破。它胜过了以前作者的所有的长篇小说。主人公安娜的一生都是很不幸的。她在少年时代没有体验过真正的爱情,由家长做主把她嫁给比她大 20 岁的彼得堡的显要官吏卡列宁,成了上流社会没有爱情婚姻的牺牲品。

《复活》(《Воскресение》,1889—1899)是托尔斯泰世界观转变以后创作的一部长篇小说,是托尔斯泰的思想、宗教伦理和美学探索的总结性作品。主要围绕男女主人公涅赫留道夫和玛斯洛娃之间的关系展开的。玛斯洛娃 16 岁时被地主的侄儿涅赫留道夫诱奸、遗弃,在走投无路的情况下沦为妓女,被法官错判流放西伯利亚服苦役。恰巧这时涅赫留道夫在法庭上认出了她,决心营救她,并且要娶她为妻。玛斯洛娃不愿接受这位老爷的恩惠,在流放中同政治犯西蒙松结合,精神上得到了"复活"。《复活》是托尔斯泰创作的最高峰,也是俄罗斯批判现实主义文学的最高成就。

(7)安·怕·契诃夫(А. П. Чехов,1860—1904):是 19 世纪末 20 世纪初影响深远的现实主义作家,主要创作成就在短篇小说和戏剧方面。他的短篇小说文笔精炼,形象鲜明,思想深刻,通过细小的故事情节或表现劳动人民的悲惨生活,如:《苦恼》(《Тоска》)、《万卡》(《Ванюка》);或揭发专制警察制度下的忠实奴仆的愚蠢与专横,如:《变色龙》(《Хамелеон》)等;或讥笑小市民的庸俗习气;或暴露知识分子生活的空虚;或反映社会的黑暗,如:《第六病室》(《Палата №6》)、《套中人》(《Человек в футляре》),都能收到以小见大的社会效果。契诃夫的《海鸥》(《Чайка》)、《万尼亚舅舅》(《Дядя Ваня》)、《三姊妹》(《Три сестры》)、《樱桃园》(《Вишневый сад》)等,大多数反映19世纪80年代至1905年革命前夜俄国知识分子的不幸命运以及他们对健康生活的憧憬和朦胧追求。契诃夫的戏剧朴素而含蓄,具有哲理性,深为广大观众喜爱,受到剧团的推崇,至今久演不衰。

(8) 阿·马·高尔基(А. М. Горький,原姓比什科夫,1868—1936):是俄罗斯苏维埃最有影响的作家。19世纪90年代开始创作。他的早期浪漫主义作品表达了人民渴望自由、追求真理和为正义而斗争的精神;剧本《底层》(《На дне》)、《小市民》(《Мещане》)等现实主义作品表现了俄罗斯下层人民的生活,揭露了自私守旧的小市民习气。1901年,发表了《海燕之歌》(《Песня о Буревеснике》),以寓言的形式和象征的手法歌颂战斗的无产阶级,预告革命暴风雨的来临。1906年,高尔基发表长篇小说《母亲》(《Мать》),首次描写了党领导的工人阶级的斗争,塑造了无产阶级革命者的典型形象,奠定了社会主义现实主义文学的基础。高尔基的自传三部曲《童年》(《Детство》)、《在人间》(《В людях》)、《我的大学》(《Мои университы》),分别于十月革命前后写出,描写了作家从生活底层攀上文化高峰,从寻求真理道走上革命的历程。

(9) 尼·阿·奥斯特洛夫斯基(Н. А. Островский,1904—1936):是国内战争时期的红军战士,共青团的优秀工作者。他在负伤瘫痪和双目失明后,写出长篇小说《钢铁是怎样炼成的》(《Как закалялась сталь》)。小说描写苏维埃第一代共青团员成长的过程,塑造了同代共青团员的典型代表,意志坚强、矢忠于党和革命事业的保尔·柯察金的形象。这部长篇小说成为鼓舞许多国家进步青年的力量。

(10) 阿·尼·托尔斯泰(А. Н. Толстой,1883—1945):在俄国时期已经以《怪人》(《Чудаки》,1911)、《跛脚老爷》(《Хромой》,1912)成名。由于不理解苏维埃政权,十月革命后逃往国外,1923年受到社会主义建设的鼓舞重返祖国。归国后写了《粮食》(《хлеб》、1937)、《俄罗斯性格》(《Русский характер》, 1943)、《彼得大帝》(《Пётр Первый》, 1930—1945)。他的代表作是《苦难的历程》(《Хождение по мукам》, 1920—1924)三部曲。三部曲以第一次世界大战前夕至国内战争时期复杂的阶级斗争为背景,描写俄国知识分子的命运,写出了俄国资产阶级知识分子在探索中走上革命道路的艰苦历程。

(11)米·亚·肖洛霍夫(М. А. Шолохов, 1905—1984):是20世纪30年代最有影响、同时也是最有争议的作家,熟悉顿河哥萨克生活,以《顿河故事》(《Донские рассказы》)开始文学生涯。他在1928年至1940年间发表了四卷集的史诗性长篇小说《静静的顿河》(《Тихий Дон》)。小说反映了从第一次世界大战到国内战争时期的重大历史事件,表现了动荡年代哥萨克人在革命中走过的曲折路程。小说曾引起多次争论,但有很大的国内外影响。

(12)亚·亚·法捷耶夫(А. А. Фадеев, 1901—1956):是苏联著名无产阶级革命作家。他在20世纪20年代创作的长篇小说《毁灭》(《Разгром》, 1918),生动地描绘了1919年远东南乌苏里边区游击战争的壮丽画面,塑造了游击队领导者的光辉形象。战后发表的长篇小说《青年近卫军》(《Молодая гвардия》),描写克拉斯诺顿的共青团员、地下工作者与德国占领者的斗争,小说塑造的共青团领导者形象鲜明、生动、富有个性特征。整部作品充满革命理想主义激情。

(13)弗·弗·马雅可夫斯基(В. В. Маяковский, 1893—1930):长诗《弗·伊·列宁》(《В. И. Ленин》)和《好!》(《Хорошо!》)是献给布尔什维克党和领袖,献给十月革命和苏维埃人的颂歌,诗歌跳动着时代脉搏,充满了革命激情。

(14)亚·伊·索尔仁尼琴(А. И. Солженицын, 1918—):是前苏联文坛一位颇为轰动又颇有争议的作家。参加过卫国战争并立过军功,却因战时在与朋友的通信中攻击斯大林被捕,刑满后又被流放。1962年11月,发表描写劳改营生活的中篇小说《伊万杰尼索维奇的一天》,即刻轰动了整个苏联,在文艺界产生了前所未有的影响。1969年,索尔仁尼琴被开除出苏联作家协会。1974年2月,索尔仁尼琴被驱逐出境。他先到西德,后移居瑞士,并前往斯德哥尔摩领取了四年后补发的诺贝尔文学奖。索尔仁尼琴于1976年迁居美国,1994年回到俄罗斯。

2.诺贝尔文学奖获得者

(1)伊万·阿列克谢耶维奇·布宁(Иван Алексеевич Бунин,1870—1953):俄罗斯诗人、小说家、翻译家,他是第一个获诺贝尔文学奖的俄罗斯作家。20世纪初俄国批判现实主义的杰出代表。1887年初登文坛,并逐渐崭露头角,1897年出版的第一部小说集《在天涯》(《На чужой стороне》)得到评论界的注意,小说《乡村》(《деревня》,1910)则是其代表作。1933年,瑞典文学院以他的"严谨的艺术才能,使俄罗斯古典传统在散文中得到继承"(за строгое мастерство, с которым он развивает традиции русской классической прозы),授予他诺贝尔奖。

(2)帕斯捷尔纳克·鲍里斯·列昂尼多维奇(Пастернак Борис Леонидович,1890—1960):前苏联著名诗人、小说家、翻译家,大学时代即开始创作,诗集《生活,我的姐妹》(1922)及《主题与演变》(1923)使作者一鸣惊人,蜚声文坛。1955年,作者创作完成了被苏联文艺界称为当代反社会主义倾向的长篇小说《日瓦戈医生》,在西方引起巨大反响。1958年,为表彰他"在现代诗和俄罗斯伟大叙事诗传统方面的重大成就",瑞典文学院授予他诺贝尔文学奖。

(3)米哈伊尔·亚历山大罗维奇·肖洛霍夫(Михаил Александрович Шолохов,1905—1984):前苏联当代著名作家,从事文学创作50年,在前苏联享有崇高的声望。其最重要的作品是史诗性长篇小说《静静的顿河》(《Тихий Дон》),在苏联当代文学中占有重要地位。1965年,由于他"描写俄国人民生活各历史角度的顿和史诗中所表现的艺术感染力和正直品格"被授予诺贝尔文学奖。

(4)亚历山大·伊萨耶维奇·索尔仁尼琴(Александр Исаевич Солженицы,1918—):前苏联(俄罗斯)作家,1962年,他的中篇小说《伊凡·杰尼索维奇的一天》(《Один день Ивана Денисовача》)发表,引起巨大轰动,两年后,又因为这篇小说,作家饱受责难,之后的作品只能以"地下文学"的形式在国内秘密出版。1970年,以长篇小说《癌病房》(《Раковый корпус》)获诺贝尔文学奖。1970年,瑞典文学院因"他在追求俄罗斯文学不可缺少的传统时所具有的道德力量"(за нравственную силу, почерпнутую в традиции великой русской литературы)为获奖理由,授予他诺贝尔文学奖。

(5)约瑟夫·亚历山大罗维奇·布罗茨基(Иосиф Александрович Бродский, 1940—1996):苏裔美籍诗人,1955年开始写诗,是当代诗歌巨人。1963年发表的著名长诗《悼约翰·邓》(《Большой элегией Джону Донну》)是他早期创作的代表作。1964年,布罗茨基被法庭以"社会寄生虫"罪判处5年徒刑,送往边远的劳改营服苦役。1972年,被苏联驱逐出境。侨居国外期间,布罗茨基以《诗选》(《Избранные стихи》, 1973)、《言语的一部分》(《Часть речи》, 1980)影响为最大。他的诗充满了俄罗斯风味,特别是在流亡国外之后,怀乡更成为他的重要诗歌主题之一。1987年,获诺贝尔文学委员会以"由于他的作品超越时空限制,无论在文学上及敏感问题方面,都充分显示出他广阔的思想和浓郁的诗意"(за многогранное творчество, отмеченное остротой мысли и глубокой поэтичностью)为理由,授予他诺贝尔文学奖。

练习1.简答

1. 俄罗斯19世纪的文学作家及代表作有哪些?
2. 谈谈你对"多余人"的理解?

练习 2. 填空

1. 《叶甫盖尼·奥涅金》(《Евгений Онегин》)是_____最杰出的代表作,是俄罗斯现实主义小说的第一部典范作品。

2. 小说《当代英雄》是_____创作的顶峰,也是俄罗斯文学中第一部体的社会心理、哲学小说。

3. 列·托尔斯泰的主要作品_____、_____、_____等。

4. 果戈理的主要代表作有_____、_____等。

5. 契诃夫的主要代表作有_____、_____、_____等。

6. 1901 年,_____发表了《海燕之歌》(《Песня о Буревеснике》)以寓言的形式和象征的手法歌颂战斗的无产阶级,预告革命暴风雨的来临。

7. _____与屠格涅夫、托尔斯泰一起被誉为俄罗斯文学中的"三巨头"。

8. 肖洛霍夫的史诗性长篇小说_____,反映了从第一次世界大战到国内战争时期的重大历史事件。

9. 第一个获诺贝尔文学奖的俄罗斯作家是_____。获奖作品是_____。

10. 《日瓦戈医生》的作者是_____,被苏联文艺界称为当代反社会主义倾向的长篇小说。

11. 索尔仁尼琴的长篇小说_____获诺贝尔文学奖。

第4课
俄罗斯艺术

简况

俄罗斯艺术的发展道路历经坎坷,曲折多变,借鉴了古希腊艺术、拜占庭艺术和西欧各国艺术经验,通过不断探索、不断进取而逐步发展起来。它是俄罗斯社会生活的一面镜子,真实地反映了俄罗斯民族悠久的历史。本课从绘画、音乐、剧院等艺术种类入手,简要介绍俄罗斯灿烂辉煌的艺术文化。

1.画家

(1)鲁布廖夫(А. Рублёв,约1360—1430):是14世纪末至15世纪初古代俄罗斯写生画繁荣时期最著名、最早的画家。他的圣像画《三圣图》(《Икона Троица》)是无价之宝,至今保存在莫斯科特列季亚科夫美术馆里。画的内容是宗教,但表现出的不是天使的体态,而是活灵活现的人。

(2)勃留洛夫(К. П. Брюллов,1799—1852):是俄国著名画家,是官方学院派绘画的代表人物。其主要作品是《庞贝城的末日》(《Последний день Помпеи》)、《女骑士》(《Всадница》)。19世纪上半叶,他首次将浪漫主义与古典主义结合在一起,完成了《庞贝城的末日》使其名声大噪。《庞贝城的末日》已令人惊叹的色彩表现了毁于维苏威火山熔岩和灰烬的古代城市的悲剧,描绘出了可怕的惨祸到来时人们表现的复杂心理和感情。

(3)列宾(И. Е. Репин,1844—1930):是俄国最著名的现实主义画家,是巡回展览画派的旗帜。他的主要作品有《伏尔加河上的纤夫》(《Бурлаки на Волге》)、《伊凡雷帝和他的儿子伊凡》(《Иван Грозый и сын Иван》)和《扎波罗什人写回信给土耳其苏丹》

(《Запорожцы пишут письмо турецкому султану》)。列宾的创作忠于现实主义的真实,细腻地刻画人物性格,再现俄国的现实生活,暴露和批判沙皇的专制制度。除此之外,他的油画《芬兰湾风光》(《Пейзаж Финского залива》,1910)巧夺天工,栩栩如生,真实而形象地描绘出大自然风光的优美意境,给人以绝美的艺术享受。

(4)苏里科夫(В.Н.Суриков,1848—1916):是巡回展览画派中的著名历史画家。他对俄罗斯民族的历史极感兴趣,创作了许多历史题材的巨幅画作。其特点是真实地反映俄国的历史性冲突,以壮阔的群众场面见长。他最著名的一幅作品是《近卫军临刑的早晨》(《Утро стрелецкой казни》),以高超的现实主义手法,惟妙惟肖地勾画出近卫军妻子绝望而无助的面部表情和悲痛欲绝的内心世界,表达了画家对革命者无与伦比的同情和道义上的支持。其他作品有《女贵族莫洛佐娃》(《Боярыня Морозова》)和《叶尔马克征服西伯利亚》(《Покорение Сибири Ермаком》)等。

(5)列维坦(И.Левитан,1860—1900):是19世纪俄国最杰出的风景画大师。他的创作完成了巡回展览派风景画家们的艺术探索。任何一位俄国风景画家都没有像列维坦这样深刻、这样有个性地表现人的心灵与大自然生命的联系。作品有《夏天的傍晚》(《Летний вечер》)、《弗拉基米尔大道》(《Владимирка》)和《金色的秋天》(《Золотая осень》)。其中《弗拉基米尔大道》是列维坦的一幅名画。画家通过描绘押送革命者通往西伯利亚流放地的必经道路,对沙皇专制制度发出了抗议,表达了自己愤世嫉俗、伸张正义的思想感情。他晚年创作的油画《暴风雨》(《Буря》,1898)用简洁的绘画语言和明快的笔法表现出暴风雨来临之际波澜壮阔的自然美景,表达了画家对新生活的感受和期待。

2.作曲家

(1)格林卡(М.И.Глинка,1804—1857):是俄罗斯古典音乐家的鼻祖,即俄罗斯歌剧和交响乐的开创者,被誉为"俄罗斯音乐之父"而载入史册。他的歌剧《伊凡·苏萨宁》(《Иван Сусанин》,根据历史传说所作)和《鲁斯兰与柳德米拉》(《Руслан и Людмила》,根据普希金的长诗所作)为俄罗斯歌剧确立了两个方向:民族音乐剧和童话歌剧、壮士歌歌剧。其作品《卡马林斯卡娅》(《Камаринская》)是俄罗斯交响乐较早的作品。格林卡在自己的歌剧和交响乐作品中广泛地采用了民间旋律。他的音乐创作内容丰富、形式多样,充满了对自己的祖国、人民和大自然的无限热爱,具有饱满的爱国主义激情,确立了俄国民族音乐发展的方向,成为衡量俄罗斯音乐思想内容和艺术形式的尺度,对以后的俄罗斯音乐发展起到了巨大的作用,具有划时代的意义。

(2)柴可夫斯基(П.И.Чайковский,1840—1893):是一位才华横溢、技艺超群的音乐大师,他的创作是俄罗斯古典音乐的巅峰。他是一位伟大的世界规模的俄罗斯音乐家,是交响乐大师、音乐戏剧大师和抒情音乐大师。他的歌剧《叶甫盖尼·奥涅金》(《Евгений Онегин》,根据 А·С·普希金的长篇小说改编)是新型的现实主义歌剧。他的六部交响乐(《冬天的梦幻》、《悲怆交响曲》等)、小提琴和钢琴协奏曲都是世界各大音乐厅里常演不衰的乐曲。他在芭蕾舞艺术领域有所创新,把音乐作为芭蕾舞的主导成分,在《天鹅湖》(《Лебединое озеро》)、《睡美人》(《Спящая красавица》)、《胡桃夹子》(《Щелкунчик》)等剧中柴可夫斯基成为芭蕾音乐改革家。激昂悲壮、气势磅礴的第六交响曲(《悲怆》)是他留给世人的最后一部绝笔之作,也是他的著名代表作之一。1893 年 10 月 16 日,他亲自指挥了这部交响乐在彼得堡的演出,一周之后的 10 月 24 日,他却因意外地感染了霍乱病突然与世长辞了,给世人留下了永远的遗憾。

(3)穆索尔斯基(М.П.Мусоргский,1839—1881):是俄罗斯音乐史上很有影响的代表人物之一,多才多艺,硕果累累。他的作品以性格描写和心理刻画见长,音调有民歌特点,其音乐语言和表现手法都是他那一时代俄罗斯古典音乐中最为独创的,不仅对本国音乐的发展作出了贡献,而且对 19 世纪末和 20 世纪初的西方音乐也有较大的影响。他的代表作品是歌剧《鲍里斯·戈杜诺夫》(《Борис Годунов》)和《霍宛斯基党人之叛乱》(《Хованщина》)等。两部歌剧均气势磅礴,有宏大的群众场面。歌曲也是穆索尔斯基重要的创作领域之一,达百余首。较为优秀的有《老乞丐之歌》、《孤女》(《Сиротка》)、《跳蚤之歌》(《Песня о блохе》),其中《跳蚤之歌》尤为驰名,成为世界上许多著名歌唱家在音乐会上演唱的保留曲目。

(4)肖斯塔科维奇(Д.Д.Шастакович,1906—1975):是苏联时代最有名的音乐家。他长期任苏联作曲家协会主席,为发展祖国的音乐事业作出了很大贡献。他的创作以交响乐为主,大多反映重大社会主题,以战争与和平、反法西斯斗争等为主要题材,艺术特色是强烈的激情和细腻而隐秘的抒情相结合,风格接近穆索尔斯基、巴赫和贝多芬。其中第七交响曲(《列宁格勒交响乐》)是在列宁格勒被围困期间写成的,以悲壮著称,是战争年代纪念碑式的作品。其他作品还有《鼻子》(《Нос》)、《清溪》(《Светлый ручей》)等,并为《哈姆雷特》、《牛虻》、《带枪的人》、《卡尔·马克思》、《青年近卫军》等数十部影片、戏剧配过音乐,涉猎题材广泛,不拘泥形式和手段,多才多艺,多能多产,成果斐然,被誉为20世纪最伟大的俄罗斯音乐家、世界音坛泰斗之一。

(5)里姆斯基-科萨科夫(Н.А.Римский-Корсаков,1844—1908):是"强力集团"中最年轻的成员,是一位抒情音乐家,也是俄国著名导演剧作家,主要作品有《雪姑娘》(《Снегурочка》)和《西班牙随想曲》(《Испанское каприччио》)。他还是一位优秀的教育家,把自己的一生毫无保留地贡献给了俄罗斯音乐事业,在37年的教育生涯中培养出了200多位优秀的作曲家、指挥家、音乐家。著有《实用和声教程》和《管弦乐法原理》。

3.表演艺术家

(1)斯坦尼斯拉夫斯基:(К.С.Станиславский)在苏联戏剧艺

术发展过程中,逐渐形成了苏联的导演和演员艺术学派。20世纪30年代以来占主导地位的艺术学派是斯坦尼斯拉夫斯基体系(сценическая теория и арктическая техника《Станиславская система》),即戏剧表演中的体验派。这个"体系"是在总结现实主义戏剧传统经验的基础上产生的,是随莫斯科艺术剧院的发展而发展的。在形成这一派别中斯坦尼斯拉夫斯基本人的活动具有特殊意义。

斯坦尼斯拉夫斯基原姓阿列克赛耶夫(Алексеев),出生在莫斯科的一个富商家庭。父母酷爱戏剧,常常带他去观看演出,从而引起他对戏剧艺术的莫大兴趣。从22岁那年开始,它采用斯坦尼斯拉夫斯基作为自己的艺名。他和著名戏剧家丹钦柯进行了长达18个小时的会谈,结果便产生了举世闻名的莫斯科艺术剧院。他是该剧院的演员兼导演,是观众心目中深受崇敬和喜爱的偶像。中国京剧大师梅兰芳于1935年访苏演出。斯坦尼斯拉夫斯基和丹钦柯等人出任招待委员会会员。观看了梅兰芳的演出后,他同梅兰芳还有德国著名戏剧家布莱希特举行座谈,进行艺术交流。三位大师被国际戏剧界合称之为"世界三大演剧体系",三大体系创始人的聚会,成了世界近代戏剧史的一件盛事。

这位对世界戏剧产生巨大影响的大师,在逝世前撰文至青年艺术工作者。他这样写道:"你们,我的青年朋友们,要把一切美好的人类思想和愿望带进艺术殿堂,要在门槛外抖掉生活的尘屑和污垢,这样你们的工作就会成为人们心灵纯洁高尚的永恒节日。""要学会爱自己心中的艺术,而不是艺术中的自己。"

(2)弗·艾·梅耶霍利德(В. Э. Мейерхольд,1874—1940):与斯坦尼斯拉夫斯基体系相对立的是表现派的戏剧艺术理论(Новая школа зрельщного театр с формалистическими тенденциями),首倡者是弗·艾·梅耶霍利德。他提出有机造型术,认为艺术同生活有别,主张广泛地采用戏剧假定性和电影化手法。梅耶霍利德的艺术体系很长时期被苏联予以取缔,没有得到发展。20世纪50年代中期恢复了他的名誉,他的戏剧主张也吸引了苏联国内外戏剧工作者的广泛注意。他的后继者的活动自 20 世纪 60 年代后逐渐活跃起来。

(3)夏里亚宾(Фёдор Шаляпин,1873—1938):是俄罗斯著名男低音歌唱家(бас)、歌剧演员。俄罗斯民歌《伏尔加船夫曲》是他唱遍世界的一首歌。他出生于喀山一个贫苦农民家里。他读了几年书便去当学徒。从 15 岁开始夏里亚宾便在喀山的歌剧院跑龙套。他真正崭露头角的是在格林卡的歌剧《伊凡·苏萨宁》中扮演苏萨宁,当时他才 23 岁。他在穆索尔斯基的歌剧《鲍里斯·戈杜诺夫》中扮演沙皇鲍里斯这一角色使他一举成名。斯坦尼斯拉夫斯基认为歌剧演员要掌握三种艺术——戏剧、音乐和歌唱艺术。他说,夏里亚宾是集这三种艺术于一身的完美典范。天才加勤奋,这是夏里亚宾的成功秘诀。

十月革命后,苏维埃政府十分重视夏里亚宾的才华和他所作出的艺术贡献,任命他为马林斯基剧院的艺术指导。他是 1918 年第一位被授予"人民演员"的光荣称号的艺术家。他于 1922 年获准出国,再未返回苏联。

(4)乌兰诺娃(Г.С.Уланова,1910—1998):生于圣彼得堡的一个艺术之家,父母都是芭蕾舞演员。她演的第一部舞剧是柴可夫斯基的《天鹅湖》,一举成名,白天鹅就是乌兰诺娃的代名词。此后,她又在《吉赛尔》、《灰姑娘》、《青铜士》和《红罂粟》等芭蕾舞剧中,塑造了许多令人难忘的艺术形象。1940 年,她主演了《罗密欧与朱丽叶》,在这部舞剧中,乌兰诺娃达到了她所追求的"不要想到技巧"的境界,从而赢得了世界声誉。

乌兰诺娃两次来我国访问演出(1958,1989),同京剧大师梅兰芳结下了深厚的友谊。1989 年,芭蕾舞皇后出席在深圳、珠海举行的国际艺术节。她鼓励年轻的中国同行:"芭蕾舞演员一定要有毅力,要有文化素养!要艰苦地训练,认真地表演,给世界以美的魅力,争取在国际比赛中取得好成绩,获奖金。"

她曾获斯大林奖金、列宁奖金以及"苏联人民演员"、"社会主义劳动英雄"等称号。70岁寿辰时获得在故乡列宁格勒塑造铜像的荣誉。1997年获俄罗斯总统文学奖。

4.著名博物馆、剧院

俄罗斯国立埃尔米塔什博物馆、俄罗斯博物馆如前所述。

(1)胜利广场和卫国战争博物馆:1995年5月,经过了10年的建设,在战胜德国法西斯50周年前夕,俯首山的建筑群终于落成。它包括胜利广场和卫国战争中央博物馆两部分,占地135万平方米。博物馆前,一座纪念碑从红棕色大理石的基座上拔地而起,高耸入云。它形似一把三棱形刺刀,高141.8米,象征卫国战争持续了1 418个战斗的日日夜夜。在刺刀的每个棱面上,用预制浮雕板表现了莫斯科等12个英雄城市周围的战斗情景。刺刀上端,约30米高处,装饰着古希腊胜利女神刻像。她背着两扇翅膀,右手拿着金光灿灿的胜利桂冠。在他身旁飞着两个小天使,一男一女,吹着胜利的号角。

纪念碑前面,有5层阶梯式台阶,每一层表示战争的一个年份。

纪念碑左侧是一组大型喷泉,水珠滚滚,在阳光照耀下恰似琼珠玉液。右侧是常胜圣格奥尔基东正教教堂,高45米,金色尖顶。里面有大挂钟,每当节日,钟声敲响,传得很远很远。

中央博物馆是建筑群中最主要的建筑,它成扇形展开,用白色大理石砌成,庄重肃穆。走进博物馆,6幅大型半圆画映入眼帘,生动地描绘了莫斯科保卫战、列宁格勒反围困战、斯大林格勒战役、攻克柏林等6大战役的画面。荣誉厅的墙上,用熠熠闪光的金字刻着荣获英雄称号的战士姓名。

(2)特列季亚科夫美术馆(Третьяковская Галерея):是俄罗斯最大的俄苏艺术博物馆,它位于莫斯科。美术馆的名称源于它的创建人、俄罗斯文化杰出的活动家、莫斯科富商П·特列季亚科夫

(1832—1898),他酷爱写生。1856年,П·特列季亚科夫开始收集俄罗斯画家的绘画作品,并且给自己确定了要建一家人人皆可欣赏的本民族艺术博物馆的目标,这一年被定为美术馆建馆年。1892年,特列季亚科夫将自己收藏丰富的俄罗斯绘画作品,连同其兄弟谢尔盖·米哈依洛维奇·特列季亚科夫收藏的西欧绘画作品一道捐献给了莫斯科市,特列季亚科夫美术馆成了国家博物馆。今天特列季亚科夫美术馆已藏有6万多件19—20世纪的俄国艺术珍品,他给人民带来了无穷无尽的艺术享受。

(3)国立普希金造型艺术博物馆(Государственный музей изобразительных искусств им. А. С. Пушкина):在俄罗斯,收藏外国珍品居第二位的博物馆在莫斯科,这就是国立普希金造型艺术博物馆,它现有展品共计54.3万件,都是古代埃及、巴比伦、亚述直至今日不同时期的艺术作品。

(4)大剧院(Большой театр):建于1776年,是俄罗斯历史最悠久的剧院,他的历史就是俄罗斯音乐文化发展的历史,坐落在莫斯科斯维尔德洛夫广场。1870年,剧院改址到彼得罗夫大街上一所新建的石造剧院里,称彼得罗夫剧院,1805年剧院被毁。1824年,俄罗斯风格建筑的代表人物博韦(О. Бове,1784—1834)精心设计,在石造剧院的原址重新修建了新剧院,称大彼得罗夫剧院,简称大剧院。这里经常上演格林卡的歌剧和查艾科夫斯基的芭蕾舞以及意、法、德等国音乐家的优秀作品。该剧院的观众厅有6层包厢,可容纳2 000多观众,音响效果很好。大厅长25米,宽26.3米,舞台面积为615.7平方米。剧院的天花板饰有巨幅绘画,天花板的中央垂悬着一只巨大的水晶吊灯。剧院休息室的墙上挂着著名的作曲家、指挥家、演员的照片,还有歌剧和芭蕾舞的剧照。

俄罗斯大剧院以一流的剧场、一流的剧目、一流的演员,使莫斯科人以能在这里观剧为光荣和自豪。难怪有人说,现代俄罗斯一直有两个权威:一个是克里姆林宫,另一个就是俄罗斯大剧院。前者是权利的象征,后者是文化的象征。

(5)小剧院(Малый театр):全名为"国家模范小剧院",是俄罗斯最古老的话剧院之一,位于大剧院的左前方。18世纪中叶,职业话剧团开始在莫斯科形成。1824年,小剧院正式揭幕。当时大剧院的歌剧-芭蕾舞剧团和话剧正式分开。为了区别于音乐大剧院,话剧院取名为小剧院,它还有一所附属的谢普金戏剧学校。在那里,剧院演员向学员传授表演艺术,学员参加剧院演出进行实习。小剧院的演员具有极高的语言素养,其纯正的发音被认为是莫斯科标准发音的典范。

小剧院在发展俄罗斯文化和戏剧艺术中起了巨大的作用。在这里排演了俄罗斯剧作家的优秀作品。如 A·格利鲍耶陀夫的《聪明误》(《Горе от ума》)、H·果戈理的《钦差大臣》(《Ревизор》)、H·屠格涅夫、A·托尔斯泰、Л·H·托尔斯泰的作品。从19世纪50年代起,A.H.奥斯特罗夫斯基成为小剧院的主要作家,剧院上演了他的47部话剧,因此剧院被称为"奥斯特罗夫斯基之家"。

(6)莫斯科模范艺术剧院(MXAT,全称 Московский художественный академический театр):奠基人是该剧院演员、导演和戏剧教育家 K·斯坦尼斯拉夫斯基(1863—1943)和导演、剧作家 B·涅米罗维奇·丹钦科(1858—1943)。莫斯科艺术剧院剧团创建于1898年。它曾在许多临时场所,其中包括租赁埃尔米塔什(Эрмитаж)的礼堂进行过演出。直到1902年才开始走上莫斯科艺术剧院的舞台,此时剧团已举世闻名。他们在新剧院里实现了戏剧生命中的各个方面的改革:戏剧剧目、导演艺术、表演艺术、剧务组织。在艺术剧院建立和贯彻了创作的新方法,这些方法被称为"斯坦尼斯拉夫斯基体系"。

剧院排演的 A·契诃夫和 M·高尔基的话剧在剧院的思想和美学原则的形成中具有重要的意义。在这些作品中反映了进步的民主知识分子的情绪。1898—1905年在与剧作者的密切配合下,排演了 A·契诃夫的话剧《海鸥》、《万尼亚舅舅》、《三姊妹》、《樱桃园》,M·高尔基的《小市民》、《在底层》。从那时起,契诃夫和高尔基的话剧在莫斯科模范艺术剧院的舞台上经久不衰。《海鸥》是对艺术无私奉献的象征,成为剧院的标志。

(7)圣彼得堡歌剧舞剧院:位于圣彼得堡市最古老的广场之一戏剧广场上,也称玛丽娅剧院(Маринский театр оперы и балета),于1860年10月开放。剧院的外貌虽毫无特色,但几乎所有的俄国古典歌剧音乐作品——格林卡的《鲁斯兰和柳德米拉》、柴可夫斯基的《黑桃皇后》(《Пиковая дама》)等都是在这里首演的。今天,该剧院是俄罗斯最大的剧院之一,驰名国内外。

练习1.简答

1. 谈谈乌兰诺娃对芭蕾舞的贡献?
2. 你所熟悉的俄罗斯的著名博物馆、剧院有哪些?

练习2.填空

1. 鲁布廖夫是14世纪末至15世纪初古代俄罗斯写生画的繁荣时期最著名、最早的画家。他的_____是无价之宝,至今保存在莫斯科特列季亚科夫美术馆里。

2. 列宾是俄国最著名的现实主义画家,是巡回展览画派的旗帜。他的主要作品有_____。

3. 柴可夫斯基是一位才华横溢、技艺超群的音乐大师,他的创作是俄罗斯古典音乐的巅峰。他的歌剧_____根据А·С·普希金的长篇小说改编,是新型的现实主义歌剧。

4. "要学会爱自己心中的艺术,而不是艺术中的自己。"这是_____在逝世前撰文至青年艺术工作者。

5. 俄罗斯民歌《伏尔加船夫曲》是_____唱遍世界的一首歌。

6. _____演的第一部舞剧是柴可夫斯基的《天鹅湖》,一举成名。

第5课
俄罗斯体育

简况

中、俄两国都是体育大国,俄联邦拥有相当广泛的群众性体育和尖端体育运动网。目前俄罗斯的整个体育运动体系包括:9.3万多个体育集体和运动俱乐部,约5 000所运动学校和运动技术学校,65所体育教育机构,4所体育科研机构,11个全俄体育运动联合体,全俄国防运动技术组织和其下的89个分支机构。

1. 群众性体育运动工作

目前在俄联邦2 230万中小学生和大学生的课程表中设有体育课。运动网和体育康复组织在1 000多万各层次的居民中开展活动,其中12.3%的参加者是付费的。当前俄罗斯群众体育活动有212个项目,有些地区的项目还带有地方特色。在全俄70个联邦主体中定期举办劳动者运动会,各地区还有独特的体育节。

苏联解体之后,各级工会、企业、组织以及居民对体育事业的态度发生了明显的变化,群众体育运动的参加者剧减,在中小城市和农村尤甚。社会动荡和经济危机使人无暇顾及体育运动和身心健康。许多地方体育组织自行解散,体育设施挪作他用。今天的俄罗斯仅有10%的中小学生的身体符合各项指标,有一些大学甚至取消了体育课。

作为首都的莫斯科是全国最大的体育运动中心,也是俄各主体中群众性体育运动开展得较好的城市,因此具有代表性。1915年,仅5 000名莫斯科人(3%)参加体育活动,1970年90.5万(12%),1980年230万(28%),1985年达到270万(33%),而到了1997年参加体育活动的人数降到了100万(12%)。这一切和国家的经济形势密切相关。苏联解体之后，参加各个体育小组和使用各种体育设施都要交纳费用，因此定期参加体育锻炼的人数减少了。此外，参加锻炼特别是有职业教练指导的锻炼费用太高，许多体育运动爱好者只能望而兴叹。这种情况使居民的健康水平普遍下降。

2.尖端体育

尖端体育是俄罗斯国家体育运动事业的重头戏。俄联邦从苏联继承了良好的尖端体育传统和尖端体育运动网，包括联邦竞技运动中心，奥林匹克运动基地和各地区的运动中心以及俄军在各军区为培养尖端体育人才建立的运动基地。俄罗斯的尖端体育运动是由各体育项目联合会、俄奥委会和国家运动基金会共同负责的，三者之间的关系在很大程度上是经济关系。各联合会的活动经费既可来源于广告商和资助商，出售体育彩票的收入，基业、组织、集体甚至个人的捐款，也可来源于国家奥委会的拨款和运动基金会的收入。

俄罗斯作为世界体育强国，在许多项目上仍有优势，如：各类冰雪运动、体操、艺术体操、田径、游泳、击剑、举重、国际象棋以及各种球类项目等等。

3.体育后备力量的培养

现代化尖端体育运动的发展是建立在体育后备力量培养的基础上的，俄罗斯体育后备力量的培养分为4个步骤：(1)初级体育专业培训，目前有30.88万青年参加；(2)深入培训阶段，共有20.58万人；(3)完善阶段，3.69万人；(4)突破阶段，8 500人。有才能的孩子可以进入体育运动学校参加培训，体育运动学校分为3类：青少年体育学校，奥林匹克后备运动员体育学校(专业性)和高级运动技巧学校。表现出非凡体育才能的运动员可以在全俄22个地区的32所奥林匹克后备运动员体校中接受专业的体育教育。最有前途的运动员还可以在全俄 36 个地区的 64 所高级运动技巧学校中继续深造。目前共有 4 000 多高素质的运动员在奥校中接受针对性的训练,他们中的 2 400 人是俄罗斯国家队的基本成员。在高级运动技巧学校中有 4.67 万名运动员,占全国 16—25 岁青年的 0.25%。

全俄共有 4.24 万名专职教练培养 113 个项目的运动员。这些教练中 83.6% 的人受过专业教育,64.7% 的持专家级证书。青少年体育学校使 10.7% 的学龄前儿童和 6—15 岁的少年能够有系统地参加体育训练。

体育后备力量的培养工作是俄罗斯国家体育事业的工作重点。1997 年,俄联邦用于此项工作的费用约 610 亿卢布,其中包括青年运动员参加奥运会、世界锦标赛和欧洲锦标赛的费用。

4.物质技术基础

俄罗斯联邦共有 6 000 多个体育康复中心,2 200 个 1 500 个座位以上的体育运动场,2 200 多个室内游泳池,5 万多个体育馆,4 000 个滑雪基地,1 100 个室内射击靶场,8 万多个操场。从表面上看,俄罗斯体育运动的物质基础雄厚,但事实上,由于苏联解体之后国家对体育事业长期投资不足,许多设施缺乏应有的保养,工作效率非常低,仅为规定额度的 21%,约 70% 的体育设施损耗度超过了 50%,有些设施甚至出现断暖、断水、断电等情况,使运动员不得不终止训练。除此之外,各主体间居民体育设施的保障程度也参差不齐,最高和最低间相差 157 倍。

莫斯科是全俄体育运动中心,拥有 96 座大型体育场,92 个游泳池,18 座体育运动馆等,尽管如此莫斯科依然不能满足莫斯科人对参加体育运动的需求。莫斯科居民体育运动设施的保障程度低于许多外国城市,甚至俄罗斯城市。

体育运动设施的不足也是青少年健康状况下降的一个重要原因。目前莫斯科一半的中小学没有体育馆,那些有体育馆的学校也多半设施陈旧,年久失修。居民区的活动场地和设施更是少得可怜。管理人员擅自利用体育设施来赚钱,如将其变成停车场、货场或干脆变成市场。以拥有光辉过去的"卢日尼基"运动场为例,如今它是莫斯科最大的集贸市场,每天人声鼎沸,生意兴隆。

除此之外,俄罗斯国家体育运动科研机构和奥林匹克大赛的物质基础也令人担忧,体育商品在国内市场的生产和销售困难重重。俄体育工业生产企业大多科技和生产工艺基础薄弱,水平落后,企业间缺乏联系,生产规模逐年萎缩,甚至到了崩溃的边缘。

5.干部保障

"国家体育和旅游委员会"系统管辖13所高校,13所中等体育学校和322所奥林匹克运动学校。在联邦各主体中也有自己的体育运动教育机构。1997年,俄罗斯体育工作者计有19.53万人,其中785在教育部门工作。职业教练4.23万人,其中有专业技术职称的占64.7%。联邦政府为体育事业的发展,推进干部专业技术水平的提高,在专业体育院校中设立干部技能再培训班,连俄罗斯国家队教练也需要定期参加再培训。同时,国家引进了社会和经济的奖励机制,设立"功勋教练员"等称号,每年为优秀体育干部授予称号,颁发奖章并给予一定的经济奖励。

由于各地区体育运动事业发展的不平衡,体育工作者的保障程度也存在着巨大的差异。全俄平均每755个居民有一位体育工作者,雅库特为336人,而印古什则为1 099人。此数值超过800人的有9个地区,低于600人的有18个地区。

6.职业体育运动

职业体育运动是市场经济发展的必然结果。早在1991年,国家就对推行体育运动俱乐部制和体育运动社会化的问题进行了规划。到目前为止,体育运动虽然尚未完全脱离国家的支持、吸引外资尚有很大的潜力,但体育职业化和商业化这种新的管理形式已为大家所接受。这种形式主要表现为雇佣,组织和劳动报酬通过合同来完成,既俱乐部集体与资助商之间、俱乐部与教练、球员之间都是合同关系。目前俄罗斯职业体育运动还处于初级阶段,仅足球、冰球、篮球和跆拳道等几个项目采用了职业体育的管理形式。

7.体育出版物

俄罗斯全国约有120多种体育出版物,其中主要有《体育与运动》、《俄罗斯体育生活》、《体育 教育 科学》、《体育理论与实践》、《体育俱乐部》、《大众体育》、《体育快讯》以及各类专项体育出版物。

国家体育运动事业的发展是和经济的发展紧密相连的。俄罗斯联邦经济的连年不景气必然对体育运动事业产生消极影响,带来许多问题。同时国家立法的不健全也成为体育运动事业发展滞后的一个重要原因。1997年10月16日,在国家杜马举行了有俄罗斯"国家体育和旅游委员会"主席佳加切夫,副主席霍托奇金,俄奥委会副主席阿廖申,国家杜马旅游和运动委员会主席索科洛夫及各运动项目联合会主席,各运动俱乐部代表参加的"圆桌会议"。与会者讨论了俄罗斯体育运动,特别是球类项目发展的现状,对国家体育运动事业发展所处的困境表示了深切的忧虑,并最终通过了致俄联邦政府、各部委、国家体育和旅游委员会、俄奥委会、国家杜马旅游和运动委员会、各新闻机构以及联邦各主体代表和执行权力机构的建议,就完善国家对体育运动事业管理机制的问题提出了建议,同时敦促俄联邦政府尽快出台保障体育运动事业正常发展的法律《俄罗斯联邦体育运动法》,为诸如"青少年体育"、"大学生体育"、"职业体育"、"全民健身运动"、"奥林匹克运动"等问题提供切实的法律依据,遗憾的是这项法律几年前就开始酝酿,但至今仍未出台。

8. 俄罗斯的体育之都——莫斯科

人人都知道莫斯科是俄罗斯最大的政治、经济、文化中心。其实,莫斯科自古及今一直是俄罗斯的体育之都。莫斯科拥有国际知名的大型体育设施 150 多个。在这些场馆中,经常举行欧洲锦标赛、世界锦标赛和一些世界性大规模的体育比赛。如 1980 年夏季奥运会和 1998 年世界青少年体育比赛都在这里举行。

(1)卢日尼基体育场(Лужники):该体育场建于 1955—1956 年。1980 年奥运会期间,这里举办了开幕式和闭幕式,还举行了足球、水球、排球、田径、柔道比赛和马术比赛。该体育馆是俄罗斯最大的体育馆,由 140 座建筑物构成,其中较大的体育建筑有:体育馆(дворец спорта)、游泳池(плавательный бассейн)和多功能友谊厅(унверсальный зал дружбы)等。

(2)狄纳摩体育场(Динамо):该体育场建于 1928 年。在卢日尼基建成之前,狄纳摩是莫斯科最大的体育馆。1978 年,这里建造了一个大型室内训练馆(крытый манеж),可以练习体操、花样滑冰和冰球。1980 年奥运会期间,在狄纳摩体育场举行了足球和曲棍球比赛。

(3)科雷拉茨基体育场(Крылатский):该运动场的赛艇滑道(гребной канал)建于 1973 年欧洲赛艇冠军赛前夕,长度为 2 300 米,宽度为 125 米。在科雷拉茨基体育场,还建有露天自行车赛道(открытый велотрек)和 3.05 千米长的环形自行车赛道(кольцевая велосипедная трасса)和射箭场。1980 年奥运会期间,这里举行了自行车比赛和射箭比赛。

(4)奥林匹克运动馆(Олимпийский стадион):它是一座占地 20 万平方米的大型室内运动馆(крытый стадион-гигант),这样规模的室内运动馆在欧洲是数一数二的。运动馆呈椭圆形,最大直径为 224 米,最小直径为 183 米。

(5)中央军事体育俱乐部(Центральный спортивный клуб

армии，ЦСКА)：馆内有两个厅。一个厅用作击剑比赛场地,可容纳 6 000 人；另一个厅用作自由式摔跤和传统摔跤比赛场地。

(6)索克尔尼基体育场(Сокольники)：它是 20 世纪 70 年代初苏联政府在索克尔尼基公园建造的体育设施。1973 年世界大学生运动会(Универсиада)期间，这里举行了排球比赛。1980 年奥运会期间，这里举行了奥林匹克手球循环赛。

9.北京第 29 届奥运会基本词汇介绍

奥林匹克格言(девиз Олимпиады)：更快、更高、更强(быстрее，выше，сильнее)。

举办城市(город проведения)：北京(Пекин)、青岛(Циндао для паручного спорта)、香港(Гонконг для конного спорта)、上海(Шанхай)、天津(Тяньцзинь)、秦皇岛(Циньхуандао)和沈阳(Шэньян)。

举办日期(дата проведения)：2008 年 8 月 8 日—2008 年 8 月 24 日(с 8 по 24 августа 2008 г.)。

开幕式主赛场(главная состязательная площадка для целемонии открытия)：鸟巢(гнездо)。

主游泳馆(главный бассейн)：水立方(шуйлифан)。

口号(девиз)：同一个世界,同一个梦想(один мир，одна мечта)。

会徽(герб Игры)：中国印(китайская печать)——舞动的北京(танцующий Пекин)。

吉祥物(талисман)：福娃(Фува)。中国传统节日的常见形象：(традиционный праздничный частный образ Китая)。分别为(включая)：贝贝(Бэйбэй)，鱼(рыба)，蓝色的(синего цвета)；晶晶(Цзинцзин)，熊猫(панда)，黑色的(чёрного цвета)；欢欢(Хуаньхуань)，圣火(святой огонь)，红色的(красного цвета)；迎迎(Инин)，藏羚羊(антилопа)，黄色的(жёлтого цвета)；妮妮(Нини)，

燕子(ласточка),绿色的(зелёного цвета)。

奖牌(медаль):金镶玉(золото вставного нефрита)。

火炬(факел):"祥云"("сянюнь"обозначает счастливо)。

奥运会比赛项目(объекты соревнования Олимпийских игр):28大项(видов),302小项(дисциплины)。

28个大项为:

①田径(Лёгкая атлетика,共47项);

②射击(Срельба);

③射箭(Стрельба из лука);

④举重(Тяжёлая атлетика);

⑤体操(Гимнастика):竞技体操(Спортивная гимнастика)、蹦床(Прыжок на батуте)、艺术体操(Художественная гимнастика);

⑥摔跤(Борьба):古典式(греко-римская борьба)、自由式(вольная борьба);

⑦柔道(Дзюдо);

⑧跆拳道(Тэквондо);

⑨拳击(Бокс);

⑩击剑(Фехтование);

⑪网球(Теннис);

⑫篮球(Баскетбол);

⑬足球(Футбол);

⑭排球(Волейбол);

⑮乒乓球(Настольный теннис);

⑯羽毛球(Бадмитон);

⑰棒球(Бейсбол)(только мужской);

⑱垒球(Софтбол)(только женский);

⑲曲棍球(Хоккей на траве);

⑳手球(Гандбол);

㉑赛艇(Гребля академическая);

㉒帆船（Парусный спорт）；

㉓现代五项（Современное пятиборье）：射击、击剑、游泳、马术、越野（кросс）；

㉔铁人三项（Триатлон）：游泳 1.5 千米、自行车 40 千米、跑步 10 千米。

㉕皮划艇（Гребля на байдарках）；

㉖水上运动（Водный спорт）：游泳（Плавание）、跳水（Прыжок в воду）、水球（Водное поло）、花样游泳（Синхронное плавание）；

㉗自行车（Велосипед）；

㉘马术（Искусство верховой езды）。

2008 年残奥会（Паралимпийские игры）的举办时间为 2008 年的 9 月 6 日至 9 月 17 日。开幕时间为 2008 年 9 月 6 日,闭幕时间为 9 月 17 日。

20 个比赛项目为：射箭、田径、硬地滚球（Бочча）、轮椅篮球（Боскетбол на каляснах）、自行车、马术、轮椅击剑（Фехтование на каляснах）、5 人制足球（Футбол 5×5）、7 人制足球（Футбол 7×7）、盲人门球（слебой Голбол）、盲人柔道（слепой Дзюдо）、举重、帆船、射击、游泳、乒乓球、坐式排球（Сидя волейбол）、轮椅橄榄球（Регби колясочников）、轮椅网球（Теннис на колясках）、赛艇。

练习 1. 简答

1. 你所了解的俄罗斯体育强项有哪些？
2. 中国的体育强项有哪些？

练习 2. 填空

1. объекты соревнования Паралимпийскихигр：_____ видов._____ дисциплины.
2. девиз Олимпиады：_____ ,_____ ,_____ .

3. Современное пятиборье включает: _____ , _____ , _____ , _____ , _____ .

4. Водный спорт включает: _____ , _____ , _____ , _____ .

5. Триатлон включает: _____ , _____ , _____ .

6. объекты соревнования Олимпийских игр: _____ видов.

第 6 课
宗教与民俗

简况

俄罗斯作为一个历史悠久的国家,其民族在长达千余年的历史变迁和发展中,形成了独特的文化传统和民族习惯。多年以来,俄罗斯民族的伦理道德、文学艺术、社会历史和民族风情等领域无不与宗教有关。俄罗斯是个信奉多种宗教的国家,其各民族信仰的宗教主要有东正教(Православие)、天主教(Католицизи)、新教(Простестанство)、伊斯兰教(Ислам)、犹太教(Иудаизм)、佛教(Буддизм)和萨满教(Шаманство)等。东正教是俄罗斯的第一大教,影响也最大,80%以上的信教者都信奉此教。

1. 宗教文化

(1)教会简介:公元10世纪中叶前,当时的罗斯人大多信奉原始宗教——多神教(Язычество)。公元9世纪中叶,拜占庭基督教会(即东正教)开始进入古罗斯地区,但受到多神教的强烈抵抗。公元988年,基辅罗斯大公弗拉基米尔一世(Владимир Ⅰ,? —1015)按照拜占庭仪式接受基督洗礼,并定基督教(христианство)为基辅罗斯的国教。公元1448年,罗斯高级僧侣会议决定脱离君士坦丁堡的直接管辖,建立了独立的罗斯东正教会。公元1453年,拜占庭帝国灭亡后,沙俄自封为帝国继承人,使罗斯的教会直接受沙皇控制,从此莫斯科渐渐成为东正教的中心。

十月革命前,俄国的宗教势力相当大,宗教影响无不渗透到社会生活的各个方面,几乎所有居民都信教。据统计,当时的教会有教徒约1亿人。教堂5.4万座,神职人员约5万人。在俄罗斯各地,还办有许多宗教学校和艺术院校,宗教文学、宗教艺术和宗教音乐等发展很快,并达到相当的规模和水准。19世纪是俄罗斯宗教发展的鼎盛期,许多著名的大教堂和宗教名胜都是在这一时期兴建的。

十月革命后,俄罗斯教会与苏维埃政权的关系变得十分紧张。1917年10月26日,《土地法令》颁布,没收了原属于教会的大部分土地。1918年苏联人民委员会又发布了《关于国家和学校与教会相脱离》的法令,使教会失去了法律地位和财产所有权。为贯彻此法令,苏联还于当年成立了特别肃清委员会,负责对教会的事务和财产进行清理。期间,教会的无数财产被没收,许多珍贵的宗教文物遭到破坏。1929年初,苏联政府宣布各种教会组织为"反革命力量",大多数教堂被关闭或毁坏,许多高级僧侣被流放到北方和西伯利亚。

20世纪50—60年代,俄罗斯教会的处境更为艰难。在这期间,又有许多教堂被迫关闭,不少神职人员也被迫离职,大量教民在社会舆论压力下不得不退出教会。

20世纪80年代起,俄罗斯教会与政府的关系开始好转,1988年举行了俄罗斯接受基督教千年大庆,同年4月政府还成立了一个"俄罗斯教会被迫害神职人员及非神圣人员情况调查委员会",负责对苏联各个时期宗教政策所造成的后果进行清理。1990年,苏联通过了关于宗教信仰自由的新的立法,取消了过去对教会活动的种种限制,同时也恢复了区域性宗教组织和团体。1992年起,俄罗斯恢复对东正教重要节日的庆典活动。据统计,目前在俄罗斯司法部登记注册的宗教组织和团体超过1万个,其中东正教的达1/2以上。

(2)东正教:东正教、天主教和新教是基督教三大分支,基督教来源于犹太教。11世纪中期,基督教分化为西欧以拉丁语地区为中心的天主教和以希腊语地区为中心的东正教,故又称希腊正教。东正教、天主教和新教都以神的存在为核心,相信神的启示。

东正教信奉圣父、圣子、圣灵"三位一体"的上帝,宣扬独一无二的上帝一神论,相信天堂、地狱、末日审判,圣灵只来自圣父,耶稣基督死后复活升天堂永享幸福等。其礼仪和圣事颇有特色,包括公众做礼拜在内的弥撒古老而隆重,期间十分重视布道,并视之为主教的专职。

东正教的教堂也别具一格,它除具有传统拜占庭教堂建筑风格外,在内部布置和陈设上还特别重视突出圣画像的位置:祭坛前方的大门、两边的小门和屏风上,都绘有精致的圣经故事、人物、天使等圣画像,祭坛处还布置有许多绘有东正教崇拜的圣人、圣徒画像。东正教会认为,耶稣基督身上"有上帝的物质形象",因此上帝就能在画像中表现出来。

此外,东正教具有禁欲倾向,东正教教会的修道院(монастырь)仍保持着古代的隐修传统(аскетизм)。苦行僧们(схимщик)信仰虔诚,他们离开家庭、脱离世俗社会,清心寡欲。修道院要求修道者发三绝誓,即绝财、绝色和绝意(服从上司),潜心修养,沉思祈祷,修道者通过禁欲和肉体折磨来拯救灵魂,追求与基督合一。

(3)伊斯兰教:伊斯兰教作为世界上最有影响的三大宗教之一,在俄罗斯许多地区广为传播,是目前俄罗斯的第二大教,教徒超过2 000万,主要属于逊尼派(сунниты)。公元7世纪中叶起,中亚和高加索地区的少数民族便开始接受此教。公元10世纪,该教又由喀山鞑靼人的后裔传播到伏尔加河流域。公元13世纪金帐汗国(Золотая Орда)统治时期,成为当时的国教。俄罗斯的伊斯兰教会已完全融入了全球穆斯林世界,成为其不可分割的一部分。1991年,在莫斯科大清真寺设立了伊斯兰教中心,并下辖有伊斯兰教会学校。1997年,有各种伊斯兰教会组织达2 738个。全国有统一的伊斯兰教协会,该协会办有《高加索回声》、《伊斯兰通报》等杂志。

(4)天主教:天主教是于1054—1204年间与希腊正教分离而成为独立教派的,现为基督教的三大派别之一。梵蒂冈是天主教派的中心,历史上它曾多次企图在罗斯境内建立自己的教会和教堂。17世纪以前,俄罗斯对天主教一直采取绝对禁止的政策,因此天主教徒的数量十分有限。1700—1721年北方战争后,由于波罗的海沿岸国家和乌克兰、白俄罗斯及部分波兰领土划归俄罗斯,这些国家的天主教徒便成了俄罗斯的教民。从18世纪起,罗马教皇就一直在俄罗斯派驻有使节团,并在圣彼得堡建有天主教学院。20世纪初,俄罗斯的天主教徒人数达到1 000多万,拥有5 000多所教堂和礼拜堂,神职人员有4 000多人。苏联时期,天主教会的活动受到全面禁止,至40年代仅有2座教堂从事宗教活动。自1989年起俄罗斯与罗马天主教会的关系才得以缓解,1993年俄罗斯境内共有29个天主教团体,至目前已发展到73个,教徒超过30万。莫斯科和新西伯利亚各有一个天主教行政管理中心,分别管理境内欧洲和亚洲部分的天主教事务。

(5)新教:新教作为基督教三大派别之一,产生于16世纪的欧洲,因作为反天主教的一个派别而得名。18世纪下半叶起,来自德国的一些基督浸礼派教徒,开始成为俄罗斯国土上的首批新教徒。目前,俄罗斯的新教徒不多,只有几座教堂,而且大多是近十余年来才新建的。但作为新教派别之一的浸礼教派势力颇大,是俄罗斯的第三大教派。浸礼教派产生于17世纪,从1884年起开始在俄罗斯传播其学说,并成立了俄罗斯浸礼教派联合会。1944年福音教派加入该组织,改称福音浸礼派教会。俄罗斯浸礼教派现有400多个团体,2所宗教学教,1所神学院,并办有独立的《新教》出版社。最高领导机构为教会代表大会。

(6)萨满教:萨满教是一种原始宗教。"萨满"一词是通古斯语的音译,意为"巫师"。在俄罗斯境内,信奉萨满教的都是少数民族,主要分布在西伯利亚及其北部地区,该教在苏联时期几乎被完全禁止,近10多年来有所恢复,总人数约达80余万。尽管信教的人数不多,但流传地域十分广阔,几乎包括整个西伯利亚及远东部分地区。

(7)犹太教：犹太教是犹太人信奉的宗教，属人类最早的一种神教。它孕育于4 000年前美索不达米亚高原南部地区，到公元6世纪末期才随着犹太人长期的世界性大流散而在世界范围内广为传播。俄罗斯是世界上犹太教徒最多的国家之一，19世纪末时，境内的犹太人超过500万，十月革命后锐减至250万。苏联时期犹太教也和其他宗教一样，未能逃脱被禁止和解散的命运。苏联解体后，大约有50多万犹太人离开俄罗斯，其中2/3去了以色列，1/3移居美国。目前境内的犹太教徒约90万，主要集中在远东地区及犹太自治州境内。俄罗斯于1990年成立全俄犹太教联合会，作为协调犹太教各团体的领导机构，并办有一所犹太教学院。

(8)佛教：佛教在俄罗斯的传播始于公元16世纪，首批传教喇嘛来自蒙古和中国的西藏，但直到伊丽莎白女皇执政(1741—1761)时才得到官方正式承认。叶卡捷琳娜二世(1729—1796)时设立大喇嘛职位。30至40年代初，佛教与其他宗教一样受到冲击，国内的喇嘛组织几乎全部停止了其宗教活动，直到二次大战结束后才得以逐渐恢复。全国建有多所佛教学院和学校，并有全国性刊物《俄罗斯佛教》、《佛教新闻》等。近几年来，佛教学说在俄罗斯的传播和影响逐渐扩大，不少城市居民尤其是青年学生开始信仰此教。

2．民俗文化

(1)衣、食、住、行习俗

衣(Одежда)：19世纪中叶至20世纪初，俄罗斯的典型民族服装是男子穿粗麻布衬衫、瘦腿裤、粗呢子上衣，罩长外衣，系腰带；冬天穿羊皮外套，羊皮大衣，穿皮靴，戴呢帽或毛皮帽。女子穿刺绣的、领上带褶的、镶肩的粗麻布衬衫，无袖长衣(сарафан)，粗呢子上衣，罩长外衣(халат)；冬天穿羊皮外套，穿皮靴。

现代俄罗斯人的穿衣风格：整洁、端庄、高雅、和谐。冬天室内外温差大。窗外白雪飘飘,室内却是热气腾腾,20摄氏度上下。所以,妇女常常是内穿薄呢衣裙,外套皮大衣,外套皮大衣或加厚呢大衣。多数俄罗斯妇女都有名贵的皮大衣,长的紫貂皮和水貂皮等华丽的大衣,配上俄罗斯妇女白皙的皮肤,俨然是"贵妇人"风度;羊羔卷毛皮大衣,多为中老年妇女所爱好。春秋两季,是款色多样的薄呢大衣和风衣的世界。最别致的要数妇女戴的帽子和围巾。俄罗斯人的头最怕冻,他们认为人的70%的热量来自头部。所以,把头部作为重点保护对象。夏天俄罗斯妇女穿套裙、套服,习惯把上衣塞在裙子里(或裤子里),或者系上一条皮带。男士多穿T恤衫、白衬衣,也是塞在长裤里,绝不会穿着跨栏背心或花色沙滩短裤出现在公众面前。

注重仪表,衣着整洁是俄罗斯人的一大特点。对于他们来说,干净是最起码的准则,不仅是知识分子,而且工人、农民、男女老少都讲究洁净。公寓里的清洁工也是这样,上下班全都西装革履,整洁大方。参加晚会、观看演出,俄罗斯人习惯穿晚礼服,就像过节一样。在莫斯科,不修边幅、衣着不整的人只有三种人:难民(大多来自塔吉克斯坦等其他独联体国家)、吉卜赛人和酒鬼。

俄罗斯人很注重仪表,穿衣戴帽一向很得体,通过了解穿着方面的谚语,可以看出俄罗斯人民不仅重视外表美,更注重穿着方面的寓意。

① Береги платье снову, а честь — смолоду.

(爱惜衣服趁它新,爱惜名誉趁年轻。)

② В наряде хорош, а без него на пень похож.

(人要衣装,佛要金装。)

③ Семь раз примерь, один раз — отрежь.

(七次量体,一次裁衣;三思而后行。)

④ По платью встречают, по уму провожают.

(初交时,重衣冠;交久时,重学识。)

⑤ С миру по нитке — голому рубаха.

(众人凑根线,穷人缝件衣。)

食(Пища):俄罗斯人的饮食以面包、土豆、奶类食品和部分蔬菜为主。面包分为白面包和黑面包,俄罗斯人偏爱黑面包(燕麦面包)。面包和盐是俄罗斯人迎接客人的最尊贵的礼物。往往是主人双手托着盘子,上面铺着一块漂亮的绣花巾,正中放一个大圆面包,面包上是一个盐罐(солонка)。这象征着主人的殷勤好客。

俄罗斯人同亚洲人一样都喜欢喝茶,传统的茶叶来自印度、格鲁吉亚等国家的红茶(чёрный чай),也有来自中国昂贵的绿茶(зелёный чай),俄罗斯人更偏重饮花茶(цветочный чай),如茉莉花茶(жасминный чай)。根据俄罗斯人的饮茶习惯,喝茶一定要配一些食物,特别是甜食,如果酱(варенье)、蜂蜜(мёд)、饼干(печенье)、糖果(конфеты)或蛋糕(торт)。俄罗斯喝茶离不开茶炊(самовар),饮茶的主要产地是莫斯科以北180千米的图拉市(Тула)。据记载1808年图拉年产茶炊12万具。现代生活中,茶炊一般是电的。工艺茶炊可以当作家庭的装饰品或赠送客人的礼物。

无论待客还是日常,俄罗斯人的正餐有三道菜,即汤(суп)和冷盘(холодные блюдо)、热菜(горячие блюда)和甜食,汤的种类有菜汤(щи)、红菜汤(борщ)、鱼汤(уха)、清汤(бульон)等。喝汤要搭配黑面包,而清汤中要下短面条(лапша),鱼汤中要下米。冷盘有肉类的,如各种香肠、奶酪;还有蔬菜类,如西红柿、酸黄瓜等。热菜是鱼、肉或肉饼,一般再佐以洋葱和土豆。

俄罗斯人嗜酒,众所周知。喝酒可以随时喝,白酒要配一些凉菜和面包,遇到生日、节日、新年,要喝香槟(шампаское),白兰地讲究喝时配着水果。亲朋聚会不但要喝酒,还要说祝酒词(тосты)。祝酒词的内容可以是爱情、友谊以及为桌边的女宾或家人。用餐气氛活跃、热烈,此间可以边喝边跳,边说边唱。

俄罗斯人的整个进餐过程都可有伏特加(водка)佐餐,饭后有时还喝香槟酒。此外,饮食的口味较怪,爱吃油腻和酸味的菜,用餐时间也较长。

伏特加和克瓦斯(квас)在俄罗斯人的饮食习俗中占有特殊的地位。可以认为,它们分别是俄罗斯"国饮"酒和饮料的代名词。

伏特加是一种精馏乙醇(含量约为 40%—56%)和水的混合液,用活性炭处理而成。饮伏特加酒,对俄罗斯人来说恐怕是生活中最大的乐趣之一。婚丧嫁娶、生日喜庆、家人团聚、朋友相约等,都少不了伏特加。俄罗斯人对酒的渴求与其说是民族性使然,还不如说是基于"生理"上的需要。

伏特加对普通俄罗斯人来说,就是他们的液体面包,它比其他各种闻名的传统食品——鱼子酱、香肠等更为重要,这是一种民族传统。俄罗斯的一般家庭比较体面的待客方式是先倒一杯伏特加,再端上一小盘鱼子酱、黄瓜与番茄,然后是一道熏鱼与罐装豌豆,再端上一块自烤的蛋糕,自始至终以伏特加为佐餐。

俄罗斯人的酒量惊人,而且不习惯饮酒精浓度低于 40 度的"淡酒"。因此,豪饮伏特加已成为很难纠正的习俗,以致酒精中毒者甚多。

除了喝酒以外,俄罗斯人也特别爱饮一种叫"克瓦斯"的清凉饮料。克瓦斯是俄罗斯民间最古老的发酵饮料,多以麦芽、面包屑或果汁为原料制作而成。据传早在公元 9 世纪之前就已问世,并曾作为宫廷贵族的专用饮料。经过漫长的岁月,才流传到民间,便逐渐成为俄罗斯"国饮",有"俄式饮料"(русский квас)之称。

俄式克瓦斯一般分面包克瓦斯(хлебный квас)和果汁克瓦斯(квас из фруктового сока)两大类,前者最为多见。面包克瓦斯是以特殊烤制的面包或谷物淀粉糖化液为主要原料,经发酵制成,具有面包香味,并含有较多的碳酸气(即二氧化碳气)。果汁克瓦斯碳酸气由发酵工艺本身产生,一般以各种果汁为原料,并以果实名称命名,如樱桃克瓦斯(вишневый квас)、苹果克瓦斯(яблочный квас)、草莓克瓦斯(земляничный квас)等。克瓦斯不但工厂大量制作,而且家庭中也可以做。

俄罗斯的饮食文化在谚语中的反应是多种多样的,占主要地位的是面包、盐、粥、馅饼等,这些谚语反映了俄式饮食的特征和独特的文化内涵。

① Чтобы узнать человека, надо с ним пуд соли съесть. (Человек узнаешь, когда с ним пуд соли съешь).

(要知其人贤不贤,须和他吃完一普特盐;路遥知马力,日久见人心。)

② Один с сошкой, а семеро с лошкой.

(一人耕作,七人坐食;干活的人少,吃饭的人多。)

③ На вкус и на цвет товарища нет.

(众口难调;各有所好。)

④ Щи да каша—пища наша.

(汤加粥,我们的食粮。)

⑤ Ешь пирог с грибами, а язык держи за зубами.

(多吃馅饼,守口如瓶;闲话少讲。)

⑥ Мало кашу ел(съел).

(粥吃得太少,指太年轻、阅历太少等。)

⑦ Ороша каша, да мала чашка.

(粥少僧多。)

⑧ Битая посуда два века живёт.

(破碗耐用;带病延年。)

⑨ Первый блин комом.

(万事开头难。)

⑩ Живи просто—проживёшь лет до ста.

(粗茶淡饭少喝酒,活到九十九。)

⑪ Хлеб - соль ешь, а правду режь.

(受人款待,应直言无隐。)

⑫ Не красна изба углами, а красна пирагами.

(让客人坐得好,不如让客人吃得饱。)

住(Жительство):俄罗斯人的居住习俗也很独特。在如今的俄罗斯,尽管现代化住宅很多,它们无论从外观上还是从内部陈设上都看不出与西方发达国家有什么不同,但在广大的农村和边远地区,俄式板房也随处可见。许多俄罗斯人(尤其是老人)至今仍保留着传统的居住习惯:喜欢用俄式炉子做饭取暖,烧垃圾,喜欢到俄罗斯别墅度假休息和在传统住房的黑澡堂洗蒸汽浴等。

在俄罗斯,传统的民宅为木结构。这种木结构房屋基本有两种样式:一种是直接用原木搭成;另一种是木板盖的房屋,外观装饰精美。这些木屋都带有阁楼,以供物品存储和小孩玩耍;有门廊,门廊有台阶;有用楣饰装饰的朝南窗户;还有地窖,用来储存蔬菜、粮食。

俄罗斯人是热爱生活的,同时也很会生活。现代俄罗斯家庭除了单元房外,还都拥有郊外私人住宅。这种别墅地段由国家划定,并提供输电和交通方便。城里人一到夏季就驱车到别墅度周末。既是休闲,又可以在自己的菜园栽花种菜以弥补冬季城市蔬菜供给的不足。这是俄罗斯人热爱大自然,向往田园生活的一种体现。家居方面的谚语可以反映俄罗斯人的生活品味。

①Лучше быть первым в деревне, чем последним в городе.
(宁在乡里为首,不在城里居末。)

②Не жизнь, а Масленица.
(不是一般的生活,简直像过谢肉节一样。)

③В гостях хорошо, а дома лучше.
(做客千里,不如家里。)

④В чужой монастырь со своим уставом не ходят.
(不应当把自己的规矩带到别的修道院;入乡随俗。)

⑤Во всякой земле свои обычаи.
(各地有各地的风俗;百里不同风。)

⑥С милым рай и в шалаше.
(与心爱的人在一起,住窝棚也是上天堂。)

⑦Не выносить сор из избы.

(不让垃圾出门;家丑不可外扬。)

⑧В семье не без урода.

(丑儿家家有。)

⑨Вот не было печали, так черти накачали.

(人在家中坐,祸从天上来。)

⑩Всякий кулик своё болото хвалит.

(每个鹤都说它的沼泽好;人人都说自己的家乡好。)

⑪Девича в терему, что яблоко в раю.

(闺阁里的姑娘就像天堂的苹果,喻不易得到。)

行(езда):俄罗斯市内交通方便多样,最主要的有:地铁(метро)、无轨电车(троллейбус)、有轨电车(трамвай)、公共汽车(автобус)、出租车(такси)等。

地铁是市内交通工具中最方便快捷,也是最受欢迎的一种。地铁站的标志为大写字母"M"。莫斯科地铁是世界上最豪华的地铁,已有70多年的历史(1935年通车),共有100多个地铁站。其中最长的一条地铁干线总长达30多千米。

最干净的交通工具算是无轨电车了,因为它不污染大气。有轨电车在市内也较多。郊区多为公共汽车。公共汽车可开往一些新区及地铁无法到达的地方。

戴小绿灯的汽车为出租车,如果绿灯亮着,说明车内空着。

自行车在莫斯科市内很少见。人们通常用它到郊外去旅游或休息。

俄罗斯的长途交通方便和舒适。铁路运输在运送远程旅客的数量上占第一位。火车站一般与地铁或公共汽车相连,乘客可以直达列车旁边的月台上等候。月台的平面与列车厢的梯子几乎处在一条水平线上,上下方便,无须排队,上车时只出示一次车票就可以。民航在俄罗斯远距离运输系统中占有重要位置。俄罗斯国内航线总长度比地球到月球的距离还长一半。全国几千个城市都有飞机场,在运送旅客的数量上仅次于铁路。

俄罗斯的交通可谓舒适、方便、快捷。了解乘行方面的谚语,就可以了解他们交际中的一些礼节和丰富的文化底蕴。如:Перед дальней дорогой надо вместе посидеть и помолчать.

① Тише едешь, дальше будешь.
(慢行千里;慢工出细活;宁静致远。)

② Дальние проводы — лишние слёзы.
(送得越远,流泪越多;请不要远送。)

③ Со своим самоваром в Тулу не ездят.
(不要带着茶炊去图拉;多此一举。)

④ Большому кораблю большое плавание.
(大船航程远;大材必有大用。)

⑤ Любишь кататься — люби и саночки возить.
(喜欢滑雪就得喜欢拉雪橇;先苦后甜。)

俄罗斯衣、食、住、行习俗的形成与其特定的自然环境和生活环境紧密相连,了解这些别具特色且丰富多彩的民俗民风,不仅是进一步认识俄罗斯的需要,也是学好俄语以适应日益扩大的中俄两国政治经济和文化交往的需要。

(2)崇拜习俗

俄罗斯人的崇拜禁忌习俗多源于宗教。在基督教传入之前,古罗斯人崇拜的是原始宗教——多神教(язычество)。他们祭祀天地,崇拜自然界的各种神灵。虽然基督教传入后废除了多神教,但源于多神教的许多崇拜活动却依然世代相传,至今仍崇拜自然界中的某些动植物,它们也或多或少与基督教义有关。

①植物崇拜(растительный культ):俄罗斯人对植物的崇拜主要有以下几种:

桦树(берёза):在俄罗斯的民众的生活中起着重要作用。自古以来,桦树就同俄罗斯人的风俗紧密相连。古代俄罗斯人用桦树来烧饭和照明,有韧性的树皮能代替绳子,也可以写字,其汁液又用来治病和酿酒等;同时,桦树木材坚硬,盖房、做家具等都离不了它。桦树的特殊功能使得其国人顶礼膜拜,被称为"俄罗斯树"（русская берёза）、"新娘树"（берёза - жена）、"新年树"（новогодняя - берёза）、"快乐树"（радостная берёза）、"吊丧树"（плакучая берёза）等。桦树受人崇拜的原因,除上述独特功用之外,还被认为它是众多树木中最先发芽吐绿的树木之一,它有一种神奇的力量,能够促使万物生长并披上绿装。这种十分简单的思维哲理,使俄罗斯民间自古就产生了许多与桦树有关的习俗:桦树枝叶被砍来装饰庭院、门廊和房间,用以驱邪避灾;桦树枝还对民间的婚俗中的相亲具有特定含义——在相亲的人面前,姑娘若拿着桦树枝,则是同意出嫁的表示,但如拿松树或枞树枝,则是拒婚的表示;桦树被教堂用作照明,据说可以解脱人的痛苦和避邪符咒;洗澡时,用桦树枝条做成浴帚抽打身体,被认为有益于身体健康等。民间流传不少关于白桦树的谜语,比如:Есть дерево об четыре дела:первое дело—мир освещает, другое дело—крик утешает, третье дело больных исцеляет, четвёртое дело—чистоту соблюдает.（有一种树能干四件事:第一,照亮人间;第二,减少噪音;第三,医治病人;第四,保持清洁。）白桦树与民众生活的联系可见一斑。

柳树（верба）:俄罗斯人崇拜柳树源自古代,由于那时人们对节气的认识还处于低级阶段,只能根据自然景观的变化来判断季节的更迭,于是,春天最先发芽的柳树便成为人们崇拜的对象。漫长而严寒的冬季使人们度日如年,苦不堪言。人们相信这是神的力量在使他们受苦受难。久而久之,期盼着有一种新的力量的出现,使冬天早日离去,春天早日到来。在白雪皑皑、冰天雪地的大地上,突然冒出柳树细嫩的绿芽,这给大地带来春归的气息。于是,人们相信,柳树在自然界中有一种"特殊的力量",这力量足以冲破冰雪的桎梏,给人们送来温暖和希望。民间的这一信仰后来被教会所利用。复活节（пасха）前的周日被命名为"柳树礼拜日",即"崇枝主日"（Вербное воскресенье）,以用来纪念耶稣进入圣城耶路撒冷。在民间,柳树崇拜更是随处可见。例如,许多人认为吃9

棵柳树芽可以预防疟疾病和其他疾病;不育的妇女吃圣化过的柳树幼芽后就可以怀孕;农牧民要给牲畜喂柳树叶,认为这样可以保证牲畜一年不得瘟疫等。

花草(цветы и трава):俄罗斯人崇拜花草与传统的农作节气有关。每逢夏至节(День летнего солнцестояния)来临,花草盛开,人们习惯在这一天采集野花野草,目的不是为祈祷丰收,而是为治病。俄罗斯人认为,夏至节前夕的花草,具有"超自然的属性"和"魔术般的力量",因此可以医治百病。同时人们还相信,这些花草只有在附上"巫医"才懂得的咒语之后,方能对人体起作用。所以,采集时,必须"秘密"地在深夜进行。也有的妇女根据巫婆的指点,在这一天夜间去"埋藏财宝"的地方采集"毒草",据认为这种草是一种男性兴奋剂,专治男性病。俄罗斯人崇拜的花草主要有:花楸(рябина)、母菊(ромашка)、蕨(попоротник)、千屈菜草(плакун)、仙草(тирлич-трава)、艾草(чернобыльник)、荨麻(крапива)等。

②动物崇拜(животный культ):俄罗斯人崇拜的动物主要是熊(медведь)。自古就对熊怀有特殊的崇拜。在他们的心中,熊是心地善良的"人",它生性憨厚,对人友善;熊是森林之王,是动物大家族中的"祖先",没有熊就没有其他动物;熊是甜食家,美食家,人能吃的东西几乎都吃;熊是人类的"亲戚",它可以死而复生,并懂得人类的语言和认识所有的亲戚(人)。因此,他们给熊冠以"老人家"、"兄弟"、"恩人"、"未婚夫"等多种美称。民间有"梦中见熊,嫁日将至"(видеть во сне медведя—к свадьбе)的说法。传统观念上的熊是杀不得、吃不得的,对杀死的熊要进行传统的祭祀活动,以求得上帝的原谅和保佑。

俄罗斯人对熊的崇拜心理源于古代的多神教。那时,人们把熊等自然界的动物当作"神"供奉。由于熊憨态可爱,不主动伤害人类,更由于熊的皮肉等十分珍贵,从而渐渐成为俄罗斯人崇拜的偶像。

(3)禁忌习俗

禁忌作为民间的一种习俗,反映着一个民族的文化、历史和传统。俄罗斯人的禁忌,有些源自原始宗教迷信,有些则出现在近代,还有些是受西方其他民族的影响所致。

①交际中的禁忌(Табу в общении):交际中,俄罗斯人通常有以下忌讳:

忌用手指点对方:交际中用手来指点对方在俄罗斯人看来是十分不礼貌的举止,甚至带有指责和侮辱的性质。因此,出现这种情况时,俄罗斯人会毫不客气地要求对方放下手指。所以,与俄罗斯人谈话时,尽量不要随便使用什么手势。

忌交叉握手:很多人相见时,要相互握手,但有些地方的俄罗斯人握手忌形成四手交叉,即越过另一双握着的手与另一个人握手,这样会被认为是十分不吉利的事;有些地方却相反,这要看他们的信仰,如果四个人(即两对)相见,同时都伸出手来,交叉在一起,正巧组成了一个十字架,顿时会响起爽朗的笑声:"这是喜兆","有人要结婚了!"

忌隔着门槛交谈和握手:在俄罗斯人眼里,门槛是有特殊意义的地方。见面或告别时,最好不要隔着门槛握手。俄罗斯人认为,门槛会把友谊隔断。因此,客人来访,忌讳隔着门槛与其交谈,也不能隔着门槛握手和传递东西,否则就认为会有不幸的事情发生。这在《俄罗斯民谚集》中有记载:"Через порог не здороваться, не беседовать"(隔着门槛不能打招呼,不能交谈)。

忌提前祝贺生日:俄罗斯人认为,提前祝贺生日是不吉利的,因为"人有旦夕祸福",也许被祝贺的人会突然在生日前遭遇不测,而活不到生日那天。

忌议论妇女长相:交际中不能随便(无论是当面还是背后)议论某一位妇女的长相,尤其是对生理上有缺陷的妇女。

忌当着别人的面吸烟:俄罗斯有专门吸烟的地方,例如卫生间、过道和楼梯拐角处。俄罗斯人一般不在客人面前吸烟。如果一定要在别人面前、特别是在妇女面前吸烟,非征得同意不可。

忌一根火柴点3支香烟:俄罗斯人和美国人一样,认为一根火柴连续点3支香烟会给人带来灾难,所以给人点烟时,总是到第3个人时就另外擦一根火柴。如果用打火机点烟,则给第3个人重新打一次,这已成为一种礼貌的习俗。

忌询问妇女年龄:俄罗斯人和许多西方国家的人一样,交际中忌直截了当地询问妇女的年龄,否则会被认为是对她的不尊重。

忌恭维身体健康:爱恭维别人和爱听恭维话是俄罗斯人(尤其是妇女)的一大特点。但恭维的范围只限于对对方的穿戴、身材、气色以及生活起居等方面,而绝对不能说:"您很健康"、"您精力真充沛"等赞语。按照迷信的说法,这是对人的一种诅咒,会给人带来不吉利。因此,每当听到这些话时,俄罗斯人便会紧蹙眉头,吐三口唾沫:"呸呸呸!"据说,人的左肩后面站着的是魔鬼,人的右肩旁边站着的是天使。吐唾沫就能把魔鬼赶走,保证万事如意,消灾避害。

忌做"不速之客":俄罗斯人邀请朋友上门做客,或当面口头邀请,或亲自打电话给被邀请的友人,让别人转达邀请是不礼貌的。如果到别人家做客或拜访,一般都必须事先预约,忌讳搞突然袭击。突然登门造访,会给人措手不及,使主人感到尴尬和不悦。俄语谚语云:"Незваный гость хуже татарина"(字面意思为不速之客比鞑靼人还坏),"званый — гость, а незваный — пёс"(被邀请的是座上客,未被邀请的是一条狗),"Прямой болван, что пришёл незван"(不请自到的是大笨蛋)等等。

②生活中的禁忌(Табу в жизни):日常生活中,俄罗斯也有很多忌讳,主要有:

忌坐桌角吃饭:无论是在自己家里就餐,还是宴请客人,俄罗斯人都忌讳坐在桌角吃饭。因为迷信的说法,尚未婚娶的男人或女人一般不在桌角就座,否则七年之内不能成家。如果房间小,客人又多,主人就说:"Садись, садись — жена с углом (т.е с квартирой!) будет"(请坐,请坐,妻子会有的,房子也会有的),在这句话中,угол(角)意思是住房,或者说一句愉快的俏皮话:"Чем острее (в смысле угла), тем быстрее! в смысле женитьбы".意思是"越尖(指角尖)就越快(指结婚快)"。

忌左脚先下床(Вставать с левой ноги):俄罗斯人的传统文化观念是尚右忌左(或尊右卑左),其原因与基督教有关,即人的右肩站着天使,人的左肩站着魔鬼。所以,俄罗斯民间有一个风俗,即迷信"兆头",认为早晨起身下床,如果右脚先下地,这一天便万事如意,遇难呈祥,若是左脚先着地,这一天便凶多吉少。这一习俗一直延续至今。在日常生活中,如果有人突然感到心绪不宁,烦躁不安,动不动就发脾气、生闷气或遇到倒霉的事,人们就会半真半假地说他早晨"左脚先下床"了,所以才心绪不佳,做事不顺。

忌看见兔子或黑猫横穿道路:在俄罗斯民间风俗中,兔子和黑猫被视为不祥之物。例如谚语:"Заяц дорогу перебежал—неудача стрелку"(兔子横穿马路,猎人将空手而归)。如果外出偶然看到一只兔子或黑猫穿过道路,意味着将有不幸的事情要发生。这时,行人要马上折下一根树枝,捋去树叶折成两截,扔在道路两旁,这样才可以逢凶化吉。

忌用死人触摸过的东西:俄罗斯人的祖先对死人有种特别的恐惧心理,迷信人死后会在彼世生存,所以禁忌用死人用过和触摸过的东西,特别是洗尸体的用品。如今,这一习俗在许多农村地区依然可见。

忌打翻盐罐:在餐桌上,不可以把盐罐直接递到别人手里。如果有人要求给他一个盐罐,只能把它放到离这个人较近的桌面上。一旦打翻盐罐,则被认为将发生争吵或造成家庭不和。俗语说:"Соль просыпать нечаянно—к ссоре"(不小心撒了盐,就会引起吵架)。为摆脱凶兆,俄罗斯人总习惯将打翻在地的盐拣起,并洒在自己的头上,认为这样可以免灾除祸。在达利的《俄罗斯民谚集》一书中有这样的记载:"... чтобы ссоры не было, посыпать просыпанной солью голову"(要想避免争吵,把洒落的盐撒在头上)。这是因为在古俄罗斯,盐要从很远的地方运来,所以价格昂贵,是非常珍贵的。用盐腌制的食物可以长时间保存,不易腐烂,由此产生了盐的象征意义:持久性、可靠性、友谊和尊贵。

忌亲人离家远行时打扫房间:如果家里有人要外出,在其动身后的这一天里,留在家里的人不能收拾和打扫房间,特别不能扫地或刷洗地板,否则的话,将会使出门远行的人在旅途中遭到挫折或不幸。

忌妇女不戴头巾进教堂:进东正教堂做礼拜或参观等,男士必须脱帽,女士必须要戴头巾或帽子。女子头上不戴东西进入教堂,会被认为破坏教规。

忌就餐时照镜子:就餐时不可照镜子,也不能戴着帽子坐到餐桌旁,这些都被俄罗斯人认为会招致不幸。俄罗斯人奉镜子为神圣职务,把镜子中的映象看成自己灵魂的化身,如家中有人不幸去世,为了使死者的灵魂得到安息,要将所有的镜子都用黑布蒙上。

忌把面包底朝天倒放:将面包底朝天倒放在餐盘上,或把面包拿在手里玩弄,都被认为会导致贫穷和遇上倒霉的事。同样,俄罗斯人还忌讳把生面团或面粉等抓在手里玩耍。

忌在房屋里吹口哨:无论在自己家还是别人家里吹口哨,都会遭到主人训斥,因为此举被认为将使这家人变穷或没有钱花。俄罗斯人认为,在家里吹口哨会把才气吹走。

忌说"慧":在汉语里,"慧"和"惠"是两个很好的字眼,智慧、慧心、贤惠、优惠等等。但在俄语里,"慧"却是一个很难听的骂人的字眼。所以,与俄罗斯人交往时,最好回避这个字眼。如果名字带"慧"或"惠",就要灵活地改变一下。

③数字禁忌(табу цифр и дат):即把数字看成给人带来灾难和贫困的祸根。数字的拜物教,即把数字看成是给人带来幸福和财富的源泉。世界上许多民族对数字和日期有忌讳,俄罗斯人也不例外。

忌"13"：俄罗斯人认为，"13"这个数是不吉利的，因此，请客避免宾主共 13 人，重要的活动从不安排在 13 日，出门旅行也回避 13 号，结婚办喜事更忌 13 号。究其原因，一般认为这是出自于基督教义。因为背叛耶稣的犹大在"最后的晚餐"中排列第 13。俄罗斯人也不喜欢 666 这个数字，因为三个连写的 6 在圣经里是魔鬼的代号。

忌"星期五"："星期五"在俄罗斯人眼里也是个不吉祥的日子。如果星期五再碰巧又是 13 号，那这一天就是诸事不宜的"煞日"了，被称为"黑色星期五"（чёрная пятница）。据古文献记载，夏娃和亚当偷吃禁果被逐出天堂乐园的日子即是星期五，耶稣的受难日也是 13 号星期五，所以，星期五主凶，自然会受到基督教的忌讳。

忌双数：俄罗斯人把双数（чённые числа）视为不吉利的数字，如祭悼亡人时，送花多为 2、4、6、8 枝，但并不忌讳 10 及其倍数百、千、万等。在俄罗斯人看来，双数是同魔鬼联系在一起的，因此是"鬼数"，而单数则表示吉祥和吉利，如为结婚和喜庆活动准备的礼品数均为单数，其中尤以 1、3、7 最为吉祥。认为"1"代表开始，标志着从无到有；"3"是人们喜欢的数字，似乎代表父、母、子；"7"最受人推崇，认为是最完整、最幸福、最吉利的数字：上帝创造万物是在 7 天内完成的，因而有一周 7 天之分；人一生中的智慧有 7 次；耶稣说原谅他人 7×70 次；圣母玛丽亚有 7 件欢乐的事和 7 件悲哀的事；基督教的主祷文有 7 个部分等。因此，俄语中有许多成语、谚语都和 3、7 字有关。

①Помни три дела：молись，терпи，работай.
（牢记三件事：祈祷，忍耐，干活。）

②До трёх раз прощают.
（原谅不过三。）

③В трёх шагах.
（三步远，表示很近。）

④На третьем плане.
(处于重要地位。)

⑤Будь я трижды проклят(-a).
(我发誓,我保证。)

⑥Семь раз отмерь—один раз отрежь.
(七次量体,一次裁衣;三思而后行。)

⑦У семи нянек дитя без глазу.
(七个保姆,孩子无人管;人多不管事。)

⑧Для милого друга семь вёрст не околица.
(为了看好朋友,七里路也不嫌远。)

⑨Семеро одного не ждут.
(七人不能老等一个人,指少数应该服从多数。)

⑩Один с сошкой, а семеро с ложкой.
(一人耕田,七人吃饭。)

(4)颜色的象征意义:俄罗斯人认为各种颜色都具有特有的象征意义。按照俄罗斯人的观念,红色象征着美丽、吉祥和喜庆,因此把红色和自己喜欢的人或物联系起来,如"红场"、"红颜少女"等;绿色象征和平和希望;蓝色象征忠诚和信任;紫色象征威严和高贵;至于黄色则象征忧伤、离别、背叛和发疯,所以年轻的情侣或情人间忌讳送如黄色的玫瑰花等黄色物品。黑色象征肃穆和不祥,因此俄罗斯人讨厌黑猫。雷电交加时,有的家庭还把黑猫扔到室外,因为按俄罗斯的迷信说法,妖魔鬼怪为逃避雷击,会附在黑猫身上。

(5)动物的象征意义:俄罗斯人把马视为能驱除邪恶,给人带来好运气的动物。他们认为马掌有降妖的魔力,要是在地上发现一块马掌,他们一定会把他拾起带回家,钉在大门口或墙上。俄罗斯人把兔子看成是胆小无能的动物,如兔子从前面跑过是不祥之兆。根据俄罗斯人的观点,公鸡有巨大的魔力,它的叫声能赶走凶神、夜鬼和幽灵。因此,在一些农村里,农民们用木雕的公鸡装饰房梁,用以避邪。俄罗斯人认为,梦到公鸡是吉兆。在俄罗斯人的眼里,布谷鸟象征忧伤的女人,是死亡的先知,是凶兆;而笨手笨脚的熊则是他们的吉祥物,被称为"森林之王"等。

练习1.简答

1. 基督教在俄罗斯是何年被何人定为国教的?
2. 佛教是何时开始传入俄罗斯的?
3. 衣食住行方面的俄语谚语有何寓意?
4. 在与俄罗斯人打交道时要注意哪些禁忌?

练习2.填空

1. 基督教来源于_____教,它的三大分支是_____、_____、_____。
2. 目前俄罗斯的第二大教是_____。
3. 梵蒂冈是_____教派的中心。
4. _____教作为反天主教的一个派别而得名。
5. 萨满教是一种原始宗教。"萨满"一词是通古斯语的音译,意为_____。
6. _____教是犹太人信奉的宗教,属人类最早的神教。
7. 佛教在俄罗斯的传播始于公元16世纪,首批传教喇嘛来自_____和中国的_____。
8. 俄罗斯人主要崇拜的树有_____和_____。
9. 俄罗斯人爱喝中国的_____茶和格鲁吉亚的_____茶。
10. 蒸汽浴时俄罗斯人爱用_____抽打身体的背、大腿等部位。
11. 桦树是俄罗斯的国树,又称_____、_____、_____等。

第 7 课
俄罗斯节日与交际礼节

简况

了解俄罗斯的民族传统和民族风情,某种意义上说从了解其如何过节尤其是如何过民族传统的节日入手,是最简捷的方法和途径之一。本课学习和掌握的重点是俄罗斯民族的传统节日及交际礼节,在与俄罗斯人打交道时,不冒犯其民族风俗,不失礼节。

1. 全民性节日

(1) 全民国家节日:1991 年,俄罗斯联邦独立以后,陆续规定了一些新的节日,有的是由苏联的节日改名而来,如祖国保卫者日、春天和劳动节、和谐和解日。有的则是新定的节日,如独立日、宪法日等。

(2) 祖国保卫者日(День защитника Отечества):2 月 23 日,原为苏联的建军节,它曾是苏联最重要的节日之一。1992 年,俄罗斯将这个节日改名为祖国保卫者日,官方不再举行庆祝活动,仅仅是让居民休假一天,很多人把这一天称为"男人节"。

(3) 三八妇女节(Женский день 8 Марта):俄罗斯最早庆祝这个节日可以追溯到 1913 年。与"五一"节相比,这个节日更具有家庭气氛。早在该节来到之前,男人们就忙碌起来了,为母亲、妻子、姐妹及女友们选购鲜花、香水、化妆品、装饰品、巧克力等她们所喜爱的礼品,给远方的女性亲属和亲朋好友拍发贺电或书写贺信,发寄纪念品。孩子们会把亲手制作的贺卡和绘制的图画等赠送给母亲。在学校,学生向女教师、男同学向女同学也都要赠送鲜花等纪念品。总之,凡有女性的地方,男人都要向她们表示节日的祝贺,一束鲜花是必不可少的礼物。因此,该节被认为是名副其实的"女人节"。这一天,妇女们沉浸在鲜花和赞美声中。

(4)春天和劳动节(День весны и труда):"五一"国际劳动节曾是苏联最隆重的节日之一,苏联解体后,俄罗斯当局将这个节日改名为春天和劳动节。庆祝"国际劳动节"在俄罗斯已有100多年的历史,特别是十月革命以后,这一节日已成为俄罗斯各族劳动人民根深蒂固的传统,而且从官方节日逐渐成为家庭的节日。"五一"节全国放假2天。对于普通市民来说,这个节日即意味着休息和劳动:几乎每个家庭都要邀请亲朋好友,聚会欢庆,为节日举杯;也几乎每个家庭都要来到郊外的别墅,或劳作一番,或放松心情好好休息一番。

(5)胜利日(День победы):1945年5月9日是苏联卫国战争胜利的日子,因此苏联把这一天定为胜利日,俄罗斯人都要向烈士陵墓献花,回忆战争年代的历史,每年举行隆重的庆典,以此教育人民。胜利日被宣布为全国假日,以纪念苏联人民战胜法西斯德国的伟大胜利。除全国各地要举行各种集体悼念和庆祝活动外,清晨人们要来到烈士墓和无名烈士墓前,安放花圈,悼念在战争中牺牲的官兵和平民。这一天,莫斯科的各大公园人山人海,成千上万的老战士携带妻儿老小,从各地来到这里与战友相逢。不少家庭也在这一天悼念阵亡的亲人,或邀请老战友一起共度佳节。

(6)独立日(День независимости):苏联解体后,从1992年开始,俄罗斯联邦将每年的6月12日定为独立日,即国庆节。因为,1990年6月12日,以叶利钦为主席的俄罗斯最高苏维埃(议会)通过了关于俄罗斯联邦国家主权的声明,宣布俄罗斯独立。1991年6月12日,俄罗斯联邦举行第一次总统选举,叶利钦当选总统。

(7)和谐和解日(День согласия и примерения):11月7日,曾是苏联最重要的节日,是十月革命胜利日。1991年以前,十月革命节是俄罗斯最重要的节日,苏联领导人发表纪念十月社会主义革命的长篇讲话,在莫斯科红场举行盛大的阅兵仪式和群众游行。从1991年起,俄罗斯官方取消了11月7日的庆祝活动,但仍把这一天定为休息日,以便让人们自己以不同的方式度过这个历史性的日子。

(8)宪法日(День конституции):每年的 12 月 12 日是俄联邦的宪法日。1993 年 12 月 12 日,俄罗斯联邦就宪法举行全民公决,并把 12 月 12 日定为宪法日。

2.传统节日

(1)新年(Новый год):新年在普通俄罗斯人心目中是一年中最盛大、最重要的传统节日。俄罗斯人过新年,就如中国人过春节那样隆重和热烈,假期规定从 12 月 31 日至 1 月 3 日。节日前夕,人们便为欢庆这一年一度的节日而开始忙碌。主妇们采购新年食品,诸如鸡、马铃薯、蔬菜、蜜饯、水果饼、葡萄干等;相距遥远的亲人在计划乘什么交通工具返回故里与亲人团聚;人们相互之间(特别是为孩子)选购称心如意的新年礼物;公共场所、街道和商店等会布置一新;各文化团体和娱乐场所紧张地准备着各种游艺节目。

俄罗斯人过新年,最具特色是装饰"新年树"(Новогодняя ёлка)。新年树也称"圣诞树"(因为新年和圣诞的节期基本重合)。节前,几乎家家户户(特别是有小孩的家庭)都要到集市上去采购由云杉、枞树或松树等呈塔形的常青树木做成的新年树,因此又称"新年枞树"。如何装饰新年树对每个家庭来说是件大事,因此,往往会全家人一起动手。也有的家长认为装饰新年树是大人们的事,因此,总要等孩子们熟睡后才开始布置,以便在第二天一早作为礼物送给孩子。新年树上一般挂有五光十色的彩珠和穿成长串的其他玻璃制品。有的还挂上用锡纸包的水果和糖果,以及用硬纸或锡纸剪的各种动物,如俄罗斯人所熟悉的童话中的动物——"狐狸妹妹"(俄罗斯民间把狐狸称作"狐狸妹妹"),长着美丽长角的"灌木山羊"等。有的撒上光闪闪的金银纸片和用棉花制作的雪花,以象征吉祥如意和生命永恒。除每个家庭购买和装饰新年树外,俄罗斯各城市的公共场所也都会矗立起高大而五彩缤纷的新年枞树,人们在家里用完晚餐后,通常要到所在城市的中心广场的新年树旁庆祝和狂欢一番。比如,在莫斯科,就有很多青年学生(包括外国留学生)彻夜在红场上欢度除夕,因为那儿每年都有装饰得极其华丽的新年树。午夜12时,克里姆林宫敲响新年的钟声,此时,所有在新年树周围跳舞、下棋和从事其他娱乐活动的人们都要停止自己的活动并站立起来,恭候新年的到来:或相互碰杯恭贺新春佳节,或相互拥抱、亲吻,许下美好愿望。红场上欢呼声、鞭炮声响彻一片,完全沉浸在迎新年、庆新年和贺新年的欢快气氛中。而在普通人家庭,按照习俗,午夜12点时大家先要喝香槟酒,然后才能喝其他酒。各家的香槟酒瓶盖伴随着新年的钟声"砰"的一声被打开后,人们齐声高呼:"乌拉"(ypa!),纷纷碰杯,拥抱接吻,互赠礼品,并祝"新年快乐!"(C новым годом!),庆节的气氛随之进入高潮。在莫斯科的克里姆林宫里,除夕夜通常还要举行大型的化装舞会。大厅中央摆放着十几米高的新年树,上千人围着彩树跳起欢快的轮舞(хоровод),期间有专业演员表演助兴,还有各种游艺活动供人们玩乐。

　　俄罗斯人过新年时,讲究吃得好,穿得好,玩得痛快。有一种迷信的说法是:新年吃得好,来年能吃饱;新年着新装,一年不愁穿;除夕不痛快,全年都倒霉。因此,人们在除夕之夜一定要尽情地玩。还有一种说法是,过节那一天不能给钱,不然全年都要受穷,而收钱则会在来年发财。

　　(2)圣诞节(Рождество):圣诞节是纪念"耶稣诞生"的节日。东正教的圣诞节日期与天主教的不同。天主教把12月25日定为圣诞节,东正教因历法不同,节期也不同,东正教把圣诞节定在公历1月7日,这是因为尤立安历法比新历晚13天。20世纪80年代末,宗教活动日渐恢复,人们又开始庆祝东正教圣诞节。1月6日晚上,俄罗斯的家庭、或者加上亲属,一般都要团聚在一起,在家里庆贺。7日上午,人们来到离家比较近的教堂作祈祷,或者到公园参加游园活动。在莫斯科的主显圣容大教堂主持隆重仪式。有时,俄罗斯总统、总理和莫斯科市长也参加这个仪式,一方面为了表示对教会的支持,另一方面是为了在选民之间树立自己的形象。

(3)复活节(Пасха):复活节是东正教最大的节日,它为纪念耶稣复活而设立。耶稣在被钉死于十字架后的第三天复活,所以复活节是在春分后第一个次月圆之后的第一个星期日举行。复活节前夕(星期六)夜间12点正,圣门敞开,内有教士喊"耶稣复活了"(Христос воскрес!),人们都跟着喊"耶稣真的复活了"(Воистину воскрес!)。最隆重的复活节仪式,是在莫斯科克里姆林宫主显圣容大教堂。仪式由莫斯科和全俄东正教大牧首主持。善男信女们在胸前画十字,口中不断念叨:"耶稣复活!""耶稣复活!"

在俄罗斯,非教徒也过复活节。节前家家户户都要染彩蛋,并烤制一些圆柱形面包。这些传统一直延留至今。

在复活节之前,东正教还有两个重要节日:一个是4月7日的"报喜节"(天使于此日把耶稣即将降生的消息告诉圣母);另一个是"柳枝主日"(耶稣"受难"前最后一次进圣城时,群众持柳枝前往欢迎)。此节日在复活节前一周的星期日举行。

(4)谢肉节(Масленица):是传统节日中的大节,于复活节前的第八周,为期7天。这个节日已演变成"俄罗斯之冬狂欢节",又称"送冬节"(проводы зимы)。

谢肉节在大斋前的一周——3月22日举行,为期7天,每天都有不同的内容:星期一是迎春日;星期二是娱乐日;星期三是美食日;星期四是醉酒日;星期五是新姑爷回门日,按照习俗,丈母娘在这一天要宴请新婚女婿;星期六是姑娘相新嫂子日,未婚妻拜访未婚夫的姐妹;星期日是送冬日和宽恕日,人们互相串门,请求对方宽恕自己的言行。

还有一种说法是,谢肉节起源于古老的农历。农民急切地盼望冬去春来,因此在斋戒前大张旗鼓地把冬天送走。与圆柱形甜面包是复活节的专用食品一样,谢肉节一定要吃小薄饼。人们把伴着鸡蛋和油的稀面用勺子浇在通红的平底锅上,煎成圆形的小饼，表面薄薄的一层又黄又脆，吃的时候抹上炼脂油、鱼子酱、鱼片和酸牛奶。在谢肉节，人们还要举行丰富多彩的文体活动，如化装游行、民间歌舞和游戏，其中乘三套车兜风是人们最喜爱的一个项目。

(5)大学生节(Праздник студенчества)：1755年1月25日，俄罗斯女皇伊丽莎白·彼得罗夫娜签署了关于建立俄罗斯第一所大学——莫斯科大学的命令。著名的学者罗蒙诺索夫根据命令创办了这所大学，并且逐步使它成为俄罗斯的最高学府。现在，1月25日被定为大学生节。

根据东正教的教历，1755年1月25日，是塔吉扬娜的命名日。所以，大学生节又被称为"塔吉扬娜日"。各所大学的师生自然免不了要热热闹闹地庆祝一番。最热烈的要数莫斯科大学：召开全校庆祝大会，校长讲话；师生表演节目，举办舞会，兴高采烈，通宵达旦。国家领导人或者出席会议，或者发来贺信。

3.行业和部门性节日

俄罗斯除规定有全民性节日外，还有众多的某行业和某部门的节日。这些节日大多是从苏联时期继承下来的，大多没有固定的日期，一般是规定在某一月的某周，而且以星期日居多。因此，这一天既是周日，又是假日。主要有：民航节(День Аэрофлота)——2月第二个星期日；科学节(День науки)——4月第三个星期日；边防军节(День пограничника)——5月28；青年节(День молодёжи)——6月最后一个星期日；海军节(День Военно-Морского Флота)——7月最后一个星期日；铁路员工节(День железнодорожника)——8月第一个星期日；知识节(День знания)——9月1日(以庆祝全国各大、中、小学新学年的开始)；城市节(День города)——9月19日；教师节(День учителя)——10月第一个星期日；民警节(День Милиции)——11月10日。

4．交际礼节

公共场所的礼节：在公共场所，如在影剧院中，俄罗斯人不大声喧哗，也不随地吐痰，不乱扔垃圾。观众一般都准时入场，安静地观看节目，如有人迟到，要面对同排的观众悄悄入座，并向对方致歉，背对着同排的观众挤进去是不礼貌的。在公共场所不能挖鼻孔、伸懒腰、抓痒、大声咳嗽，如要咳嗽，须用手帕捂住嘴小声咳。交谈时不宜当着其他人与某人用别人听不懂的语言说话。乘坐公共汽车或地铁时应主动为老人、病人、残疾人、孕妇和儿童让座。

做客礼节：俄罗斯人到别人家拜访，一般都预先通知主人。邀请别人到自己家来做客，一般也都预先提出邀请，不邀而来或突然请客，被认为不大礼貌，除非是很亲密的友人。客人进门后，需向主人问好，再向男主人和其他人问好，因为俄罗斯人也与西方国家人一样，在公共场所和交际场合实行"妇女优先"的原则。客人坐的地点应按主人指定，不能坐在床上，也不能坐在有妇女坐的沙发上。如果一次来了几个位互不相识的客人，主人介绍时也先从女客开始，男客被介绍给女客时要站起身来。吸烟应先征得女主人或女客的同意。谈话时一般不能打断别人的话，不要打听别人的工资、妇女的年龄。男子不能把同来的妇女丢在一边自己与别人谈话。初次拜访不要坐太久。俄罗斯喜欢送花，人们做客时常常送给女主人一束鲜花，送的花需是单数（双数的花祭祀亡者），还不能是黄色的（黄色表示不忠）；送主人家的孩子一些玩具或文具，也很受欢迎。主人如接到客人送的蛋糕、水果、糖果，应即摆到桌上，让大家看到。

请客礼节：在家里请客吃饭或茶点，被认为比在饭店更亲切友好，请客时一定要摆上桌布，一般用棉布，通常是带花的，更讲究些则用白色的。漆布和塑料布被认为不大讲究，只在没有客人或请亲密的亲友时才用。请客时一般都摆一瓶鲜花。正式的餐桌是长方形的，以两端为上座。客人夫妇分开，男主人坐在女客人身旁，女主人坐在男客人身旁。客人如是一对恋人,则坐在一起。预先为每位进餐者摆好一份餐具:一个大食盘(吃菜用)、一个中盘(放面包,放在大盘左侧);一把叉(放在大盘与中盘之间)、一把刀、一把匙(放在大盘右);大小玻璃酒杯两三个(放在盘前)。左手持叉,右手用刀、匙。用刀从公盘中取食物,用叉送入口,不能用刀吃东西。面包应撕成小块送入嘴中,不应大块啃。餐桌上不能吸烟。主人不时对客人说:"请为健康而吃",相当于中国人说:"请随便吃","请多吃点"。客人要等女主人离桌后才起身。

送礼礼节:在任何时候最好的礼物都应是鲜花。常送的花有康乃馨和郁金香。送礼物时需注意:不要给朋友送刀,俄罗斯人认为刀会切断友谊。若要接受朋友送的刀,需象征性地给一点钱。不要送空钱包,因为空钱包被认为是一贫如洗的象征,如要送,一定要在钱包里象征性地放一点钱,意思是说祝愿对方永远有钱。

用餐礼节:俄罗斯人进餐时,采取分餐制,使用刀叉。刀叉的摆放位置是:叉子在盘子的左边,刀和羹匙在右边,酒杯在盘碟的前面,用餐者应右手拿刀,左手拿叉。吃完一道菜后,将刀叉并排放在盘上,把柄朝右,服务员会把它们收走。如果下一道菜还要使用刀、叉、盘子,左右没有备用的刀叉,就要把刀叉放在桌子上。在正式的宴会上,每吃一道菜,要换一副刀叉,一般所有的刀叉都先摆在盘子的两侧和上方,吃饭时按由外及里的顺序使用,有多少副刀叉就说明有多少道菜。吃不同的食物用不同的叉,吃鱼用三角叉,其他用四齿叉,吃凉菜的叉比较小,吃热菜的叉比较大。

用餐时须注意的是,不同的食物有不同的吃法:面条、鱼、鸡蛋、布丁和果冻不能用刀切后食用。吃面条时要右手拿叉叉起两三根面条,然后旋转餐叉,将面条卷在餐叉上再送入口中,不要用嘴吸面条,更不要发出声响;吃鱼时,左手拿一块面包按住鱼块,右手拿餐叉剔除鱼刺后再吃;吃煮鸡蛋时,不能将鸡蛋在桌子上敲碎,而要用羹匙先将鸡蛋的蛋壳敲碎,剥下这一部分的蛋壳,然后用羹匙挖着吃;吃煎鸡蛋时,煎得嫩的用羹匙吃,煎得老的用餐叉吃;喝汤时,要用羹匙的尖正对着嘴,把汤送入口中,不能用嘴直接从汤盘中喝,更不能发出响声,羹匙要一直放在汤盘中,直到喝完;吃肉排时,要将餐叉的齿朝下叉住肉排,用餐刀切一块吃一块,也可一次将肉排切成数块,然后用叉即吃,切忌不可极不雅观地在盘中转来转去地切;吃鸡鸭时要刀叉并用,只有平时在家中才可以用手拿着吃;面包不必用刀切,可以用手掰着吃。

就餐时不要大声谈笑,切忌手持刀叉做手势;举杯饮酒时应用右手,嚼东西时要闭嘴,不能嚼出声音来;在宴席上,男人应照顾自己旁边的妇女;饭后,如女主人请客人喝咖啡或茶时,客人应将杯子递过去。

亲吻礼节:亲吻也是俄罗斯的一种传统礼节。在隆重的场合,国家领导人见面时,为表示尊敬和友好,一般拥抱亲吻,吻对方的脸颊三次,先左后右再左。在比较隆重的场合,有时男士弯腰吻女士的右手背,表示对已婚妇女的尊重。好友相见时,妇女之间一般拥抱,有时亲吻,男人之间则只是拥抱。亲兄姐妹重逢或分别时,要拥抱亲吻。

尊重妇女礼节:俄罗斯有尊重妇女的美德,上公共汽车、上下楼梯、出入房间时,男士要让女士先行,并为其开门,即使对不认识的女士也要如此。在剧院的衣帽间里,男士要为女士脱穿大衣,入场时为女士开路并找座位,而且女士不入座,男士也不能坐。男女同行时,男士空手,而让女士拎重物是不允许的;并且男士要走在女士的左侧,对她进行保护,让她处在最安全的位置;女士横穿马路时,男士要送。

5.俄罗斯人的非语言交际手段——身势语

身势语(соматический язык):是在一定文化条件下形成的传递信息和交流感情的社会约定俗成的形式。民族的文化、历史、风俗习惯对他们的形成起着决定性作用。所以,各民族的非语言交际手段不尽相同。不了解这一点,就会产生文化干扰。身势语的五大要素：①手势（жест）。②脸部动作（мимика）。③身体姿势（позы）。④面部表情（выражение лиц）。⑤内心感受征兆（симптомы душевных движений и состояний）。

（1）Всплеснуть руками 两手举起轻轻一拍，表示喜悦、惊讶、惋惜、困惑等。

（2）Прижать руку скобкой около рта 一手呈括号状放在嘴边，表示保守秘密，说悄悄话等。

（3）Развести руками 两手一拍，表示莫名其妙、惊讶、没有办法等，这一手势同 пожать плечами 这个动作同时出现。

（4）Прижать руку к щеке 一手按颊，表示难为情、惭愧、不好意思等。

（5）махнуть рукой 把手一挥，表示不再注意、不再关心、失望等。

（6）Постучать по столу 敲敲桌子，表示所指的人是傻瓜。

（7）Покрутить пальцем у виска 食指在太阳穴处转几下，表示所指的人脑子有毛病，是疯子、神经病。

（8）Постукивать пальцами по лбу 用手指敲脑门，表示紧张思考、回忆，或提示对方帮助他回忆某事。

（9）Хлопнуть себя по лбу 用手拍一下额头，表示终于想出来了。

（10）бить（ударить，хлопать）по рукам 击掌，表示谈妥、商定、成交。

（11）почесать в затылке 搔后脑勺，表示为难、犹豫。

（12）ломать руки（пальцы）搓手（手指），表示痛苦、激动。

（13）щёлкнуть пальцами 打榧子，表示称赞、满意、惊讶等。

（14）Прижать руку к груди（и слегка наклонить голову）一手按胸（微微点头），表示请原谅、对不起、致以歉意等。

（15）плевать через левое плечо 往左肩后吐唾沫，表示消灾，希望倒霉的事不要发生。

（16）пожать плечами 双肩一耸，表示不理解、莫名其妙、惊讶、没有办法。

（17）бить по плечу 拍拍肩膀，表示友好、亲昵。

（18）потирать ладони 揉掌，表示满意。

（19）щелкать языком 咂舌，表示满意。

（20）крякать 嘴里发咯咯声，表示满意。

（21）крутить носом 缩起鼻子，表示不满、蔑视、不同意、坚持己见之意。

（22）стучать по столу(дереву) 敲桌子(木头)，表示消灾，不让倒霉的事发生。

（23）показать кукиш 握拳，把大拇指从食指和中指间伸出，表示嘲弄、蔑视、轻视(对方)。

练习1. 简答

1. Какой этикет в общении（社交礼节）вы знаете?
2. Как подарить цветы в России?
3. Какие всенародные праздничные дни вы знаете?
4. Какой соматический язык вы знаете?
5. Какой традиционный праздник вы знаете?

练习2. 填空

1. _____ День науки.
2. _____ Когда День пограничника.
3. _____ Когда День молодёжи.
4. _____ Когда День знания.
5. _____ Когда День Военно－Морского Флота.
6. _____ Когда День учителя.
7. _____ Когда День Милиции.

附录 （俄文内容补充）

Приложение 1

1. Географическое положение и границы

Россия (Российская Федерация) — самая большая по площади страна на земном шаре (17,07 млн. кв. км). Она располагается в северной части материка Евразии (около 1/4 страны—в Европе, 3/4—в Азии). Европейская часть России охватывает большую часть Русской (Восточно-Европейской) равнины, северные склоны Кавказа, а также Урал. Азиатская часть территории России включает Сибирь и Дальний Восток.

Из-за большой протяжённости в России велика разница во времени. Территория России находится в 11 часовых поясах (со 2-го по 12-й). По всей территории РФ соблюдается московское время (т. е. время 3-го часового пояса).

Северные границы России полностью проходит по водам морей Северного Ледовитого Океана. Восточные границы страны проходит преимущественно по водам Тихого океана и его морей. На западе и юго-западе Россия омывается 3 морями Атлантического океана: Балтийским, Чёрным и Азовским.

Значительно велика и протяжённость сухопутных границ России. Она граничит с 14 государствами. На северо—западе её соседями являются Норвегия, Финляндия, Эстония, Латвия и

Литва. Вдоль западной границы России располагается Беларусь, Украина и Польша. На юге Россия граничит с Грузией, Азербайджаном, Казахстаном (самая протяженная граница — 7,2 тыс. км), Китаем и Монголией. На крайнем юго — востоке Россия граничит с КНДР (ка - эн - дэ - эр; Корейская Народно - Демократическая респубиллика).

Слова из текста

располагаться [动,未]位于
материк 大陆
Евразия 欧亚
Равнина 平原
протяённость[阳]长度
разница во времени 时差
часовой пояс 时区
преимущественно 主要地
граничить 接壤
омываться 濒临

2. Земельные ресурсы

Земельные ресурсы России огромны — это 1/9 часть всей суши нашей планеты. В среднем на 1 жителя России приходится 11,5 гектара земли. Это гораздо больше, чем во всех других государствах мира.

Богата Россия не только земельными, но и лесными ресурсами. Она обладает четвёртой частью всех мировых лесных ресурсов.

Основная масса запасов древесины сосредоточена в лесах Сибири и Дальнего Востока.

Лесные ресурсы России больше, чем в какой-либо другой

стране мира. Однако по уровню их использования Россия отстает от экономически развитых государств, так как много древесинны просто не используется вследствие огромных потерь при транспортировке и заготевке. Леса России дают не только древесину, но и другие продукты: грибы, ягоды, орехи, лекарственное сырьё и что особенно важно-пушнину. Большими ресурсами пушнины обладают тундра и тайга. Главные виды добываемой в России пушнины — соболь, белка, песец. По количеству добываемой пушнины Россия занимает первое место среди всех государств мира. Русская пушнина экспортируется во многие страны мира.

Слова из текста

земельный 土地的
соболь [阳]貂
белка 松鼠
песец 北极狐
транспортировка 运输
пушнина 毛皮
экспортироваться 输出,出口

3. Реки и озера

Россия имеет все виды внутренних вод: реки, озёра, подземные воды, ледники, многолетнюю мерзлоту, болота, водохранилища, каналы и пруды. Они вместе составляют водные ресурсы России.

На территории России 3 млн. рек и около 2,5 млн. озер, среди которых и самое большое озеро — Каспийское (площадь 371 тыс. км^2) и самое глубокое — Байкал (максимальная глубина 1 680 м).

Основа водных ресурсов России — речной сток. Большиство рек в России равнинные, они имеют смешанное питание (дождевое, снеговое, подземное и ледниковое) с преобладанием снегового и зимой замерзают. В европейской части России реки текут в разные стороны — на север, на запад и на юг. Большая часть рек России относится к бассейну Северного Ледовитого океана. Самая длинная река — Лена (4400 км), самая полноводная река—Енисей. К бассейну Тихого океана относятся многие реки. Основная река— Амур и его притоки Зея, Бурея и Уссури. Реки имеют преимущественно дождевое питание в условиях муссонного климата. Амур и его притоки имеют крупный гидроэнергетический потенциал, здесь построены Зейская и Бурейская ГЭС. Кроме того, Амур ещё главная речная магистраль Дальнего Востока.

Бассейн Атлантического океана занимает наименьшую площадь от всей территории России. Здесь реки текут на запад в Балтийское море (Нева) и на юг—В Азовское море (Дон, Кубань и др). Самая длинная река в европейской части России и во всей Европе — это Волга, её называют «Волга—матушка» или «матушка—Волга». Длина Волги — 3531 км, её главные притоки — Ока и Кама.

В России много озёр. Каспийское море — величайшее в мире бессточное озеро, за крупные размеры его называют морем. В европейской части России расположены Ладожское озеро, Онежское озеро, озеро Ильмен, а в Азиатской части расположено озеро Байкал. На местном языке Байкал означает «славное море», так его называет за большие размеры и красоту. В озере Байкал сохраняется пятая часть пресных вод мира, здесь обитают пресноводные рыбы разных пород.

Слова из текста

внутренняя вода 内陆水
подземный 地下的
многолетняя мерзлота 多年冻土
водохранилище 水库
канал 运河
пруд 池塘
бассейн 流域
гидроэнергетический потенциал 水能潜力
муссонный климат 季风气候
бессточный 内流的, 内陆的
пресная вода 淡水
порода 品种, 种类

4. Численность населения

По данным последней Всероссийской переписи на 16 октября 2002 г. численность постоянного населения Российской Федерации составляет 145, 2 млн. человек. По населению Россия занимает седьмое место в мире после Китая, Индии, США, Индонезии, Бразилии и Пакистана.

Россия — многонациональная страна. В ней проживает более 160 народов, 80% всего населения—русские. Семь народов России — русские, татары, украинцы, башкиры, чуваши, чеченцы и армяне имеют численность населения, превышающую 1 млн. человек.

Россия не только многонациональная страна, но и многоконфессиональная. Самыми распрастранёнными религиями среди верующего населения России являются православная, мусульманская и будийская.

Слова из текста

превышать 超出, 超过
многоконфессиональный 多宗教的
татар 鞑靼人
украинец 乌克兰人
башкир 巴什基尔人
чуваши 楚瓦什人
чеченец 车臣人
православный 东正教的
мусульманский 穆斯林教的
будийский 佛教的

5. Промышленность

Российская Федерация — огромная страна с разнообразными природными ресурсами. В её недрах сосредоточена пятая часть мировых запасов каменного угля, более трети — газа, 12% — нефти. В расчёте на душу населения природно-ресурсный потенциал России, в 2 - 2,5 раза превышает ресурсный потенциал США, в 6 раз — Германии, в 18 — 22 раза — Японии. Природные запасы России оцениваются триллионами долларов. Каждый год доходы от используемого природно-ресурсного потенциала превышают 80 миллиардов долларов.

Россия — крупнейшая суверенная республика в СНГ не только по площади и численности населения. Она обладает огромным природным, экономическим и научным потенциалами. Россия играет ведущую роль в рамках экономического пространства СНГ: на её долю приходится более 60% ВВП (валового внутреннего продукта) и около 2/3 промышленного производства Содружества.

(1) Нефтяная и газовая промышленность

Россия располагает огромными запасами топливно-энергетических ресурсов, но размещение этих ресурсов неравномерно, 80% запасов топлива сосредоточено в восточных районах страны, лишь 20% — в европейской части страны, где расположены главные потребители энергии России.

Нефтяная промышленность является традиционной отраслью топливной промышленности России. По запасам нефти Россия занимает 6-е место в мире, уступая Саудовской Аравии, Кувейту, ОАЭ (Объединённым Арабским Эмиратам), Ираку и Ирану.

(2) Угольная промышленность и электроэнергетика

По запасам угля Россия занимает второе место в мире после Китая, однако большая часть угольных месторождений находится в недостаточно освоенных районах Сибири и Дальнего Востока. Ведущую роль среди угольных бассейнов страны занимает Кузбасс— один из крупнейших в мире.

Россия богата электроэнергией. По производству электроэнергии она уступает лишь США. Самая большая доля электроэнергии приходится на тепловые электростанции (ТЭС, 67%; ГЭС 19%; АЭС 14%).

(3) Чёрная и цветная металлургия

Около 80% добычи железной руды осуществляется открытым способом. Около 20% добытой железной руды Россия экспортирует за рубеж.

(4) Лесная и лёгкая промышленность

Лесные ресурсы играют важную роль в производстве бумаги. Традиционные предприятия по производству бумаги находятся в Центральном районе России.

По сравнению с тяжёлой промышленностью лёгкая промышленность является относительно отсталой отраслью в народном хозяйстве России. Её удельный вес в структуре промышленности РФ составляет лишь 6%. В составе лёгкой промышленности самой крупной является текстильная промышленнность.

Слова из текста

недра [复数] 地下

в расчёте на …按…计算

триллион 万亿

доход 收入

миллиард 十亿

суверенный 主权的

ВВП (валовоно внутреннего продукта) 国内生产总值

уступать (кому-чему) [动,未] 仅次于

ТЭС — теплавая электростанция 火力发电站

ГЭС — гидроэлектростанция 水电站

АЭС — атомная электростанция 核电站

удельный вес 比重

6. Сельское хозяйство

Сельское хозяйство состоит из двух основных отраслей — растениеводства и животноводства. Природные условия на территории России изменяются по природным зонам. Соответственно, состав культурных растений и животных тоже различается по зонам.

Основные зерновые культуры России — рожь, пшеница, ячмень, овёс, гречиха, просо и кукуруза, а зернобобовые — горох, фосоль и чечевица. Первое место по площади посевов занимает пшеница. По производству ячменя, овса, гречихи и ржи Россия занимает первое место.

В России выращивают такие технические культуры, как подсолнечник, соя, лён и картофель. По производству картофеля Россия занимает первое место в мире.

Животноводство является главной отраслью сельского хозяйства России. В настоящее время в животноводстве производится 60 % всей товарной продукции сельского хозяйства и сосредоточено 70 % всех основных производственных фондов.

Слова из текста

сельское хозяйство 农业
растениеводство 种植业
животноводство 畜牧业
зона 地区,地带
лён 亚麻
рожь[阴]黑麦
овёс 燕麦
ячмень[阳]大麦
гречиха 荞麦
просо 黍
горох 豌豆
фосоль 芸豆
чечевица 小扁豆

Приложение 2

Часть 1

ЦАРЬ— УЧЕНИК

Пётр Первый (1672—1725) — русский царь, который провёл в государстве всесторонние глубокие реформы, сделал Россию образованной, культурной, сильной. Поэтому Петра Первого знают и уважают все русские люди.

Уже в пять лет Пётр понимал, что царь может хорошо управлять страной, если отлично знает её историю. С большим интересом он слушал рассказы своих учителей о прежних русских царях, об их делах и успехах.

Пётр рос живым непослушным ребёнком. У него было много интересов, но больше всего он любил военные игры. У него было много товарищей, с которыми он играл в войну. Пётр никогда не видел моря, но с детства мечтал о нём. Однажды среди старых вещей Пётр нашёл небольшое судно. Его починили. С того времени плавание на судне стало любимым делом молодого Петра. Любое новое увлечение он доводил до конца[1], поэтому решил построить настоящий флот и пригласил иностранцев, которые начали строить корабли для русского флота.

От иностранцев Пётр слышал много рассказов про Европу и очень хотел увидеть её своими глазами. Но до Петра русские цари никогда не выезжали за границу. Как быть? Пётр решил поехать туда учиться разным наукам и профессиям в простой одежде, под другим именем — Петра Михайлова. За время поездки Пётр побывал в разных странах—Германии, Франции, Англии. Молодой Пётр научился там многому. Его видели, то на строительстве корабля, то за станком, то в академии на лекциях, то у артистов и учёных , у которых он брал уроки. Он сам готовил себе обед, чинил одежду и обувь. Люди удивлялись его бережливости и старанию. Тогда Пётр обычно отвечал пословицей: "Кто не бережёт денежки, тот сам рубля не стоит[2]". С гордостью показывал свои руки—руки рабочего.

Когда Пётр смотрел на богатый чужой город, он глубоко задумывпался. Казалось, в эти минуты он был не на чужой земле, а в России. В Европе он не забывал о своей стране. Если встречал хорошего специалиста, то старался пригласить его на работу в Россию. Когда приезжал в университет, то договаривался, чтобы там приняли русских студентов. Если видел красивую картину или какую-нибудь интересную вещь, то покупал её и отправлял на родину. Хотя просвещение стоило ему самому больших трудов[3], но Пётр был старательным учеником. Он хотел видеть Россию такой же образованной и культурной, как другие страны Европы.

Пояснения к тексту

1. Любое новое увлечение он доводил до конца. 他感兴趣的任何新的事业,他一定要进行到底。

2. Кто не бережёт денежки, тот сам рубля не стоит. 不会省钱的人,本身就一文不值。

3. Просвещение стоило ему самому больших трудов. 他本人要受到启蒙教育是相当费力的。

Слова из текста

академия 学院

бережливость 节省
военный 军事的
всесторонний 全面的
выезжать (выехать) за границу 出国
лекция 讲课
непослушный 不听话的
образованный 有文化的, 受过教育的
плавание 航行
просвещение 教育
реформа 改革
специалист 专家
станок 机床
судно 船, 舰
управлять 管理
флот 海军, 舰队
чинить – починить 修理

Часть 2

РЕФОРМЫ ПЕТРА ПЕРВОГО

Когда Пётр Первый вернулся из Европы в Россию, он начал проводить реформы в военном деле, в образовании, в государственном управлении, в культуре... Реформы шли с трудом[1]. Они были тяжёлыми для народа. Люди не хотели менять старое на новое. Многие были недовольны неожиданными переменами[2]. Но Пётр решительно взялся за дело. Он велел мужчинам брить бороду и носить европейскую одежду. Тем, кто не выполнял приказа, резали бороды прямо на улице.

Другая реформа касалась русских женщин[3]. Раньше женщины

сидели дома и не участвовали в жизни общества. Пётр велел устраивать вечера, концерты, обеды и привозить на них жён и дочерей. Пётр заботился о просвещении народа. Для этого открывались разные школы и училища, печатались книги и газеты, делались переводы с иностранных языков. По приказу Петра дворяне должны были учиться наукам, неграмотный дворянин не имел права[4] жениться. Пётр сам отбирал лучших учеников и посылал их учиться за границу.

При жизни[5] Петра были сделаны большие изменения в государственном управлении. Был создан русский флот, который стал одним из сильнейших в Европе. Русская армия и флот одержали мгого побед, главной из которых была победа под Полтавой (на Украине). Исполнилась мечта Петра Первого – в результате Северной войны[6] Россия получила выход[7] к Балтийскому морю[8]. Границы страны намного расширились[9]. Пётр объявил себя первым русским императором.

На берегу Балтийского моря Пётр велел построить город Санкт-Петербург, который стал новой столицей России. Не всё Пётр успел сделать, но он оставил после себя великие плоды реформ[10] и вошёл в историю[11] как Пётр Великий.

Пояснения к тексту

1. Реформа шла с трудом. 改革进行得很艰难。

2. Многие были недовольны неожиданными переменами. 许多人对突如其来的变革感到不满。

3. Другая реформа касалась русских женщин. 另一个改革涉及俄罗斯妇女。

4. иметь право 有权利

5. при жизни (кого)(谁)在世的时候

6. Северная война 北方战争

7. получить выход к морю 取得出海口

8. Балтийское море 波罗的海

9. Границы страны намного расширились. 俄罗斯国土扩大了许多。

10. плоды реформ 改革成果

11. войти в историю 载入史册

Слова из текста

борода 长胡子

брить 剃

взять (брать) за дело 着手

военное дело 军事

выполнять (выполнить) приказ 执行命令

государственное управление 国家管理

европейский 欧洲的

неграмотный 不识字的，没有文化的

неожиданный 突如其来的

образование 教育

общество 社会

печататься - напечататься 印刷，刊登

резать 切，剪

устраивать - устроить 组织，安排

Приложение 3

Часть 1

специфика экономических районов

1. Центральный район

Центральный район — политический, экономический и культурный центр России. Среди всех экономических районов России Центральному району принадлежит ведущая роль по мощности экономического потенциала, уровню научного и социально—культурного развития, многообразию и широте межрайонных связей, численности населения и степени урбанизации. Промышленность района специализируется на выпуске сложной и нематериалоёмкой, особенно наукоёмкой продукции. Большую роль в районе играет лёгкая промышленность. По производству хлопчатобумажных и льняных тканей район занимает первое место в России.

2. Центрально-Чернозёмный район

Район обладает благоприятным условиями для развития промышленности и селького хозяйства. Специализация промышленности района связана с освоением богатств КМА. Это одна из металлургических баз России. Здесь развито машиностроение. Район отличается высокоразвитым сельским хозяйством с преобладанием растениеводства. В районе производится почти половина сахарной свёклы страны.

3. Северо-Западный район

Для Северо-Западного района характерно приморское положение у берегов Балтийского моря. Это один из наиболее промышленно развитых районов России. Промышленность — основная часть народнохозяйственного комплекса. Одной из ведущих отраслей промышленности Северо—Западного района является машиностроение. Здесь особенно развито трудоёмкое машиностроение. Сельское хозяйство играет подчинённую роль в экономике районов. Оно специализируеться на молочном и мясном животноводстве, а также на производстве овощей и льна.

4. Северный район

Этот район является основной сырьевой и топливно-энергетической базой европейской части РФ. Здесь производится 1/3 древесины, бумаги и целлюлозы России. Развита горнодобывающая промышленность. На Кольском полуострове и в Карелии добывается 1/4 железной руды, 4/5 сырья для производства фосфатных удобрений, значительная часть руд цветных металлов. На основе нефти на реке Ухте и газа в среднем течении Печоры развивается химическай промышленность. Запасы современного Печорского угольного бассейна составляет миллиарды тонн. По производству бумаги район занимает первое место в стране. В сельском хозяйстве животноводство преобладает над растениеводством. Турдра—это лучшие пастбища северных оленей.

5. Волго-Вятский район

В районе высокая плотность населения, поэтому район обеспечен трудовыми ресурсами. Специфика производственной структуры района сложилась под влиянием его географического положения и удобной транспортной сети. Район занимает важное место по производству автомобилей. Здесь находится Горьковский автозавод, который выпускает легковые и грузовые автомашины. Сельскоехозяйство — многоотраслевое, но оно лишь частично обеспечивает потребности района. Ведущее место принадлежит животноводству. Разводят крупный рогатый скот, овец, свиней.

6. Поволжский район

Промышленность—ведущая отрасль экономики района. Район выделяется автомобилестроением. В его пределах располагаются 2 самых мощных автообъединения России: Камское объединение по производству большегрузных автомобилей (" КамАЗ") и ВАЗ—производитель легковых автомобилей марки "Жигули". Кроме того, в Ульяновске выпускают автомобили марки УАЗ, в Энгельсе — троллейбусы. В Волгограде расположен крупнейший в стране тракторный завод. По производству автомобилей район занимает первое место в стране. Поволжский район — важный поставщик нефти, газа и продуктов их переработки. По добыче нефти и газа район занимает 2-е место в России после Западно-Сибирского экономического района. Поволжский район—крупная зерновая база России. Здесь выращивают рожь, озимую пшеницу, горчицу, сахарную свёклу.

7. Северо-Кавказский район

В структуре экономики Северного Кавказа промышленность и сельское хозяйство занимают приблизительно равные места. Район—один из нефтедобывающих и газодобывающих центров России. На основе цветных и редких металлов здесь развивается цветная металлургия. Особое место в экономике района принадлежит курортному хозяйству. Самые известные курорты : Пятигорск, Сочи и другие.

Северный Кавказ — крупнейшая сельскозозяйственная база страны. Выращиваются зерновые (пшеница, кукуруза и рис) и технические(свёкла, табак, подсолнечник и др.) культуры. Район славится овощеводством, садоводством и виноградарством. Выращивают чай. Животноводство, как и земледелие, многоотраслевое. Здесь развито овцеводство.

8. Уральский район

Уральский район рсположен на стыке европейской и азиатской частей России. Он является самой большой металлургической базой России. Чёрная и цветная металлургия — старейшие отрасли промышленного комплекса Урала, которые до сих пор занимают ведущее место в экономике района. Главные центры чёрной металлургии: Магнитогорский, Нижнетагильский, Челябинский и Орско-Халиловский (в Новотроицке) комбинаты. Цветная металлургия района имеет республиканское значение. Медная промышленность Урала производит в настоящее время около половины общего произвоюства красного металла России. По производству продукции тяжёлого машиностроения Урал занимает 1-е место в стране. Уральский заводы выпускают оборудование для горнодобывающей , химической , энергетической промышленности, селькохозяйственные машины, автомобили. Здесь располагаются такие крупные предприятия, как "Уралмаш", "Уралхиммаш", "Уралэлектротяжмаш", Челябинский тракторный, Уральский автомобильный и другие заводы. Сельское хозяйство развивается в южной части Урала, но оно занимает подчинённое место в экономике районе.

9. Западно-Сибирский район

Западно-Сибирский район — главная база России по добыче нефти и газа. Крупнейшие месторождения нефти находится в Томской и Тюменской областях. Главные месторождения газа находятся на севере района (Уренгойское, Мелвежье). Кузбасс— угольно-металлургическая база республиканского заначения. Главный центр чёрной металлургии — Новокузнецк. Цветная метуллургия представлена цинковым заводом (Белово), алюминиевым (Новокузнецк) и заводом, где обрабатывают олово (Новосибирск). В Западной Сибири достаточно хорошо развито селькое хозяйство. Юг района — один из основных зерновых районов России. Главные зерновые культуры земледелия— пщеница, сеют лён, подсолнечник и сахарную свёклу. Развито и животноводство.

10. Восточно—Сибирский район

Стержень современного хозяйстварайона района — электроэнергетика. Наиболее мощные тепловые электростанции в районе созданы на основе угля Канско—Ачинского бассейна. Восточная Сибирь выделяется крупнейшими в России гидроэлектростанциями: на Енисее — Красноярская и Саяно-Шушенская ГЭС, на Ангаре — Братскан, Усть-Илимская, Иркутская ГЭС. Район занимает первое место по запасам гидроэнергии в России. На основе электроэнергии здесь получили развитие цветная металлургия и лесная промышленность. По выплавке алюминия район занимает 1-е место в стране. Никелевый комбинат в Норильске известен во всей стране. Восточная Сибирь имеет неблагоприятные условия для развития селького хозяйства. Главная отрасль сельского хозяйства — животноводство. Живодноводство района представлено овцеводством в южных районах, оленеводством — в северных.

11. Дальневосточный район

Это самый большой по площади экономический район России. Специализация хозяйства Дальнего Востока — производство цветных металлов, добыча алмазов, рыбная, лесная и целлюлозно—бумажная промышленность и пушной промысел. Цветная металлургия представлена добычей олова, ртути, полиметаллических руд, вольфрама и их переработкой. В Якутии построены предприятия по обработке алмазов. Развивается добыяа нефти и природного газа на Сахалине. Ведущей отраслью промышленности является рыбная. Она занимает первое место среди всех 11 экономических районов России. Сельское хозяйство Дальнего Востока развито преимущественно на юге района, где выращивают сою, рис, овощи и катофель. Большое значение в животноводстве имеют оленеводство и пушное звероводство. На долю Дальнего Востока приходится половина поголовья северных оленей России.

12. Калининградская область

В Калининградской области расположен единственный в России незамерзающий порт на Болтике, здесь находится также главная база Балтийского флота России. В области развиты морская транспортировка, рыболовство, судостроение, судоремонт и туризм. На территории области находится крупнейшее в мире месторождение янтаря, здесь имеется более 90% мировых запасов янтаря, его добывают в единственном в мире янтарном карьере. Область является одним из ведущих регионов России по объёму привлечения иностранных инвестиций.

Слова из текста

принадлежать（кому-чему）[动,未]属于
мощность[阴]实力
многообразие 多样化
межрайонный 地区间的
степень[阴]程度,等级
урбанизация 都市化
базироваться[动,未]以……为基础
специализироваться[动,未]专门化
выпуск 生产
сложный 复杂的
нематериалоёмкий 非材料密集型的
наукоёмный 科技密集型的
хлопчатобумажный 棉织的
освоение 开采
сахарная свёкла 甜菜
комплекс 综合体
машиностроение 机械制造业
трудоёмкий 劳动密集型的
подчинённый 从属的
целлюлоза 纸浆
горнодобывающий 矿石开采的
Горьковский автозавод(ГАЗ)高尔基汽车制造厂
свинья 猪
автомобилестроение 汽车制造

Камское объединение по производству большегрузных автомобилей (КамАЗ) 卡马兹（卡马重型汽车制造联合公司）

ВАЗ — Волжский автомобильный завод 伏尔加汽车制造厂

Марка 品牌，商标

поставщик 提供者

переработка 加工

озимая пшеница 冬小麦

горчица 芥菜

нефтедобывающий 石油开采的

газодобывающий 天然气开采

табак 烟草

овцеводство 养羊业

садоводство 园艺

виноградарство 葡萄种植业

стык 接合处

комбинат 联合工厂

Уралхиммаш — Уральский завод тяжёлого химического машиностроения（Екатеринбург）乌拉尔重型化学机械厂

Уралэлектротяжмаш—Уральский завод электротяжёлого машиностроения 乌拉尔重型电机厂

олово 锡

выплавка 熔炼量

алюминий 铝

пушной промысел 毛皮兽驯养行业

поголовье(скота) 头数

незамеразающий порт 不冻港

рыболовство 捕鱼业

судостроение 造船业

судоремонт 船舶修理业

карьер 采矿场

привлечение иностранных инвестиций 吸引外资

Часть 2

Обзор городов

1. Москва

Москва находится в Центральном экономическом районе. Это столица России, город-герой, центр Московской области, город федерального значения, крупнейший в стране политический, культурный, промышленный и научный центр. По Всероссийской переписи 2002 г. население Москвы насчитывает 10,5 млн. человек. По численности населения Москва занимает 1-е место среди 13 городов-миллионеров России. Москва — один из древнейших городов России. Она была основана в 1147 г. Со второй половины 15 в, стала столицей единого русского государства. С перенесением столицы России в Санкт-Петербург (1712) Москва сохранила значение второй столицы России. С 12 марта 1918 г. Москва — столица РСФСР, с 30 декабря 1922 г. — столица СССР, с 25 декабря1991 г. — столица РФ. По производству продукции лёгкой и пищевой промышленности Москва занимает первое место в России. Москва — самый крупный транспортный узел строны. Отсюда отходят 11 направлений железных дорог и много автомобильных дорог, здесь есть речные порты, 4 аэропорта и метрополитен (с 1935 г.). В Москве находится высшие органы государственной власти России, Российская Академия наук (РАН). Здесь расположены свыше 80 вузов, свыше 60 профессиональных театров и свыше 70 музеев.

2. Воронеж

Воронеж — один из самых главных городов Центрально-Чернозёмного района, центр Воронежской области, расположен на берегах реки Воронеж, железнодорожный узел. Численность неселения на 1 января 2002 г. — 901 тыс. человек. Воронеж был основан в 1585 г. как препость для защиты южных границ России. Важную роль в развитиии города сыграли Азовские походы Петра I в конце 17 в. и постройка железной дороги Москва-Воронеж-Ростов в конце 19 в. Здесь имеются многочисленные машностроительные предприятии, где выпускают станки, самолёты, экскаваторы, изделия радиоэлектронной промышленности и др. В городе 9 вузов, 4 театра и 4 музеи.

3. Санкт-Петербург

Санкт-Петербург (Петербург, в1914—1924 гг. Петроград, 1924—1991гг. Ленинград) находится в Северо—западном экономическом районе России. Это второй по численности населения город строны, в нём насчитывается 4,7 млн. человек по Всероссийской переписи 2002 г., город-герой, центр Ленинградской области. Санкт-Петербург—важнейший промышленный, научный и культурный центр России, крупный транспортный узел, международный аэропорт(Пулково), морской (в Финском заливе) и речной (дельте Невы) порты. Меропólитен в Санкт-Петербурге действует с 1955 г. По размерам промышленного производства Санкт-Петербург также занимает второе место среди городов России. Здесь имеются предприятия почти всех отраслей машиностроения — судостроение, энергомашиностроение, приборостроение, радиоэлектроника и др. Кроме того, в городе развиваются чёрная и цветная металлургия, химическая, легкая и пищевая промышленность. Санкт-Петербург обладает большим количеством квалифицированных рабочих и специалистов, мощным научным потенциалом 400 научно-исследовательских институтов, 43 вузов и 86 средних специальных театров, 47 музеев. В городе более тысячи архитектурных памятников. Санкт-Петербург по праву считается одним из красивейших городов мира.

4. Мурманск

Мурманск (до 1917 г. Романов-на-Мурмане) — один из главнейших городов в Северном экономическом районе, горог— герой, центр Мурманской области, незамерзающий порт на берегу Кольского залива Баренцева моря, железнодорожный узел. Население города на 1 января 2002 г. составляет 366 тыс. человек. Мурманск — молодой город, он был основан в 1916 г. Теперь Мурманск уже стал важнейшим центром рыбной промышленности на Севере России, самым большим из заполярных городов в мире. Главные отрасли народного хозяйства Мурманска — рыбная и рыбно-перерабатыва ющая промышленность, судостроение, производство стройматериалов. Мурманск — это научный и культурный центр на Севере России. Здесь имеются 3 вуза, 3 театра, краеведческий и военно-морской музеи.

5. Нижний Новгород

Нижний Новгород (в 1932—1990 гг. Горький) находится В Волго-Вятском экономическом районе. Это крквпнейший город на Волге и четвёртый по численности населения город в России, центр Нижегородской области. Население города на 1 января 2002 г. насчитывает 1, 346 мнл. человек. Город был основан в 1221 г. В

1341—1392 гг. Столица Нижегородского-Суздальского княжества. В 19 веке — начале 20 века — важный торгово-финансовый центр страны. Теперь Нижний Новгород — крупный центр машиностроения и металлообработки. На Горьковском автомобильном заводе (ГАЗ) выпускают легковые машины марки "Волга". Кроме того, в городе расположены ряд предприятий чёрной и цветной металлургии, химической, легкой, пищевой и лесной промышленности. Метрополитен действует с 1985 г. Здесь имеются 9 вузов и 5 театров.

6. Волгоград

Волгоград (до 1925 г. Царицын, до 1961 г. Сталинград) — один из главных городов Поволжского района России, город-герой, центр Волгоградской области, порт на Волге, начальный пункт Волго—Донского судоходного канала, железнодорожный узел. Численность населения составляет 1,013 млн. человек на 1 января 2002 г. Город был основан в 1589 г, под названием Царицын (от речки Царица, впадающей в Волгу). В годы Великой Отечественноай войны, во время Сталинградской битвы город был полностью разрушен. Теперь он является крупнейшим городом Нижнего Поволжья. Здесь развиты машиностроение и металлообработка, чёрная и цветная металлургия, химическая, лёгкая и пищевая промышленность. Вблизи Волгограда находится Волжская ГЭС. В городе имеются 7 вузов, 5 театров, музей "Героям Сталинградской битвы" на Мамаевом кургане и т.д.

7. Ростов-на-Дону

Ростов-на-Дону (с 1796 г.) является одним из главных городов Северо-Кавказскаго района России, центр Ростовской области, железнодорожный узел. Численность населения города уже превысила 1 млн. человек (1 012 млн. человек на 1 января 2002 г.). Город был основан в 1749 г. как таможня и порт, в 1761 г. началось строительство крепости. С 1796 г. город начал носить название Ростов-на-Дону. Теперь это самый крупный промышленный, научный и культурный центр на юге России. Здесь развиваются машиностроение, авиационная, электротехническая, радиоэлектронная промышленность, химическая, лёгкая и пищевая промышленность. В городе 9 вузов, 4 театра и несколько музеев.

8. Екатеринбург

Екатеринбург (в 1924 — 1991 гг. Свердловск) — это крупный промышленный центр и железнодорожный узел Уральского района, центр Свердловской области. Город был основан в 1723 г. в связи со строительством металлургического завода и получил название по имени императрицы Екатерины I. Два века спустя он превратился в "столицу" Урала. Население города на 1 января 2002 г. составляет 1,26 млн. человек. Теперь Екатеринбург стал центром тяжёлого машиностроения. Здесь имеются заводы "Уралмаш", "Уралхиммаш", "Уралэлектротяжмаш", "Турбомоторный завод" и др. Развито камнерезное производство (завод "Уральские самоцветы"). Екатеринбург — научный и культурный центр Уральского экономического района. Здесь имеются Уральский центр РАН, 14 вузов (в том числе Уральский университет), 5 театров и несколько музеев.

9. Новосибирск

Новосибирск (в 1903 —1926 гг. Новониколаевск) —самый большой город в Западно-Сибирском районе России, центр

Новосибирской области, порт на реке Оби, железнодорожный узел. Метрополитен в городе действует с 1985 г., город-миллионер, население города на 1 января 2002 г. составляет 1 388 млн. человек. По численности населения Новосибирск занимает 3 место среди городов России. Новосибирск — молодой город. Он возник в 1893 г. как посёлок строителей Сибирской железной дороги. Благодаря выгодности экономико—географического положения на реке Оби, в узле железных дорог, ведущих на Урал, к тихому океану, в Казахстан и Кузбасс, он рос очень быстро и стал крупнейшим городом Сибири. Ведущие промышленные предприятия города — машиностроительные, производящие генераторы, тяжёлые станки и прессы, сельскохозяйственные машины, оборудование для горнодобывающей промышленности. Здесь находятся Сибирское отделение РАН, 13 вузов, 6 театров и несколько мудеев.

10. Красноярск

Красноярск — крупнейший город Восточной Сибири, центр Красноярского края, порт на Енисее, железнодорожный узел, население города на 1 января 2003 г. — 912 тыс. человек. Город возник в 1628 г. на месте крепости, построенной при впадении в Енисей его левого притока. Теперь Красноярск стал крупным промышленным центром Восточной Сибири. Завода "Сибтяжмаш" производит машины для металлургической, лесной и угольной промышленности. В городе производятся суда для плавания по Енисею, зерновые комбайны. Близ города находится Красноярская ГЭС. В Красноярске 9 вузов, 5 театров, краеведческий музей и Дом-музей В.И.Сурикова.

11. Владивосток

Владивосток — крупнейший город на Дальнем Востоке, центр Приморского края, морской и рыбный порт на Тихом океане, конечный пункт Транссирской железнодорожной магистрали. Население города на 1 января 2002 г. — 631 тыс. человек. Город был основан в 1860 г. Теперь здесь получили развитие отрасли промышленности, связанные с приморским положением города — судостроение, судоремонт и рыбопереработка. В городе находится уникальная фармацевтическая фабрика, которая производит лечебные препараты из лимонника, элеутерококка, морской капусты, корня женьшеня и пантов пятнистого оленя. Развивается также деревообрабатывающая, лёгкая и пищевая промышленность. Владивосток — база рыбного промысла, здесь развита добыча морепродуктов. В городе размещаются 8 вузов (в том числе Дальневосточный университет), 3 театра и 3 музея.

12. Калининград

Калининград — это незамерзающий порт России на берегу Балтийского моря, центр Калининградской области, железнодорожный узел, рыбопромысловая база. Насенение города на 16 октября 2002 г. — 430 тыс. человек. Город был основан в 1255 г. в качестве препости. До 1945 г. он был городом Восточной Пруссии и назывался "Кёнигсберг". В Калининграде 2 театра, музей янтаря и много архитектурных ансамблей средневековья.

Слова из текста

город—герой 英雄城
перенесение 迁移
пищевой 食品的
метрополитен 地铁
Российская Академия наук (РАН) 俄罗斯科学院
профессиональный 专业的, 职业的
крепость [阴] 堡垒, 要塞
походы 远征
постройка 建筑, 建造
краеведческий 地方志的
металлообработка 金属加工
курган 土丘
электротехнический 电子技术的
выгодность [阴] 有利
экономико-географическое положение (ЭГП) 经济地理位置
генератор 发动机
станок 车床
корень [阳] 根
панты 鹿茸
пятнистый олень 梅花鹿
деревообрабатывающий 木材加工的
морепродукты 海产品
размещаться [动, 未] 坐落, 分布
экскаватор 挖掘机
изделие 制品
радиоэлектронный 无线电电子的
насчитываться [动, 未] 拥有, 计有

энергомашиностроение 动力机械制造业
приборостроение 仪器制造
квалифицированный 高技能的
научно-исследовательский институт 科研所
заполярный 极圈内的
рыбно-перерабатывающий 鱼类加工的
пресс 压力机
приток 支流
уникальный 独一无二的
фармацевтический 制药的
лечебные препараты 医疗制剂
лимонник 五味子
элеутерококк 刺五加
морская капуста 海带

Приложение 4

Часть 1

ОБРАЗОВАНИЕ В РОССИИ

В России существуют старые образовательные традиции[1]. В настоящее время Россия по-прежнему справедливо считается одной из ведущих стран в области образования и научных исследований.

Школьное образование обязательно для всех, формы его многообразны[2]: есть обычные средние школы, а есть школы, которые обеспечивают более высокую подготовку по гуманитарным предметам или естественным наукам[3]. Большинство школ государственные, но есть и частные.

Где учиться—решают сами дети и родители. После 9-го класса можно пойти в ПТУ, техникум или колледж, чтобы получить профессиональную подготовку[4], а потом поступить в вуз такого же профиля, например, медицинский или педагогический. Частные школы привлекают многих состоятельных родителей[5], потому что в этих школах, как правило, есть бассейн, теннисный корт, детей могут привозить на микроавтобусах или машинах. Но стоит всё это дорого, и очень немногие могут себе позволить такое обучение.

После окончания средней школы те, кто желает получить высшее образавание, сдают вступительные экзамены в вузы[6]. Конкурс среди поступающих очень высокий[7], особенно в престижные вузы и на такие специальности, как экономика, юристика, менеджмент, иностранные языки и т.п. Чтобы успешно сдать экзамены и пройти по конкурсу[8], надо долго и тщательно готовиться. Нередко для этой цели приглашают репетиторов, что совсем не дёшево обходится родителям[9].

После 1917 года и до сих пор государственное образование, включая высшее, остаётся бесплатным. Но существует много платных учебных заведений[10] и платных отделений в университетах. Поступить в платный вуз гораздо легче, чем в бесплатный, и не только потому, что там более низкие требования на вступительных экзаменах, меньше конкурс — не все же могут платить деньги за обучение! Причина ещё в том, что государственные вузы имеют более давние традиции, проверенную систему подготовки специалистов, хороших педагогов и профессоров. Тем не менее, число негосударственных, т. е. платных вузов постоянно растёт.

В России не все студенты живут в общежитиях, а только те, кто приезжает из других городов. Многие студенты поступают в местные университеты и остаются жить у родителей. Это, конечно, намного дешевле, чем жить вдали от дома. Кроме Москвы и Санкт-Петербурга, есть прекрасные университеты и в других городах — например, в Новосибирске, Нижнем Новгороде, Владивостоке. Университеты являются научными и культурными центрами своего края. Почти во всех вузах обучаются и иностранные студенты, так как российские дипломы признаются во многих странах мира.

Конечно, не все российские школьники, которые оканчивают среднюю школу, поступают в вуз. Но, несмотря на экономические трудности, в стране увеличивается число студентов, как и число вузов.

Пояснения к тексту

1. образовательные традиции 教育传统
2. формы (его) многообразны. 形式多样
3. Есть школы, которые обеспечивают более высокую подготовку по гуманитарным предметам или естественным наукам. 有些学生把重点放在文科或理科教学上。
4. получить профессиональную подготовку 接受专业培训
5. Частные школы привлекают многих состоятельных родителей. 不少有钱的家长更喜欢私立学校。
6. вступительные экзамены в вузы 高考
7. Конкурс среди поступающих очень высокий. 考生竞争很激烈。
8. пройти по конкурсу (经过竞争) 被录取 (大学)
9. совсем не дёшево обходится радителям 对家长来说并不便宜
10. учебное заведение 学校

слова из текста

бассейн(-ы) 游泳池
бесплатный 免费的
вдали от кого-чего 离……很远
ведущий 领先的
Владивосток 海参崴
вступительные экзамены 入学考试
высшее образование 高等教育
гуманитарные предметы 文科课程
диплом(-ы) 毕业文凭
естественные науки 自然学科

колледж(-и) 专科学校
конкурс(-ы) 竞赛,选拔赛
край 地区
менеджмент 管理(专业)
микроавтобус(-ы) 小巴
негосударственный 非公办的,民办的
Нижний Новгород 下诺夫哥罗德
Новосибирск 新西伯利亚
общежитие 集体宿舍
педагог 教育家,教师
платный 收费的
подготовка 培训,造诣
позволить-позволять (кому что) 允许
престижный 有名望的
профессор 教授
профиль(-и) 专业方向
ПТУ(профессионально-техническое училище) 技工学校
репетитор(-ы) 家教
система 体制
состоятельный (кто и что) 有钱的人
специалист 专家
специкальность(-и) 专业
техникум(-ы) 中等技术学校
теннис 网球
теннисный корт 网球场
юристика 法律专业

Часть 2

Многонациональная культура россии

"На русской земле — наш творческий след. С русскими мы жизнь прошли, делясь языком, словарём, обычаем, моралью", — так говорил и писал классик татарской литературы[1] Габдулла Тукай.

Россия—многонационалтьная страна. На её территории сегодня проживает более 160 национальностей (по данным Государственного комитета статистики России и последней переписи населения страны[2] в 2002 г.), из них 80% (восемьдесят процентов) —русские. Среди других коренных народов России самые большие по численности— это татары, башкиры, чуваши, чеченцы.

Самые многонациональные регионы в Росси—Кавказ, Поволжье, Урал, а также Сибирь и Север, где проживает много малых народов. Многонациональными по составу жителей являются и крупные города — Москва и Петербург. После распада СССР многие жители СНГ — украинцы, белорусы, армяне, казахи, узбеки и другие — по-прежнему приезжают учиться и работать в Россию и нередко остаются здесь навсегда.

У каждого народа — своя культура, своя религия. На протяжении веков складывались особые национальные обычаи и традиции[3], рождались свои песни, танцы, игры, спортивные состязания. Собственные традиционные праздники каждый народ отмечает ярко и весело. На такие праздники всегда надевают национальные костюмы, готовят блюда национальной кухни. А песни и танцы, без которых не бывает праздника, отражают старинные легенды и были, передают надежды и мечты народа.

Особенность массовых праздников в России в том, что они часто бывают связаны с культурами разных народов. Мелодии , близкие и милые сердцу , сближают всех. Русские поют украинскую песню , а башкиры и украинцы — русскую . И никто не спрашивает : "Почему ?"

Исторически получилась так, что люди разных национальностей жили и работали вместе[4], общались, дружили , заимствовали друг у друга то , что нравилось. Например, в русском доме принято вешать на стену ковры, как это делают восточные народы, а русский самовар любят самые разные народы России. Сегодня на столе у русских может оказаться украинский борщ[5], узбекский плов[6], грузинский шашлык[7]. А русские застолье переняло некоторые традиции кавказского. Следует сказать и о смешанных межнациональных браках, которых немало в России. Например , папа — украинец , а мама — татарка , или отец — еврей , а мама — русская . В такой семье, безусловно, будут сохранятся лучшие традиции и обычаи двух народов.

Культура России, которая создавалась представителями разных национальностей, вышла далеко за рамки одного этноса и стала многонациональной. На протяжении всего 20-го века она развивалась и обогащалась. Стоит сказать[8] и о русском языке, который служил и служит взаимообогощению национальных культур, потому что на русский язык переводили и переводят произведения художественной литературы разных национальностей. Многие слова из языков других народов вошли в словарный состав русского языка. Языки всех народов России равноправны, но средством межнационального общения[9] является русский язык , который помогает решать задачи общегосударственного, экономического и культурного развития многонациональной страны.

Пояснения к тексту

1. классик татарской литературы 鞑靼文学经典作家
2. по данным Государственного комитета статистики России и последней переписи населения страны 根据俄罗斯国家统计局和最近一次人口普查的材料
3. На протяжении веков складывались особые национальные обычаи и традиции. 几百年来形成的独特的民族风俗和传统。
4. Исторически получилось так, что люди разных национальностей жили и работали вместе. 不同民族的人们同住同劳动是历史上形成的。
5. украинский борщ 乌克兰红菜汤
6. узбекский плов 乌兹别克手抓饭
7. грузинский шашлык 格鲁吉亚烤肉串
8. стоит сказать (о ком-чём) 值得一提
9. средство межнационального общения 民族交往的工具

Слова из текста

Быль-были 往事, 真事

брак 婚姻

смешанный брак 异族通婚

взаимовлияние 相互影响

взаимодействие 相互作用, 互动

житель-жители 居民

ковёр-ковры 地毯, 挂毯

колокольня 钟楼

легенда 传说

мечеть-мечети 清真寺

многонациональный 多民族的

обогащаться-обогатиться 变得丰富
общегосударственный 全国性
перенимать-перенять традиции 继承传统
представитель 代表
на протяжении 在……期间内
распад 解体
регион 地区
славарный состав 词汇
СНГ 独联体
СССР 苏联
средневековый 中世纪的
численность 数量,人数
шпиль 尖顶

Часть 3

О НЕКОТОРЫХ ПРАВИЛАХ ПОВЕДЕНИЯ

Традиционный рабочий день у современного человека состоит[1] из телефонных звонков, деловых и дружеских встреч, знакомств. А приветствие — это начало общения[2]. По русскому обычаю[3] здоровается первым тот, кто первым заметил знакомого. Слова: "Здравствуйте!", "Доброе утро!", "Добрый день!", "Добрый вечер!", "Приветствую вас (тебя)!" произносят с небольшим поклоном. Младший по возрасту[4] всегда должен приветствовать старшего, но при этом не должен спешить протягивать руку. При рукопожатии надо обязательно смотреть в глаза тому, кому протягивается рука.

Нередко приходится видеть, как русские при встрече и прощании обнимают друг друга и целуются. Иногда целуются троекратно, то есть три раза, по православному обычаю. В этом проявляется особое уважение и доверие к человеку, поэтому принято делать это только между родными и очень близкими друзьями.

В отношении женщин существуют особые правила поведения[5]. Например, мужчина первым приветствует женщину, а руку первой подаёт женщина. Сохранился обычай целовать руку замужней женщине в знак особого уважения, открывать перед женщиной дверь , пропускать её вперёд[6], уступать место в транспорте, помогать ей нести вещи и т. д.

Большое значение придаётся поведению в общественных местах[7]. Здесь требуется соблюдать порядок и тишину[8]. Если , например, видят знакомых в театре, на концерте или за соседним столом в ресторане, то не кричат издалека: "Здравствуйте!", а только улыбаются и кивают головой[9]. Вообще , у русских не принято в общественных местах громко разговаривать, смеяться, размахивать руками, поэтому приветствие на улице —это тоже лёгкий поклон без шумных восклицаний[10]. Если вы будете вести себя слишком шумно на улице, вас сочтут за некультурного человека[11].

Важное место в общении занимают комплименты. Они помогают установлению контакта, укрепляют и улучшают отношения между людьми. На работе комплименты делают друг другу не только коллеги, но и началиники своим подчинённым, особенно женщинам. В разговоре с родителями хвалят их детей, особенно когда рассматривают семейные фотографии. Важно, чтобы комплименты были искренними и приятными по форме, тогда они вызывают хорошую реакцию. Недаром в популярной песне, которую написал известный поэт Булат Окуджава, поётся так:

Давайте говорить друг другу комплименты — ведь это всё

любви счастливые моменты.

Пояснения к тексту

1. Рабочий день состоит из (чего)… 一天的工作都是……
2. Приветствие —это начало общения. 打招呼是交际的开始
3. по русскому обычаю 根据俄罗斯的习惯
4. младший по возрасту 年幼的
5. В отношении женщин существуют особые правила поведения. 对女性有一些特殊的礼节
6. пропускать (кого-что) вперёд 让……先行
7. общественные места 公共场所
8. соблюдать порядок и тишину 保持秩序和安静
9. кивать головой 点头
10. шумные восклицания 大声高呼
11. некультурный человек 没有教养的人

Слова из текста

замужняя женщина 有夫之妇
знак 符号
в знак (чего) 表示(什么)
коллега 同行
комплимент 称赞的话
начальник 上司, 上级
общение 交际, 交往
подчинённый 下级, 部下
поклон 鞠躬
популярный 流行的, 流传很广的
правила поведения 行为规则
протягивать руку 伸手

размахивать руками 挥手

реакция 反映

вызывать хорошую реакцию 引起良好反映

соблюдать 遵守

установление контакта 建立关系

Часть 4

ВЫ ИДЁТЕ В ГОСТИ

Если вы собрались в гости, то лучший подарок к любому случаю — цветы. Русские любят живые цветы, видимо, потому что холодное время года в России длится долго. А яркие и красивые цветы радуют глаз, поднимают настроение[1]. Дарить цветы принято в красивой упаковке, причём букет должен быть большим, что подчёркивает широту русской души и состоятельность человека[2]. Но количество цветов всегда должно быть нечётным[3]. Кроме цветов, можно выбрать в подарок шоколадные конфеты, торт или бутылку вина.

Когда вы войдёте в дом, то должны сначала поздороваться с хозяйкой, а потом с хозяином и другими членами семьи. Вам тут же предложат снять пальто, а, может быть, и поменять обувь — ведь на улице, чаще всего[4], бывает мокро и грязно.

Затем хозяева поведут вас в большую комнату к уже накрытому столу[5]. Русские любят посидеть за столом долго, поэтому образовалось такое слово, как "застолье", которое означает: сидеть за праздничным столом. Еды на столе должно быть много, так что накормят вас на славу. Конечно, будет и вино, и водка, и минеральная или какая-нибудь фруктовая вода. Самые традиционные тосты русского застолья: сначала пьют за встречу, потом — за праздник, за дружбу, за женщин, а в самом конце — за хозяев. За столом всегда шутят, смеются, рассказывают анекдоты, непринуждённо беседуют.

О чём говорят русские, когда собираются вместе? В отличие от других народов[6], например, англичан, русские не говорят в гостях о погоде, потому что считают, что эта тема не достойна внимания[7], она остаётся на тот случай, когда между людьми не получается разговора. Мало говорят о деньгах. Не принято также рассказывать о своих "гастрономических победах"[8], то есть где и сколько вам удалось поесть вкусных блюд. Но за столом обязательно нужно похвалить хозяйку за какое-нибудь блюдо, которое она приготовила своими руками.

Разговор очень часто ведётся о политике, об экономике, о литературе и искусстве, о последних новостях и интересных программах по телевидению. При этом высказывают разные мнения, горячо спорят. Считается, что интеллигентный человек[9] должен следить за культурной жизнью, читать книги, ходить в театры Но, конечно , русские любят поговорить и на бытовые темы[10]: расспрашивают друг друга о работе, о детях , о семейных делах, о здоровье, о том , где отдыхал , куда ездил и так далее.

Когда приходит пора прощаться, хозяева провожают гостей до порога. Принято подавать женщине пальто[11] и помогать ей надеть его. Обычно это делает хозяин дома или другие мужчины.

Если вы поживёте в России некоторые время и подружитесь с русскими, то, очень возможно, вас будут принимать просто, без всяких церемоний[12] — скорее всего[13], прямо на кухне. Не обижайтесь: это значит, что вы стали своим в русской среде[14]. Как пишет один современный писатель: "Для русских в этом нет ничего необычного — вы забежали к друзьям (можно и без приглашения), вас повели на кухню, достали из холодильника всё, что там есть. Сели, выпили, закусили — и бесконечные разговоры о самом главном".

Пояснения к тексту

1. поднимать настроение 提高情绪
2. подчёркивать состоятельность человека 显示着这个人是有钱的
3. чётное/нечётное количество(число) 双数/单数
4. чаще всего 一般,经常
5. накрытый стол 摆好酒菜的餐桌
6. в отличие от(кого-чего) 与……不同
7. Эта тема недостойна внимания 这种话题不值得去谈。
8. Не принято также рассказывать о своих "гастрономических победах". 不应大谈自己的"美食成就"。
9. интеллигентный человек 有知识,有教养的人
10. бытовые темы 日常生活话题
11. Принято подавать женщине пальто. 通常帮助女性穿大衣。
12. без церемоний 不讲究客气
13. скорее всего 很可能是,多半
14. стать своим в русской среде 融入俄罗斯社会

Слова из текста

англичанин(англичане) 英国人
анекдот 笑话
беседовать 谈话
бесконечный 没完没了的
блюдо 一道菜,一盘菜

букет 一束花
бутылка 瓶子
вино 葡萄酒
водка 伏特加
высказывать — высказать 说出，表达
длиться 延续
застолье 酒席
забежать-забегать 去一趟
закусывать-закусить 吃一点
кухня 厨房
минеральная вода 矿泉水
мнение 意见，看法
непринуждённо 无拘无束
нечётный 单数
обижаться 生气
обувь 鞋
политика 政治
порог 门槛
приглашение 邀请
программа по телевидению 电视节目
прщаться-проститься 告别

Часть 5

ПРАЗДНИКИ В РОССИИ

　　Один из самых старых и любимых праздников у русских — встреча Нового года. Праздник ждут все — и молодые, и старые. Ждут его, потому что новый год — это новая жизнь, новые надежды на всё хорошее.

К празднику все готовятся заранее. Заранее сочиняют тексты поздравлений родным и друзьям, посылают открытки, письма, пелеграммы, звонят по телефону, пишут по Интернету.

Этот праздник семейный, но могут пригласить на него близких друзей. По традиции должна быть ёлка. Первый тост принято произносить[1] за всё хорошее, что было в старом году. Под бой курантов[2] пьют шампанское за Новый год. Потом все поздравляют друг друга словами: " С Новым годом! С новым счастьем!" Так говорят, чтобы наступивший год принёс новые радости и новые успехи. Стараются в новогоднюю ночь быть весёлыми и добрыми. Есть такая примета: как встретишь Новый год, так его и проведёшь[3]!

В январе у русских много праздников: 1 - 2 числа — Новый год; затем Рождество Христово[4]— это православный праздник, который отмечают не 25 декабря, как в Европе, а 7 января. Заканчиваются новогодние праздники 13 января — в этот день встречают Новый год по старому стилю[5], поэтому и называют его "старый Новый год".

23 февраля —День защитника Отечества[6]. Раньше он носил название День Советской Армии, потому что 23 февраля 1918 года родилась Красная (позднее Советская) Армия. В народе про этот праздник говорят — "мужской день".

А потом наступает Женский день — 8 Марта. Традиция этого праздника — дарить женщинам цветы и подарки. Это делается не только дома, но и на работе. Кстати, в школах в этот день мальчики бывают особенно вежливыми с девочками. А женщины любят этот праздник, потому что 8-го Марта мужчины делают всю домашнюю работу сами. Даже праздничный обед будет приготовлен мужскими руками. В городском транспорте[7] вежливо предложат место[8] не только женщине, которой за сорок, но и совсем юной девушке.

1-е Мая широко отмечается в Китае. В России это тоже праздник Весны и Труда. Но теперь уже не устраивают демонстраций и народных гуляний[9], и каждый отмечает его по-своему. Чаще выезжают семьями за город на дачу, работают в саду и на огороде, ведь нужно использовать тёплые весенние дни!

Майские праздники продолжаются до 9-го Мая, когда вся страна торжественно отмечает День Победы. Герои этого праздника — ветераны войны[10]. Хотя их становится всё меньше, но самые крепкие из них по—прежнему приходят на встречи с друзьями и приводят своих детей и внуков. В России гордятся победой в Великой Отечественной войне[11] (1941—1945 гг.). Но люди не хотя войны и помнят, что она разрушила много городов и деревень, почти в каждый дом принесла горе — во время последней мировой войны[12] Россия потеряла более 20 миллионов человек.

В Китае многие помнят 7 ноября — годовщину Октябрьской революции[13]. Сейчас вместо этой даты отмечается День единства России[14] — 4 ноября. А государственным праздником[15] стал День России, который отмечается 12 июня.

Пояснения к тексту

1. призносить тост (за кого-что) 为……祝酒
2. под бой курантов 听着(克里姆林宫的)钟声
3. Как встретишь Новый год, так его и проведёшь! 新年的开头预示着全年的走势。
4. Рождество (Христово) (耶稣)圣诞节
5. по старому стилю 旧历
6. День защитника Отечества 祖国卫士节

7. городской транспорт 公交车
8. предложить место 让座
9. народное гулянье 游园
10. ветераны войны(卫国战争)老战士
11. Великая Отечественная война 伟大卫国战争
12. мировая война 世界大战
13. Октябрьская революция 十月革命
14. День единства России 俄罗斯团结日
15. государственный праздник 国庆

Слова из текста

вежливый 有礼貌的
ветеран 老战士,老资格的人
годовщина 周年
государственный 国家的
горе 苦难,痛苦
дача 别墅
демонстрация 游行
заранее 提前
защитник 保卫者
Интернет 因特网
использовать 利用,实用
конституция 宪法
крепкий 结实的
огород 菜园
отечество 祖国
отмечать-отметить 纪念,庆祝
поздравление 祝贺
православный 东正教的

примета 预兆, 迷信的说法

продолжаться-продолжиться 延续, 继续

разрушать-разрущить 破坏

торжественно 隆重

тост 祝酒词

шампанское 香槟酒

Часть 6

1. Новый год

  Новогодний праздник — это древняя традиция, которая в России повелась ещё со времени Петра 1 и живёт до сих пор.
  Новогодний праздник — это самый любимый, самый оптимистический праздник, праздник надежд. Дети ждут Деда Мороза, главного героя праздника, подарков, зимних каникул, а взрослые — новой мирной, радостной и счастливой жизни в новом году.
  К Новому году все готовятся заранее. В праздничные дни город необычен. В витринах магазинов, на площадках и в парках стоят нарядные ёлки. На улицах много людей. Они спешат закончить дела старого года, приготовиться к празднику — купить подарки детям, родным, друзьям. Но самое главное — купить красивую новогоднюю ёлку. Каждый хочет встречать Новый год около ёлки, поэтому самые многолюдные места в городе — это ёлочные базары. Опытные люди знают, что хорошую ёлку нужно купить и искусственную ёлку. Но можно ли её сравнить с настоящим деревом?
  Украшение ёлка — это огромное удовольствие для взрослых и детей, поэтому во многих домах ёлку наряжают всей семьёй.

Ёлочные игрушки можно купить в магазинах, но приятнее сделать их своими руками. Некоторые родители считают, что украшение ёлки — дело взрослых. Они украшают её, когда дети спят, чтобы сделать им сюрприз. Утром дети просыпаются и видят красавицу— ёлку. На ней разгоцветные шары, серебряный дождь, яркие игрушки, сладкие конфеты, мандарины. Но самый главный сюрприз — под ёлкой. Там подарки, которые принёс добрый Дед Мороз.

В эти праздничные дни на городских улицах часто можно увидеть удивительную картину. Около дома останавливается такси. Из него выходят странные пассажиры: старик с бродой в длинной белой шубе и шапке, с палкой и большим мешком и молоденькая девушка тоже в белой шубке и шапочке. Это традиционные новогодние герои — Дед Мороз и его внука Снегурочка. Дети собираются около машины. Они знают, что папа и мама "заказали" Дед Мороза по телефону, что в мешке подарки.

Вечером, когда усталые и счастливые дети уже спят, взрослые собираются за праздничным столом, чтобы проводить старый год. Обычно за столом вспоминают всё хорошее, что было в старом году. Нужно создать хорошее настроение, потому что есть примета: если Новый год встречаешь в хорошем настроении, тогда весь год будет счастливым.

Слова из текста

повестись 成为风俗
оптимистический 乐观的
Дед Мороз 圣诞老人
взрослый 成年人
витрина 商店的橱窗

нарядный 装扮得漂亮的
ёлка 枞树
базар 市场
искусственный 艺术的
наряжать 装饰,打扮
сюрприз 意想不到的礼物
шар 球
мандарин 橘子
такси 出租车
шуба 大衣
Снегурочка (童话中的)雪姑娘
заказать 预定
куранты (复)大钟
бой 钟声
эстрада 小型文艺节目
программа 节目

2. Международный день женский день 8 марта

8 Марта — Международный день женщин. Этот день дорог каждой женщине мира. Когда же появился этот праздник?

Копенгаген. 1910 год. II Международная конференция социалисток. В этой встрече принято участие около 100 делегаток от 17 стран. На конференции выступила немецкая коммунистка Клара Цеткин. Она предложила ежегодно проводить День солидарности трудящихся женщин всего мира, день солидарности в борьбе за равные с мужчинами экономические и политические права.

Первый Международный женский день отмечался в Германин, Австрии, Дании, Швейцарии, Америке в 1911 году. В разных странах он отмечался в различные числа, но всегда в марте. С каждым годом возрастало количество стран, в которых отмечался женский день. Впервые женщины разных стран отмечали свой праздник в один день 8 марта 1914 года. С тех пор и стало традицией отмечать его ежегодно 8 марта.

Международный женский день с 1965 года объявлен в Советском Союзе нерабочим днём. На предприятих и в клубах проводятся торжественные заседания и праздничные вечера, посвящённые чествованию советской женщины[1]. День 8 марта широко отмечается и как семейный праздник. Мужчины, юноши и мальчики готовят подарки всем женщинам своей семьи. Таким подарком может быть и сувенир для жены, и книги для сестры, и свои стихи, посвящённые любимой девушке[2].

Символом праздника стала веточка мимозы — первые цветы и первая зелень весны.

Пояснения к тексту

1. Вечера, посвящённые чествованию советской женщины. 庆祝苏联妇女的晚会。Посвящённый 是由动词 посвятить 构成的形动词。
2. стихи, посвящённые любимой девушке. 献给心爱姑娘的诗

Слова из текста

Копенгаген 哥本哈根(丹麦首都)
солидарность 团结
Дания 丹麦
чествование 庆贺
сувенир 礼物
веточка 枝条
мимоза 金合欢;含羞草
Швейцария 瑞士

3. День победы

Нет праздника дороже, чем День Победы. Каждая весна возвращает нас в тот незабываемый и долгожданный день 9 мая 1945 года .

Да, уже давно воостановлены разрушенные во время войны города и сёла. Но ещё не исчезли следы войны с нашей земли. До сих пор умирают от ран бывшие солдаты, до сих пор в лесах стоят израненные деревья и напоминают о войне заросшие травой окопы . Откройте любой семейный альбом, посмотрите на фотографии на стенах крестьянских домов. С этих фотографий на своих внуков глядят их молодые деды , чьи жизни оборвала война. Наверное, нет семьи, не потерявшей во время войны близкого человека. 20 миллионов советских людей погибло в эти страшные годы .

В это день, в день 9 Мая, когда деревья одеваются в первую зелень и распускают первые цветы весны , люди идут к памятникам и обелискам. Они несут цветы высеченным из камня танкистам и пехотинцам, лётчикам и артиллеристам, морякам и партизанам. Кажется, что все цветы земли лежат сегодня у подножия памятников тем, кто ценой жизни сохранил для нас мир и счастье .

Особенно многолюдно в Праздник Победы в Москве у могилы Неизвестного солдата . Это памятник всем , кто пал на полях сражений .

Сюда пришли те, кто дожил до этого счастливого дня, пройдя трудные дороги войны. Они надели ордена и медали. Сегодня они увидятся с фронтовыми друзьями. Традиционные встречи проходят в сквере у Большого театра, в Центральном парке культуры и отдыха имени А. М. Горького, у Центрального музея Вооружённых Сил. Фронтовики собираются по всей стране, почти во всех городах, почти во всех сёлах. Иногда этот день становится днём неожиданных встреч с теми, кого считали погибшими. Невозможно описать те чувства, которые испытывают в эти минуты пожилые и седые мужчины и женщины. На глазах слёзы: это слёзы печали и слёзы радости. Они вспоминают трудные годы войны, погибших друзей и радостные дни победы.

В 19 часов по всей стране наступает Минута молчания. Замолкают все радиостанции Советского Союза. В этот момент советский народ низко склоняет голову перед светлой памятью погибших в борьбе за свободу и независимость Родины.

Вечером над праздничной Москвой, над столицами всех союзных республик, над городами-героями гремит праздничный салют, как в тот исторический вечер 9 мая 1945 года в День Победы.

Слова из текста

восстановить 恢复
израненный 遍体鳞伤的
зарасти 长满草
окоп 战壕
альбом 照相册
оборвать 扯断, 弄断
распускаться 开放(指花等)
обелиск 纪念碑, 方尖碑
высеченный 刻出的
пехотинец 步兵
артиллерист 炮兵
подножие 台座, 根部
орден 勋章

медаль 奖章
склонять 低垂

4. Масленица

Конец февраля — начало марта. В центре России ещё зима. Даже в солнечные дни ещё по-зимнему холодно. Именно в эти предвесенние дни проходит в русских городах и деревнях весёлый праздник — Масленица .

Из всех современных праздников русского народа — этот праздник самый древний .

Прихода весны в России всегда ждали с большим нетерпением и радовались солнцу, теплу после холодной, долгой русской зимы. Кроме того, приход весны означал начало сельскохозяйственных работ. К этому празднику долго готовились: мыли дома, сжигали мусор. Во время праздника устраивали весёлые игры, катание с ледяных гор и, конечно, пекли блины. Почему именно блины? Потому что блин, круглый и румяный, по своей форме похож на солнце. В последний день праздника разжигали костры и сжигали Масленицу — чучело из соломы .

Раньше этот праздник начинался в понедельник, а кончался в воскресенье, т. е. длился целую неделю. Правда, после Октябрьской революции этот праздник стали уже забывать, отмечали его только в деревнях, и то не везде. А в конце 50-ых годов в Москве и в других городах городские советы и общественные организации начали устраивать празднование Масленицы .

Этот праздник и сегодня один из самых любимых в народе. Особенно он живописен в древнем русском городе Суздале. На площади среди соборов и церквей вырастает сказочный городок с торговыми рядами, эстрадой, аттракционами и горками. На эстраде весёлый концерт. В нём обязательно участвуют артисты цирка: жонглёры, клоуны, борцы, акробады. Они привезли с собой на праздник медведя — традиционного участника русских зимних праздников .

На празднике популярны различные конкурсы и викторины. Вопросы задают и серьёзные, и шуточные. Например, каков состав всех международных космических экипажей или сколько лет живёт золотая рыбка. Кто ответит на все двенадцать вопросов этой сложной викторины, тот получит в награду знаменитый тульский самовар или ... живого петуха. Для ловких и сильных тоже есть развлечение. Многие пробуют поднять на вытянутой руке пудовую (шестнадцатикилограммовую) гирю. Но не всем это удаётся. И уж только единицы могут подняться по абсолютно гладкому столбу до самой его верхушки .

По-прежнему встречают этот праздник блинами . Блины — это одно из самых вкусных блюд. Но в эти дни побробовать блины можно не только в гостях, но и в любом ресторане, в любом парке отдыха. В последние воскресные дни февраля и в первые воскресные дни марта люди собираются в городскх парках, чтобы принять участие в праздничных гуляньях, повеселиться , покататься на каруселях, на знамениных тройках в расписных санях по последнем снегу и, конечно, поесть блинов. Прямо на улицах стоят столы с кипящими самоварами и угощением — пряниками, баранками, пирожками .

Побывайте на этом празднике и вы поймёте смысл русской поговорки: " не житьё, а масленица " .

Слова из текста

Масленица 谢肉节；穿着妇女(或男人)服装的象征"谢肉节"的草人
мусор 垃圾
блин 发面煎饼
собор 大教堂，大礼拜堂
ряд 一排货摊
аттракцион 娱乐设备(秋千，旋转木马)
жонглёр 杂技手技演员
акробат 杂技技巧运动演员
викторина 知识答题游戏
экипаж (船，飞机，坦克等的)乘务组，机组
самовар 茶炊
карусель 旋转木马
расписной 彩绘的
пряник 蜜糖饼干
баранка 小面包圈
пирожок 小馅饼，煎包子，包子

5. Пасха

Пасха — это весений иудейский и христианский праздник. В иудаизме отмечается в честь "исхода" евреев из Египта. В празднование Пасхи привносится идея ожидания мессии. В христианстве праздник связан с мифом о воскресении Христа. Отмечается верующими в первое воскресенье после весеннего полнолуния.

Пасха празднуется неделю; начало приходится на 4 апредя — 8 мая нового стиля. Обрядовая сторона различна у разных народов.

Крашение яиц, приготовление куличей и творожной пасхи заимствовано из языческого праздника весны у древних славян.

Слова из текста

Пасха (耶稣教的)复活节
иудейский 古犹太的
христианский 信奉基督教的
иудаизм 犹太教
исход 离开某地(多指大群人)
еврей 犹太人
Египт 埃及
привноситься 带入,夹杂进去
мессия 救世主
миф 神话
воскресение 复活
Христ 耶稣
полнолуние 月圆时;〈天文学〉满月
крашение 染
кулич 圆柱形甜面包
языческий 多神教的
заимствовать 借用,采用

综合测试题

Билет No 1

1. Выберите правильные ответы（选择）

1) Россия расположена на материке _____ .
   - А. Африка
   - Б. Евразия
   - В. Австралия
   - Г. Америка

2) По числу жителей Россия занимает _____ место в мире.
   - А. второе
   - Б. четвёртое
   - В. седьмое
   - Г. Восьмое

3) Вторым по численности населения городом России является _____ .
   - А. Нижний Новгород
   - Б. Волгоград
   - В. Екатеринбург
   - Г. Санкт-Петербург

4) Самая большая металлургическая база России — это _____ .
   - А. Урал
   - Б. КМА
   - В. Москва
   - Г. Дальний Восток

5) По производству продукции лёгкой и пищевой промышленности _____ занимает первое место в России.
   - А. Москва
   - Б. Санкт-Петербург
   - В. Воронеж
   - Г. Ростов-на-Дону

6) Река Енисей впадает в _____ .

А. Тихий океан Б. Атлантический океан
В. Северный Ледовидый океан Г. Индийский океан

7) Самая длинная река в Европе — это _____ .

А. Обь Б. Лена
В. Волга Г. Енисей

8) Река Дон впадает в _____ .

А. Чёрное море Б. Каспийское море
В. Балтийское море Г. Азовское море

9) Река _____ соединяет большое Ладожское озеро с Финским заливом Балтийского моря.

А. Нева Б. Москва-река
В. Дон Г. Волга

10) Какая из следующих рек течёт с севера на юг? Река _____ .

А. Волга Б. Енисей
В. Лена Г. Обь

11) По верхнему и среднему течению _____ проходит государственная граница России с Китаем.

А. Лены Б. Амура
В. Северной Двины Г. Дона

12) _____ является (-ются)ся границей между Европой и Азией.

А. Уральские горы Б. Кавказские горы
В. Алтай Г. Тянь-Шан

13) Разница между Пекинским и Московским временем — это _____ , летом это разница _____ .

А. 4 часа , 3 часа Б. 4 часа , 5 часа
В. 5 часа , 4 часа Г. 5 часа , 6 часа

14) По запасам угля России занимает _____ место в мире.

А. первое Б. второе
В. третье Г. четвёртое

15) Москве около _____ лет, он был основан в _____ г.

А. 700, 1097 Б. 800, 1197
В. 860, 1147 Г. 900, 1097

16) Символом Москвы является улица _____ , название которого значит пригород в арабском языке.

А. Тверская ульца Б. Кольцевая аллея
В. Арбат Г. Горького

17) _____ — основоположник Москвы.

А. Владимир Б. Ярослав
В. Юрий Долгорукий Г. Пётр I

18) _____ называется городом белых ночей.

А. Санкт-Петербург Б. Мурманск
В. Екатеринбург Г. Новосибирск

19) _____ область отделена от главной часть територии России.

А. Ленинградская Б. Архангельская
В. Курская Г. Калининградская

20) Самая западная точка России расположена в _____ область.

А. Калининградской Б. Ленинградской
В. Саратовской Г. Тульской

21) Город Сталинград был переименован в бывше назване _____.

А. Саратов Б. Ростов
В. Волгоград Г. Уфа

22) В _____ со своим самоваром не ездят.

А. Тулу Б. Санкт-Петербург

В. Москву Г. Сочи

23) _____ раньше были частью территории Китая.

А. Хабаровск, Владивосток и Благвещенск

Б. Хабаровск, Владивосток и Новосибирск

В. Благвещенск, Находка и Иркутск

Г. Владивосток, Хабаровск и Иркутск

24) Самой главной религией в России является _____.

А. христианство Б. ислам

В. православие Г. Буддизм

25) В 1812 году в России произошла Отечественная война против нашествия _____.

А. Турции Б. Польши

В. Швеции Г. Франции

26) Первобытным верованием у восточных славян было (был) _____.

А. язычество Б. христианство

В. ислам Г. шаманизм

27) Первым царем России был _____.

А. Иван I Б. Иван II

В. Иван III Г. Иван IV

28) Последним царем в династии Рюриковичей был _____.

А. Иван Калита Б. Иван II

В. Иван III Г. Иван Грозный

29) Власть династии Рюриковичей продолжалась около _____ лет.

А. 700 Б. 800

В. 900 Г. 1 000

30) Восстание _____ в 1773—1775 гг. было крупнейшим в истории России антифеодальным, которое описал А. С. Пушкин в

своём романе 《Капитанская дочка》.

  А. Пугачёва   Б. Разина

  В. Степана   Г. Болотникова

 31) Встание Декабристав произошло в _____ году.

  А. 1812   Б. 1825

  В. 1905   Г. 1917

 32) Рабочие назвали дени 9 января _____ г. "кровавым воскресеньем".

  А. 1825   Б. 1905

  В. 1917   Г. 1918

 33) Две буржуазные революции были в _____ и _____ годах.

  А. 1812, 1825   Б. 1825, 1905

  В. 1905, 1917   Г. 1917, 1918

 34) После октябрьской революции в Петрограде началось восстание в городе _____.

  А. Волгограде   Б. Москве

  В. Екатеринбурге   Г. Курске

 35) Во время Великой Отечественной войны главным генералом был _____.

  А. Кутузов   Б. Жуков

  В. Фрунзе   Г. Брежнев

 36) _____ Во время второй мировой войны развеяла миф о непобедимости гитлеровской армии.

  А. Сталиннрадская битва   Б. Курская битва

  В. Московская битва   Г. Ленинградская битва

 37) Для немецев _____ битва в СССР стала первым поражением во второй мировой войне.

  А. Московская   Б. Курская

В. Ленинградская   Г. Сталинградская

38) _____ является одним из крупнейших всенародных праздников России—День победы.

А. 23 февраля   Б. 7 мая
В. 9 мая   Г. 2 сентября

39) В _____ году в СССР был запущен первый в мире искусственный спутник Земля.

А. 1956   Б. 1957
В. 1955   Г. 1961

40) СНГ образовался _____ 1991 года.

А. 8 декабря   Б. 21 декабря
В. 25 декабря   Г. 30 декабря

41) В РФ _____ .

А. 45 областей   Б. 46 областей
В. 49 областей   Г. 50 областей

42) В РФ _____ .

А. 1 автономная область   Б. 2 автономные области
В. 3 автономные области   Г. 4 автономные области

43) В РФ _____ .

А. 5 автономных округов   Б. 6 автономных округов
В. 10 автономных округов   Г. 15 автономных округов

44) Сколько городов федерального значения в России?

А. 2 города   Б. 3 города
В. 4 города   Г. 5 городов

45) Последний генеральный секретарь ЦК КПСС, первый единственный приезидент СССР _____ начал весной 1986 г. перестойку.

А. Хрущёв   Б. Брежнев
В. Горбачёв   Г. Ельции

46) Первым приезидентом РФ был _____.
   А. Горбачёв   Б. Брежнев
   В. Ельции   Г. Путин

47) Перестройка в СССР началась с 1985 при _____.
   А. Л. Брежнев   Б. Ю. Андропове
   В. К. Черненко   Г. М. ГорбачёвПутин

48) Законодательную власть на федеральному уровне в России осуществляет _____.
   А. Федеральное собрание (парламент)
   Б. Правительство
   В. Система судов
   Г. Государственная дума

49) Исполнительную власть в России осуществляет _____.
   А. Совет федерации   Б. Государственная дума
   В. правительство   Г. парламент

50) Лозунг "мировое сосуществование" был выдвинут (кем)?
   А. И. Сталиным   Б. Н. Хрущёвым
   В. Л. Брежневым   Г. М. Горбачёвым

51) Что значит слово "зелёные" в предложении "Есть ли у вас зелёные"?
   А. Рубль.
   Б. Евро.
   В. Китайский юань.
   Г. Американский доллар.

52) Что значит "чёрная работа"?
   А. Работа с углем.
   Б. Работа с нефтью.
   В. Грязную, тяжёлую, физическую работу, не трубующую особого умения и знаний.

Г. Работу умственную.

53) _____ это символ ума в России.

    А. сова   Б. орёл

    В. петух   Г. лиса

54) Жест "прижимать палец к губам" может выразить призыв _____.

    А. к сомнению

    Б. к шуму

    В. к тишине, к молчанию

    Г. к незнанию

55) Русский жест "приложить палец к лбу или к голове" обозначает: _____.

    А. сыт по горло

    Б. пьяный

    В. сомнению

    Г. высокую оценку умственных способностей

56) Русский жест "пожать плечами" значает _____.

    А. сомневаться, не знать

    Б. Глубый, ненормальный, сумасшедший

    В. пьяный

    Г. сыт по горло

57) _____ служит у русских символом Рождества и Нового года.

    А. Берёза   Б. Ель

    В. рябина   Г. дуб

58) _____ — это русская деревянная игрушка, полая внутри, в которую вкладываются такие же куклы меньшего размера.

    А. Матрёшка   Б. Сарафан

В. Кукла   Г. Змея

59) В российской кухне первое блюдо на обед —_____.

　　А. супы   Б. мясо
　　В. сладкое   Г. напитки

60) _____ — это языческий праздник конца зимы и начала весны, длящийся семь дней — с понедельника по воскресенье.

　　А. Рождество   Б. Новый год
　　В. Пасха   Г. Масленица

61) Русский язык относится к семье _____ языков.

　　А. индоевропейских   Б. тибетских
　　В. индийских   Г. алиайских

62) Кто создал первую научную грамматику русского языка?

　　А. А. С. Пушкин.   Б. М. В. Ломоносов.
　　В. В. И. Даль.   Г. В. А. Жуковский.

63) 4 октября _____ совершился запуск в СССР первого в мире искуственного спутника Земли.

　　А. 1957   Б. 1958
　　В. 1959   Г. 1960

64) _____, известный как автор 《Толкового словаря русского языка》, был по профессии врачом.

　　А. Даль   Б. Ожегов
　　В. Пушкин   Г. Менделеев

65) В 1904 году русский физиолог _____ получил Нобелевскую премию по физиологии и медицине за работу по физиологии пищеварения, благодаря которой было сформировано более ясное понимание жизненно важных аспектов этого вопроса.

　　А. Менделеев   Б. Павлов
　　В. Ломоносов   Г. Пастернак

66) В 1990 году президент СССР _____ получил

Нобелевскую премию за ведущую роль в мировом процессе, который характеризует важную составную часть жизни международного сообщества.

  А. Горбачёв   Б. Ельцин
  В. Брежнев   Г. Путин

67) Первый университет в России _____ был создан 1755 году. Теперь этот университет носит имя своего основателя.

  А. МГУ   Б. МГТУ
  В. ЛГУ   Г. ЛГТУ

68) Известностью пользуются спортивные сооружения Москвы. В _____ году Москва стала столицей Игр 22 Олимпиады.

  А. 1980   Б. 1984
  В. 1988   Г. 1992

69) В России ежегодно 1-ого сентября отмечается День _____.

  А. учителя   Б. знаний
  В. независимости   Г. защитника

70) 12 июня в России отмечают _____.

  А. День учителя   Б. День знаний
  В. День независимости   Г. День конституции

71) _____ считается у русских самым большим праздником в году, великим днём, светлым воскресенье.

  А. Пасха   Б. Масленица
  В. День победы   Г. День знаний

72) _____ —второй по значимости после Пасхи праздник православного календаря.

  А. Рождество   Б. Пасха
  В. Троица   Г. Масленица

73) _____ —это языческий праздник конца зимы и начала

весны, длящийся семь дней—с понедельника по воскресенье.

    А. Рождество   Б. Новый год

    В. Пасха   Г. Масленица

74) Пара, прожившая в браке двадцать пять лет, празднует так называемую _____ свадьбу.

    А. серебряную   Б. Золотую

    В. бумажную   Г. бронзовую

2. Заполните пропуски (填空)

1) Граница России с _____ самая протяженная.

2) По запасам лесных ресурсов Россия занимает _____ место в мире.

3) По количеству добываемой пушнины Россия занимает _____ место среди всех государст в мира.

4) Россия — _____ по площади страна на земном шаре, её территория — 17,075 млн. км^2.

5) В состав Российской Федерации входит _____ субъектов.

6) По данным последней Всероссийской переписи на 16 октября 2002 г. население Российской Федерации насчитывало _____ млн. Человек.

7) Самая большая природная зона России—это зона _____.

8) Среди технических культур по производству картофеля Россия занимает _____ в мире.

9) По площади самый большой экономический район России—это _____.

10) По производству бумаги Северный район занимает _____ место в России.

Билет No 2

1. Выберите правильные ответы(选择)

1) На материке Россия граничит с _____ государствами.
   А. 12　　　　　　　　Б. 13
   В. 8　　　　　　　　　Г. 14

2) По долготе Россия делится на _____ часовых поясов.
   А. 12　　　　　　　　Б. 11
   В. 8　　　　　　　　　Г. 10

3) Площадь РФ равняется 17 миллонам кв. км. и поэтому по площадь РФ занимает _____ место в мире.
   А. первое　　　　　　Б. Второе
   В. третье　　　　　　Г. четвёртое

4) Самое глубокое и самое крупное озеро мира находятся в России. Это _____.

   А. Каспийское море и озеро Зайсан

   Б. озеро Байкал и Каспийское

   В. Ладожское озеро и Онежское озеро

   Г. озеро Зайсан и озеро Ильмень

5) Россия граничит с _____ странами.
   А. 12　　　　　　　　Б. 13
   В. 14　　　　　　　　Г. 15

6) Граница России с _____ —самая протяженная.
   А. Китаем　　　　　　Б. Монголией
   В. Украиной　　　　　Г. Казахстаном

7) Государственный фраг РФ является полотнищем с _____, _____ и _____ горизонтальными полосами.

    А. белой, зелёной, красный   Б. белой, зелёной, розовой
    В. белой, синей, розовой   Г. белой, синей, красный

8) На государственном гербе РФ—это _____ .
    А. медведь   Б. двуглавый орёл
    В. берёза   Г. молот и серп

9) Музыка Государственного гимна Россия написана _____ .
    А. М.И.Глинкой   Б. М.П.юМусоргским
    В. А.В.Александровым   Г. Д.Д.Шостаковичем

10) Река-матушка России— _____ .
    А. Енисей   Б. Волга
    В. Обь   Г. Лена

11) Река _____ делит территорию России на почти две равные части.
    А. Лена   Б. Обь
    В. Енисей   Г. Амур

12) По запасам газа России занимает _____ место в мире.
    А. первое   Б. второе
    В. третье   Г. четвёртое

13) Санкт-Петербургу около _____ лет, он был основан в _____ г.
    А. 300, 1653   Б. 300, 1703
    В. 400, 1756   Г. 450, 1803

14) _____ —основатель города Санкт-Петербурга и рефарматор России.
    А. Петр1   Б. Петр2
    В. Иван Калита   Г. Иван Грозный

15) _____ течёт через Москву.
    А. Москва-река   Б. Дон

В. Обь Г. Лена

16) Река _____ течёт через Санкт-Петербург.

А. Нева Б. Дон

В. Енисей Г. Амур

17) _____ называется кольбелью трёх революций : 1905 , февральской и отктябрьской 1917 г .

А. Москва Б. Волгоград

В. Санкт-Петербург Г. Самара

18) _____ в России называется "окном в Европу".

А. Санкт-Петербург Б. Москва

В. Волгоград Г. Екатеринбург

19) Город Горький был переименован в бывше назване _____ .

А. Рязань Б. Нижний Новогрод

В. Екатеринбург Г. Чита

20) Город Свердловск был переименован в бывше назване _____ .

А. Челябинск Б. Тверь

В. Екатеринбург Г. Тюмен

21) _____ —крупнейший незамерзающий морской порт в полюсе в России.

А. Мурманск Б. Санкт-Петербург

В. Москва Г. Сочь

22) _____ называется северной Венецией.

А. Мурманск Б. Санкт-Петерпург

В. Москва Г. Екатеринбург

23) В _____ веке при Владимире Русь приняла христианство.

А. 9 Б. 10

В. 11   Г. 12

24) Главнокомандующим войск России во время Отечественной войны 1812 г. был _____.

     А. А.В.Суворов   Б. М.И.Кутузов
     В. Г.К.Жуков   Г. В.И.Чайко

25) Самый известный туристсческий город на Чёрном море — это _____.

     А. Сочи   Б. Санкт-Петербург
     В. Москва   Г. Казань

26) Власть династии Рюриковичей продолжалась около _____ лет.

     А. 700   Б. 800
     В. 900   Г. 1 000

27) В период княжния _____ визатийский двуглавый орёл стал великокняжеским гербом.

     А. Ивана I   Б. Ивана II
     В. Ивана III   Г. Ивана Грозново

28) Начало государства Руси связывается с основанием города _____, называнного "матерью русских городов".

     А. Киева   Б. Москвы
     В. Петрограда   Г. Екатеринбурга

29) В 1703 г. русские войска взяли у Швеции все течение реки _____, и здесь было положено основание Петербурга, который в 1712 г. стал столицей России.

     А. Невы   Б. Северной Двины
     В. Москвы-реки   Г. Дона

30) Война между Россией и Швецией в первой четверти XVIII в. называлась Северной войной. Она продолжалась _____.

     А. 19 лет   Б. 20 лет

В. 21 год Г. 22 года

31) Период иностранной интерверции и гражданской войны длился с мая _____ г. до ноября _____ г. , на Дальнем востоке даже до конца _____ г..

 А. 1918, 1920, 1922   Б. 1918, 1919, 1920

 В. 1917, 1918, 1920   Г. 1917, 1918, 1922

32) В _____ году был создан СССР.

 А. 1917   Б. 1918

 В. 1922   Г. 1930

33) 15 Мая _____ года в 7 часов Московское метро начало служить Москвичам и гостям столицы.

 А. 1930   Б. 1935

 В. 1940   Г. 1945

34) Во время иностранной интервенции в 1918—1920 годах главным командиром был _____ .

 А. Кутузов   Б. Жуков

 В. Фрунзе   Г. Брежнев

35) Во время Отечественной войны 1812 г. главным командиром был _____ .

 А. Кутузов   Б. Жуков

 В. Фрунзе   Г. Брежнев

36) Три главные битвы во время Великой Отечественной войны _____ , _____ , и _____ битва.

 А. Московская , Сталинградская , Курская

 Б. Московская , Сталинградская , Ленинградская

 В. Сталинградская , Ленинградская , Курская

 Г. Сталинградская , Курская , Туриская

37) Блокада Ленинграда во время Второй мировой войны длилась _____ .

А. 300 дней   Б. 700 дней

В. 900 дней   Г. 1000 дней

38) После Великой Отечественной войны в СССР _____ городов получили название "город—герой".

А. 8   Б. 9

В. 11   Г. 12

39) Декабристы по происхождению были, в основном, _____.

А. молодым казакам

Б. интеллигентами-разночинцами

В. молодыми офицерами из дворянских семей

Г. простыми горожанами

40) _____ лет длилось татаро-монгольское иго в истории России.

А. 100   Б. 200

В. 240   Г. 480

41) РФ состоит из _____ объектов, в том числе республик, краёв, областей, автономных областей, автономных округов и городов федерального значения.

А. 86   Б. 90

В. 91   Г. 89

42) _____ государств вошли в СНГ.

А. 9   Б. 10

В. 11   Г. 12

43) В РФ _____.

А. 19 Республик   Б. 20 Республик

В. 21 Республика   Г. 22 Республики

44) В РФ _____.

А. 5 краёв   Б. 6 краёв

В. 7 краёв   Г. 8 краёв

45) В июле 1996 г. во втором туре переизбирания президента России _____ победил.

   А. Горбачёв   Б. Ельции
   В. Хрущёв   Г. Путин

46) Какой вариант правильный по времени?

   А. Хрущёв, Брежнев, Андропов, Черненко, Горбачёв.
   Б. Брежнев, Хрущёв, Андропов, Черненко, Горбачёв.
   В. Хрущёв, Брежнев, Черненко, Андропов, Горбачёв.
   Г. Брежнев, Хрущёв, Черненко, Андропов, Горбачёв.

47) По новой конституции президент избирается на _____ всеобщим голосованием и не более чем на _____ подряд.

   А. 4 года, 2 срока   Б. 3 года, 2 срока
   В. 4 года, 1 срок   Г. 3 года, 1 срок

48) СНГ означает _____ независимых государств.

   А. Совет   Б. Союз
   В. Содрудничество   Г. Содружество

49) Главой государства России является _____.

   А. генеральный секретарь   Б. премьер — министр
   В. президент   Г. министр

50) Основная законодательная власть в России принадлежит Федеральному собранию, состоящему из двух палат : _____ и _____.

   А. Верхией палаты, Нижней палаты
   Б. Верховного совета, Нижней палаты
   В. Совета федерации, Государственной думы
   Г. Верхнего совета, Государственной думы

51) Сколько цветов можно дарить по обычаям русских?

   А. 2, 4, 6, 8, 10.

Б. Цветы у русских дарить не приятно.

В. 1,3,5,7,9 (любое нечётное количество).

Г. Только 7.

52) Что значит в русском языке "ежать зайцем"?

   А. Трусливый пассажир едет на автобусе.

   Б. Слепой пассажир едет на автобусе.

   В. Пассажир едет с месячным проездным билетом.

   Г. Пассажир едет без билета.

53) Русский жест "крутить пальцем у виска" означает: _____.

   А. глупый, ненормальный, сумасшедший

   Б. чтобы избежать неприятностей

   В. сомневаться, не знать

   Г. пьяный

54) Русский жест "плюнуть три раза через левое плечо, сопровождая это звуком «тьфу, тьфу, тьфу»" значит: _____.

   А. чтобы избежать неприятностей

   Б. глупый, ненормальный, сумасшедший

   В. сомневаться, не знать

   Г. приглашение выпить

55) Русский жест _____ имеет значение "приглашение выпить" или "пьяный".

   А. Провести рукой по шее

   Б. щёлкать пальцем по шее

   В. крутить пальцем у виска

   Г. плюнуть три раза через левое плечо

56) Русский жест _____ имеет значение "сыт по горло".

   А. щёлкать пальцем по шее

   Б. Провести рукой по шее

В. плюнуть три раза через левое плечо

Г. пожать плечами

57) Если знакомят мужчину и женщину, то русские сначала представляют _____ .

   А. мужчину женщине

   Б. женщину мужчине

   В. мужчину женщине или женщину мужчине, это всё равно

   Г. русские не обращают на этот этикет

58) Когда говорят《Какой он певец!》и _____ , это значит《плохого певца》.

   А. машут рукой   Б. пожимают плечами

   В. разводит руками   Г. грозят пальцем

59) Дерево _____ —это символ Родины России и русской девушки.

   А. Берёза   Б. Ель

   В. рябина   Г. дуб

60) Пара, прожившая в браке двадцать пять лет, празднует так называемую _____ свадьбу.

   А. серебряную   Б. золотую

   В. бутажную   Г. бронзовую

61) _____ является основоположником современного литературного русского языка.

   А. А.С.Пушкин   Б. М.В.Ломоносов

   В. Д.И.Менделеев   Г. Н.В.Гоголь

62) 12 апреля _____ года произошёл полёт Ю. Гагарина в космос.

   А. 1947   Б. 1961

   В. 1976   Г. 1978

63) _____—создатель ядерного оружия, академик АН СССР, (1907—1966), которого называют отцом атомной бомбы.

  А. Жуковский   Б. Ломоносов

  В. Курчатов   Г. Циолковский

64) По указу Петра I в _____ году была образована Академия наук России.

  А. 1724   Б. 1725

  В. 1703   Г. 1803

65) В России _____ считают отцом русской науки.

  А. Меделеева   Б. Ломоносова

  В. Жуковского   Г. Циолковского

66) В России _____—отец русской авиации.

  А. Жуковский   Б. Циолковский

  В. Курчатов   Г. Ломоносов

67) _____—отец русской космонавтики в России.

  А. Циолковский   Б. Курчатов

  В. Жуковский   Г. Менделеев

68) _____ русские отмечают День конституции.

  А. 12 июля   Б. 12 июня

  В. 7 ноября   Г. 12 декабря

69) Когда русские отмечают _____, у них принято поздравлять друг друга, обмениваясь словами: 《Христос воскрес!》—《Воистину воскрес!》.

  А. Пасху   Б. Новый год

  В. Рождество   Г. Масленицу

70) 7 ноября в России отмечают _____.

  А. День национального примирения и согласия

  Б. Мужской день

  В. День победы

Г. Рождество

71) День примирения и согласия, ранее праздновавшийся как очередная годовщина _____ (7 и 8 ноября).

 А. Дня победы
 Б. Великой октябрьской социалистической революции
 В. Дня конституции
 Г. Дня независимости

72) В России ежегодно 9-ого мая отмечается День _____.

 А. учителя   Б. независимости
 В. победы   Г. консьтуции

73) В российский кухне первое блюдо на обед — _____.

 А. супы   Б. мясо
 В. сладкое   Г. напитки

2. Заполните пропуски (填空)

1) По долготе Россия делится на _____ часовых поясов.

2) Самая длинная река Европы находится в России. Это _____.

3) _____ горы разделяют Россию на европейскую и азиатскую части.

4) По запасам природного газа Россия занимает _____ в мире.

5) Самое большое озеро в мире находится в России — это _____ (площадь 376 тыс. м^2).

6) Самая длинная река в России — _____ (длина 4 400 км).

7) Самым распространенными религиями среди верующего населения России являются _____, _____, _____.

8) По производству хлебного растения _____, _____,

_____ и _____ Россия занимает первое место в мире.

9) По производству продукции тяжелого машиностроения Урал занимает _____ в России.

10) По производству хлопчатобумажеых и льняных тканей Центральный район занимает _____ место в России.

综合测试题答案

Ответы к билету No 1

一、选择题
1.Б 2.В 3.Г 4.А 5.А 6.С 7.В 8.Г 9.А 10.А 11.Б 12.А
13.В 14.А 15.В 16.В 17.В 18.А 19.Г 20.А 21.С 22.А 23.А
24.В 25.В 26.Г 27.Г 28.Г 29.А 30.А 31.Б 32.Б 33.В 34.Б
35.Б 36.В 37.А 38.В 39.В 40.В 41.В 42.А 43.В 44.А 45.В
46.В 47.Г 48.А 49.В 50.Б 51.Г 52.В 53.А 54.В 55.Г 56.А
57.Б 58.А 59.А 60.Г 61.А 62.Б 63.А 64.А 65.Б 66.А 67.А
68.А 69.Б 70.В 71.А 72.А 73.Г 74.А

二、填空题
1. Казахстаном 2. первое место 3. первое 4. самая большая
5. 89 6. 145,2 7. леса 8. первое
9. Дальневосточный 10. первое

Ответы к билету No 2

一、选择题
1.Г 2.Б 3.А 4.АБ 5.В 6.Г 7.Г 8.Б 9.В 10.Б 11.В 12.А
13.Б 14.А 15.А 16.А 17.В 18.А 19.Б 20.В 21.А 22.Б 23.Б
24.В 25.А 26.А 27.В 28.А 29.А 30.Б 31.А 32.В 33.Б 34.В
35.А 36.А 37.В 38.В 39.В 40.В 41.Г 42.Г 43.В 44.Б 45.Б
46.А 47.А 48.Г 49.В 50.В 51.В 52.А 53.А 54.А 55.Б 56.Б
57.А 58.Б 59.А 60.Г 61.А 62.Б 63.В 64.А 65.Б 66.А 67.А
68.Г 69.А 70.А 71.Б 72.В 73.А

二、填空题
1. 11 2. Волга 3. Уральские
4. первое 5. Байкал 6. лена
7. провославная, мусульманская, буддийная
8. ячмена, овса, гречиха и ржи 9. первое 10. первое

参考文献

[1] 吴国华.俄罗斯语言国情辞典[M].北京:现代出版社,2000.
[2] 王辛夷,褚敏.俄语学习背景知识[M].北京:北京大学出版社,2000.
[3] 吴国华.俄语与俄罗斯文化[M].北京:军事译文出版社,2000.
[4] 吴克礼.当代俄罗斯社会与文化[M].上海:上海外语教育出版社,2001.
[5] 吴克礼.俄罗斯概况[M].上海:上海外语教育出版社,2006.
[6] 李英男,等.俄罗斯历史之路——千年回眸[M].北京:外语教学与研究出版社,2002.
[7] 李英男,戴桂菊.俄罗斯地理[M].北京:外语教学与研究出版社,2005.
[8] 戴桂菊,李英男.俄罗斯历史[M].北京:外语教学与研究出版社,2006.
[9] 李英男.语言与文化[M].北京:人民教育出版社,2006.
[10] 张鸿瑜.旅游俄语[M].北京:人民教育出版社,2006.
[11] 陈国亭.俄罗斯国情阅读文萃[M].哈尔滨:哈尔滨工业大学出版社,2005.
[12] 赵晓彬.19世纪俄罗斯文学史[M].哈尔滨:黑龙江人民出版社,2001.
[13] 陈艳,王宪举.俄罗斯[M].北京:当代世界出版社,1997.
[14] 董李亮,李新梅.走进俄罗斯[M].北京:中国纺织出版社,2002.
[15] 张惠芹.俄语导游教程[M].北京:旅游教育出版社,2007.
[16] 任光宣.俄罗斯文学史[M].北京:北京大学出版社,2003.

[17] 金亚娜.俄罗斯国情[M].哈尔滨:哈尔滨工业大学出版社,2001.
[18] 王英佳.俄罗斯社会与文化[M].武汉:武汉大学出版社,2002.
[19] 李明滨,等.苏联概况[M].北京:外语教学与研究出版社,1986.
[20] АЛЕКСЕЕВ А И, и др. География России[M]. Москва: Просвещение, 2003.
[21] ВЬЮНОВ Ю А. Русский культурный архетип: Страноведение России[M]. Москва: Флинта, 2005.
[22] ОРЛОВ А С, и др. Основы курса истории России[M]. Москва: Простор, 2004.